浙江文叢

傅雲龍集

〔第二册〕

籑喜廬文初集（二）

〔清〕傅雲龍 著　傅訓成 點校

浙江出版聯合集團
浙江古籍出版社

養喜廬文初集卷七

順天府官制

《周官》『御史掌贊書數從政』，鄭康成注謂數其現在之官位。此志官制椎輪也。官儀、簿狀，仿例踵起。矧秩先百郡，都邑翼翼，正佐相輔，廢置宜詳。東漢有幽州人士不得互相監臨制，今尹丞迴避直隸漢軍人員，其遺意也。員缺之名始見於《晉·王藴傳》。漢縣萬户以上爲令，減萬户爲長，非今缺分繁簡之權輿乎？志官制。

順治元年，京師置順天府尹，漢員一，秩正三品，養廉銀凡四百，時無兼尹。雍正元年，於部院尚書侍郎内特簡大臣兼管府尹事，初無定員，今一《大清會典事例》八十：兼管順天府尹事務大臣漢一人，於尚書侍郎内特簡。雍正元年特簡大臣兼理府事，養廉順天府尹四百兩。《歷代職官表》：漢人一，正三品，順治元年定，雍正元年以部院大臣兼管府事，由特簡，無定員。尹掌京畿治理《歷代職官表》，以布治於四路《會典事例》五十九，率二京縣而頒其禁令《會典事例》五十九又云：京城内外干禁事由順天府率大興、宛平二縣與步軍統領衙門五城示禁，犯者一體察拿，宣其條教，凡獄大事以聞，小事決之，守土官之祀事，歲以時舉壇廟，備其犧牛，飭東安、房山、涿州、霸州辨五色土供於太社，察京師糧銀價，月終陳之，時雨雪則以分寸聞，凡田户出納以時勾稽，會直隸總督上要於户部《歷代職官表》，給雇役募役，行其施卹，如廣甯門外之普濟堂、廣渠門外之育嬰堂，皆尹經理。自康熙六十有一年始，歲以立春前一日率僚屬迎春東郊，進春宫門，退而頒春於民間，以勸東作。耕耤則具耒耜、絲鞭、青箱、穜稑，率耆老農夫以執事。鄉飲則孟春望、孟冬朔舉焉《會典事例》五十九。鄉試則充監臨，凡考試咸司供具。四路捕盜官兵皆察其功過，歲終彙咨兵部。五徒三流刑部送府定地，五軍兵部定地，以送於府而發配據《會典事例》五十九、《歷代職官表》。其員缺，直隸人漢軍並避《會典事例》十八：乾隆三十八年議順天府尹丞缺出，直隸人員聲明扣除。嘉慶五年奏順天府府丞缺出，漢軍人員迴避。初所屬同知州縣咢［由］直隸總督會列尹銜具題《會典事例》五十九。嘉慶十八年十一月癸酉，定所屬州縣官歸府尹考察升調《東華續録》。

尹佐曰丞，漢員一，品正四，養廉二百有四十《歷代職官表》：丞，漢人一人，正四品。初兼提督學政銜，乾隆五十八年銜省《會典事例》十八：府丞一人，兼提督學政銜，乾隆五十八年議准順天設學政，府僅止申送所屬州縣童生，其入學歸學政辦理，府丞無庸兼提督學政虚銜，掌分理學務，歲試科試則録其府童生而送於學政《會典事例》十八。又五十九：八旗及順天府四路州縣童生由府丞府考，順天學政考取入學，以時教養其士《會典事例》五十九又云正陽門外金臺書院由府丞經理。初止考二京縣童生，餘由四路同知考試。乾隆四十八年，尹請將四路州縣府考改歸府丞專管，報可據《東華續録》，鄉試則充提調《會典事例》五十九、《歷代職官表》，耕耤則奉青箱以從《會典事例》五十九。直隸漢軍避缺如尹詳上。

又治中漢員一，品正五，養廉銀凡二百，初置員三，順治六年省二《會典事例》十八。國初治中三人，六年裁二人，治中一人，漢員，養廉治中二百兩，分理户、土等事及鄉會試之饔飱製卷據《會典事例》五十九、《歷代職官表》，乾隆六十年十月庚子，命直隸人迴避治中，員缺《東華續録》。

通判漢員一，正六品，養廉百有六十《會典事例》，初置員三，順治六年省二《會典事例》十八：國初管糧通判一、管馬政通判一、管軍匠通判一，順治六年裁管馬政通判一、管軍匠通判一，掌京城各市牙儈之籍而榷其常税，鄉會試則治其名簿《歷代職官表》。《會典事例》五十九：通判分理詞訟、禮儀及一應雜事，於稿面書名畫押，呈兼尹、尹覈定。屬官則有京[經]歷、照磨、司獄，並漢員一《歷代職官表》：經歷司經歷，漢人一人，照磨漢人一人，司獄司司獄，漢人一人，經歷品從七，養廉銀四十有五《歷代職官表》：經歷從七品。《會典事例》：養廉，經歷四十五兩，掌出納文移《會典事例》五十九，照磨品從九《歷代職官表》，養廉銀三十三兩一錢一分四釐，掌同經歷，鄉試則兼理號舍、繕册、彌封等事據《會典事例》五十九、《歷代職官表》，司獄品如照磨《歷代職官表》：司獄從九品，養廉三十一兩五錢一分，掌獄《會典事例》。《歷代職官表》：司獄掌刑部所送軍流徙罪人，收繫而發遣之。

初置順天巡撫一，治遵化州，時遵化順天屬也，康熙元年廢《會典事例》二十：順治初設順天巡撫一，駐遵化州，十八年旨：順天巡撫著裁去，順天等處地方著保定巡撫兼管。《滿洲名臣傳》二十一：順治十八年六月裁順天巡撫，以保定巡撫王登瀛兼理。按順天巡撫非治今屬，僅於志言之，而表則否。

又推官、知事、檢校庫大使、崇文門大使、張家灣宣課司大使各一，康熙中廢《會典事例》十八：國初順天府設推官一、知事一、檢校一，均漢員；庫大使一、張家灣宣課司大使一。康熙六年裁推官、知事、檢校，三十九年裁庫大使，四十年裁張家灣宣課司大使。按《歷代職官表》卷十三：府知事正九品，宣課司大使從九品，府檢校庫大使未入流，然則張家灣宣課司大使爲府屬明矣。《歷代職官表》：崇文門大使一，康熙四十年省。畿輔唐《志》：府陰陽學政術一員，州曰典科，縣曰訓科。府醫學政科一員，州曰典科，縣曰訓科。府僧綱司正、副都綱二員，州曰僧正，縣曰僧會。府道紀司正副都紀二員，州曰道正，縣曰道會。又崇文門副使，漢員，後屬監督《會典》十八：順天府設崇文門分司副使一。《歷代職官表》：崇文門副使漢人一人，未入流，掌守崇文庫藏，員額順治元年定。按副使今稱大使，隸監督。

今領縣十九：大興、宛平、良鄉、固安、永清、東安、香河、三河、武清、寶坻、甯河、順義、密雲、懷柔、房山、文安、大城、保定、平谷，州五：通、昌平、涿、霸、薊，蓋定自乾隆八年也。初三河、武清、寶坻隸通，順義、密雲、懷柔隸昌平，房山隸涿，文安、大城、保安隸霸，平谷隸薊，雍正六年均改直隸順天府。九年析寶坻置甯河。又遵化自康熙十五年升州屬府，乾隆八年升直隸州，隸布政。府屬州縣凡二十有四，書吏則府尹十有七，治中、通判各四，經歷、照磨各二，司獄一《會典事例》百二十三：順天府堂房經承一、本房經承一、承發房經承二、吏房經承二、户房經承四、禮房經承四、兵房經承一、刑房經承一、工房經承一、治中經承四、督糧通判經承四、經歷司經承二、照磨所經承二、司獄司經承一。又百二十四：府尹書吏十七，府丞本設書吏，由府尹衙門派承。

大興、宛平衝繁疲難册，知縣各掌其政令，與五城兵馬司分壤而治《歷代職官表》，品正六，縣丞品正七，視外縣加一等，餘則同今。大興縣丞一，治禮賢巡檢二：一黄邨，一采育，初雍正七年置禮賢巡檢一，道光十九年移駐霸州信安鎮信安鎮册。典史一。慶豐閘閘官一，初置天興閘官一，後廢。主簿一，順治三年廢。遞運所大使一，康熙三十八年廢。宛平縣丞三：一京縣，一永定河北下汛，本係主簿，嘉慶十二年與元城縣縣丞對改，一南岸頭工下汛。巡檢四：一盧溝橋，嘉慶七年改石景山巡檢，後復故，一齊家莊，一龐各莊，初治王平口，一石港口。典史一。初置主簿一，順治三年廢，雍正三年復，後又廢。奉宸苑柳邨閘官一，初康熙四十七年置雷家閘閘官，後改柳邨。又廣源閘閘官一，順治十三年廢《會典事例》十八：初設大興宛平二京縣知縣各一、縣丞典史各一、大興慶豐閘閘官一，康熙四十七年設宛平縣屬雷家閘閘官一，雍正四年增宛平縣縣丞一。又二十六：大興宛平縣丞二，大興縣禮賢、采育、黄邨，宛平縣盧溝橋、齊家莊、王平口、石港口巡檢各一，宛平縣石景山巡檢各一。又二十八：嘉慶七年，議准順天宛平縣盧溝橋巡檢改爲石景山巡檢。又二十七：雍正三年議設直隸河官，宛平縣丞一。《歷代職官表》：大興縣知縣一，正六品，宛平同；縣丞一，正七品；典史一，未入流，巡檢三，從九品，牐官一，未入流。宛平縣知縣一，縣丞二，主簿一，正九品，典史一，巡檢四，閘官一。知縣品秩服章視外縣加一等。《畿輔安瀾志》：北岸同知汛屬頭工下汛。宛平縣縣丞一員，本係主簿，嘉慶十二年與元城縣縣丞對改，石景山同知汛屬宛平縣盧溝橋，巡檢一員，嘉慶七年奏改兼河，隸石景山。畿輔唐《志》：大興縣采育巡檢一，雍正七年設禮賢司巡檢一，設慶豐閘官一、天興閘官一。按天興閘官廢置不可考，今無。《會典事例》十八：初設大興、宛平主簿各一，大興縣遞運所大使一，宛平縣屬廣源閘閘官一。順治三年裁大興、宛平主簿，十三年裁宛平縣廣源閘閘官，康熙三十八年裁大興遞運所大使。按《歷代職官表》廣源牐牐官一順治十三年省，與《會典》異，今據《會典》。

凡知州品從五、州同從六、州判從七、吏目從九，知縣品正七、丞正八、主簿正九、典史閒官未入流，巡檢則州縣屬皆從九品據《歷代職官表》。

今良鄉要缺也，知縣一。縣丞三：一駐縣，一北岸二汛。管河本係主簿，嘉慶十二年與南七汛東安縣縣丞對改，一管河駐趙邨，初有管河主簿一，雍正四年置，後廢，大使一亦廢。典史一。

固安要缺，知縣一。縣丞二，並管河，其一爲北岸四汛，本係主簿，嘉慶十二年與正定縣縣丞對改，初置管河主簿一，順治三年省，雍正四年復置北四汛主簿一。典史一。大使一，順治初廢。

永清簡缺也，知縣一。縣丞二：一南岸五汛，一北岸五汛，本係主簿，嘉慶十二年與南八工武清縣縣丞對改，初置管河主簿，後廢。典史一。

東安亦簡缺，知縣一。初置管河縣丞一，後廢。主簿三：一北隄七汛，一北隄八汛，一北二下汛。典史一。

香河亦簡缺，知縣一。管河主簿一，康熙三十一年改自元城縣主簿。典史一。

通州最要也，知州一，領三河、寶坻、武清、漷，順治十六年併漷，雍正六年領縣三。直隸順天府土壩管河州同一。州判二，並管河，一治漷，康熙三十四年置和合驛丞，雍正十一年兼巡檢，初置潞河驛丞一，康熙三十四年廢入和合驛，吏目通流河閘官各一。初漷縣置知縣一，典史一，順治十六年廢入通州。

三河要缺，知縣一，典史一。

武清要缺，知縣一，初隸通州，雍正三年改屬天津州，四年復隸通州，六年改直隸順天府。縣丞初四，今三：一管河治楊邨，一永平河北頭工上汛，本係主簿，嘉慶十一年移自北九工作爲上汛，又與玉田縣縣丞對改，一北岸中汛，又耍兒渡縣丞一，已廢。主簿初三，今二：一河西務，一管河，治永定河，其一廢。巡檢二：一河西務，一楊邨，本爲驛丞，雍正十一年兼管河巡檢，初置河西驛丞一，後廢。典史一。

寶坻要缺，知縣一，初隸通州，雍正六年改直隸順天府，九年析置甯河。初置主簿一，後廢。典史一。

甯河雍正九年由梁城所千總改置，知縣一，中缺也，典史一，巡檢一，蘆臺大使一，初置主簿一，廢。

昌平要缺，知州一，初領順義、懷柔、密雲，雍正六年所領縣直隸順天府。吏目一，初置州判一，後廢。

順義簡缺，知縣一，初隸昌平，雍正六年直隸順天府，典史一。

密雲要缺，知縣一，初隸昌平，雍正六年直隸順天府。石匣縣丞一，順治十六年省，初置驛丞一，康熙二十九年廢，三十三年改置石匣縣丞。古北口巡檢一，典史一。

懷柔中缺，知縣一，初隸昌平，雍正六年直隸順天府，典史一。

涿州要缺，知州一，初領房山，雍正六年改直隸順天府。北岸州同一，順治十六年廢，乾隆元年復，七年十一月又廢，道光二十六年調祁州州同，駐四工，改爲北四工上汛州同，隸北岸同知。州判三：一管河，一北岸三工管河，本係巡檢，嘉慶十二年與薊州州判對改，一糧捕。水利吏目一，初置管河吏目一，嘉慶七年改北岸三工管河巡檢，後廢。涿鹿驛丞一，雍正五年廢。

房山中缺，知縣一，初隸涿，雍正六年直隸順天府。縣丞、磁家務巡檢、典史各一。

霸州中缺，知州一，初領文安、大城、保定，雍正六年所領縣直隸順天府。州同一，乾隆三年設，歸三角淀通判轄，嘉慶五年南岸頭工分爲上、下汛，調霸州州同管理上汛，轄南岸同知，嘉慶五年移自州治。州判二：一北岸六汛管河，本係巡檢，即改自吏目者，嘉慶十二年與南九汛霸州州同對改，一治三角淀，曰淀河州判司。三河垡船隸三角淀通判，二十九年裁，垡船州判經理疏濬，三十八年設濬船分撥，三角淀船隻歸厥管理，四十六年兼管南堤九工事務，四十九年裁，濬船仍歸疏濬，嘉慶十二年改州判爲巡檢，即所謂霸水巡檢也，二十六年改南六工下汛巡檢，道光十八年省，一治信友鎮。吏目一，又清河吏目一，雍正四年置，嘉慶八年改爲巡檢。

文安中缺，知縣一，初隸霸，雍正六年直隸順天府。主簿二，一治蘇家橋，一文大。典史一。

大城中缺，知縣一，初隸霸，雍正六年直隸順天府。縣丞管河兼巡檢一。主簿一，順治二年廢。典史一。

保定簡缺，知縣一，初隸霸，雍正六年直隸順天府。霸保管河主簿一。典史一。

薊州要缺，知州一。巡檢二，一管河，一治黄崖關之中營。乾隆元年增吏目一，初置州判一，順治十六年廢，雍正四年復置，嘉慶六年移駐大城縣竟，河務交巡檢帶管。

平谷簡缺，知縣一，初隸薊州，雍正六年直隸順天府。典史一。

《會典事例》二十五：順天西路廳屬涿州，東路廳屬通州，薊州南路廳屬霸州，北路廳屬昌平州，知州各一，吏目各一，涿州霸州州判各一，薊州中營巡檢一。順治十六年裁直隸涿州州同，薊州州判各一，省直隸漷縣入通州。又二十六：西路廳屬大興宛平京縣二、良鄉房山二縣，東路廳屬香河、三河、武清、寶坻、甯河五縣，南路廳屬固安、永清、東安、文安、大城、保定六縣，北路廳屬順義、密雲、懷柔、平谷四縣，知縣各一，典史各一，大興、宛平京縣縣丞二，良鄉、密雲、房山縣丞各一，大興縣禮賢、采育、黄邨，宛平縣盧溝橋、齊家莊、王平口、石港口、武清縣河西務、密雲縣古北口（巡檢）、房山縣磁家務巡檢各一，宛平縣石景山管河兼地方巡檢一。又二十七：康熙二十九年裁密雲驛丞，改設密雲石匣縣丞一，雍正三年議設河官，宛平、良鄉、固安、永清、東安、武清六縣縣丞各一，主簿一，永定河道管轄。又二十五：雍正四年增置河官，設涿州、霸州州判各一，屬永定河道管轄，設薊州州判一，屬通永道管轄；設霸州清河吏目一，屬清河道管轄；乾隆元年奏准薊州屬黄崖關之中營，添設巡檢一。二年議准直隸通州管鹽州同巡查土壩地方、管糧州判巡查石壩地方，各分司漕務。又通州所屬普濟寺閘官止司啟閉，不能兼顧堤岸，添通州吏目一專司河務。七年裁涿州州同一、霸州清河吏目一。又二十八：乾隆二年，議准大興縣所屬慶豐等閘官向設閘官一但司啟閉，添大興縣主簿一人專管河務。又四十九：雍正元年議准涿州州判吏目、宛平縣管河縣丞主簿、良鄉縣丞主簿、固安縣丞主簿、永清縣丞主簿、東安縣丞主簿、武清縣丞主簿、河西務主簿、薊州州判、㶟縣州判分防楊邨縣丞、香河縣丞主簿、武清縣丞、霸州州判州同、保定縣主簿、寶坻縣主簿、大城縣丞，均係專管河務之員。乾隆元年，議准直隸沿河之良鄉、固安、永清、東安、通州、武清、寶坻、涿州、霸州、薊州等縣亦照豫東、江南之例，於現任州縣内遴選保題調補。二十三年，議准直隸霸州等縣改歸部選，大城縣改爲沿河要缺在外揀選。乾隆二十四年定通州土壩州同、石壩州判、文安縣主簿、甯河縣盧溝巡檢，均爲管河要缺。三十八年，議定通州吏目、和合驛丞兼巡檢，武清縣典史、河西務巡檢、楊邨驛驛丞兼巡檢、寶坻縣典史、薊州吏目中營巡檢、香河縣典史、良鄉縣縣丞典史、涿州州判吏目、霸州吏目、大城縣典史、固安縣典史、永清縣典史、東安縣典史，均以沿河註册，如有留心河務之員，遇有河汛員缺出，准其一體揀選陞調，所遺各缺仍歸部選。嘉慶七年，議准順天宛平縣盧溝橋巡檢改爲石景山巡檢專汛要缺，八年議准涿州管河吏目改涿州北岸三工管河巡檢，霸州管河吏目改霸州北岸六工管河巡檢。良鄉陳《志》：順治元年大使陳之贊。畿輔唐《志》：大興縣采育巡檢一，雍正七年設，禮賢司巡檢一，雍正七年設，慶豐閘官一、天興閘官一、良鄉縣管河縣丞一，雍正四年設，固安縣管河主簿一、永清縣管河主簿一、東安縣管河主簿一、香河縣管河主簿一、通州和合驛丞一，雍正十一年兼巡檢，武清縣河西務巡檢一、河西驛丞一、楊邨驛丞一，雍正十一年兼巡檢，甯河縣主簿一、蘆臺司巡檢一，向屬寶坻，雍正十年改屬甯河，昌平州州判一、密雲縣古北口巡檢一，雍正十二年設，兼驛丞，涿州吏目一，管河吏目一，霸州吏目三，文安主簿一，薊州州判一，通永道屬武清縣耍兒渡縣丞一。按畿輔唐《志》：有與《會典》及今制異者摘録參證。通州高《志》：潞河驛丞一、和合驛丞一，康熙三十四年併入和合驛。《行水金鑑》百六十六：康熙三十一年十二月吏部議，將元城縣主簿裁去，改爲香河縣管河主簿，寶坻縣主簿一，管運河工。雍正九年，部議署直隸總督唐執玉疏霸昌道屬寶坻縣之梁城所請改爲縣治，將千總裁汰，添知縣一、典史一，三月十九日欽定甯河縣名。甯河關《志》：巡檢一、蘆臺場大使一。密雲薛《志》：縣丞順治十六年裁，康熙三十三年復，駐石匣。涿州吴《志》：州同乾隆元年復，七年十一月裁。永定河朱《志》：道光二十六年調祁州州同駐四工，改北四工上汛，涿州州同隸北岸同知。涿州吴《志》：涿鹿驛設驛丞一，雍正五年裁。《畿輔安瀾志》：南岸頭工上汛霸州州同一，嘉慶六年分上、下兩汛，以霸州州同移北岸同知，頭工上汛武清縣丞一，下汛宛平縣縣丞一，嘉慶十一年北九工武清縣主簿移北岸頭工爲上汛，十一年改縣丞，與玉田縣縣丞對改，下汛本主簿，十二年與元城縣縣丞對改；北岸頭工向止上下汛，後分三汛，中汛即向上汛。永定河李《志》：乾隆三年添霸州州同，歸三角淀通判轄，嘉慶五年南岸頭工分上下汛，調霸州州同管上汛，隸南岸同知。按《畿輔安瀾志》所謂三角淀巡檢一，今稱霸水巡檢。永定河李《志》：乾隆三年設淀河霸州州判，管三河垈船，隸三角淀通判，二十九年裁垈船州判，三十八年設浚船，分三角淀船歸其管理，四十六年兼管南隄九工，四十九年裁，浚船仍歸疏濬。嘉慶十二年，州判改爲巡檢北岸六工霸州州判。雍正四年設霸州吏目，嘉慶八年吏目改巡檢，十二年巡檢改州判。文安楊《志》：主簿一，順治二年裁，康熙三十七年復，管河。薊州沈《志》：州判順治年裁，雍正五年復設州判，乾隆元年添通判董之，三十九年裁通判，改以驛丞歸知州，裁驛丞，嘉慶六年將州判改駐大城縣境，河務交巡檢帶管。

養廉則州五，銀各千兩，縣十九，大興、宛平、良鄉、永清、武清、寶坻各千，房山九百，文安、大城、固安、東安、香河、順義、懷柔、密雲、三河、甯河各八百，餘六百，州同六十，州判涿州百，其餘各四十有五，縣丞大興、宛平各四十有五，房山良鄉各八十，其餘四十，吏目倉大使三十一兩五錢二分，主簿三十五兩一錢一分二釐，巡檢三十一兩五錢二分。典史數如吏目。

吏則大興宛平各十有四，良鄉十有二，固安十有三，永清十有六，東安、香河、通州、三河、武清各十有四，寶坻七，甯河十有二，昌平十有五，順義十有四，密雲十二，懷柔十有一，涿州、房山十有六，霸州十，文安十有四，大城保定十，薊州十有四，平谷九據《會典事例》百二十二，又百二十四。

道秩正四品，定自乾隆十有八年。初制曰參政，曰副使，曰參議，曰僉事，以次爲差《歷代職官表》：初設布政司左右參政參議，曰守道，設按察使副使、僉使，曰巡道，後裁。設銜額無定，均視本職爲差：如由京堂等官補授者爲參政道，由掌印給事中知府爲副使道，由科道爲參議道，由郎中員外主事同知爲僉事道，守巡皆同。參政道從三品，副使道正四品，參議道從四品，僉事道正五品，乾隆十八年省去兼銜，俱改正四品。

今順天府境道凡三：一永定河道，雍正四年置，治固安，轄沿河州縣等官《會典事例》二十二：雍正四年議直隸水利，永定河爲一局，裁原設分司，改永定河道一。先是雍正九年置直隸副總河一，治固安縣，今爲永定河道署，即北岸分司舊署也《畿輔安瀾志》：直隸正總河一，雍正九年設，乾隆十四年以總督兼之，公署在天津府。直隸副總督一，雍正九年設，乾隆元年罷，公署在固安縣東門内，即永定河北岸分司署，今道署。《癸巳類稿》：雍正九年設北河副總河於固安。按總河，後設正、先設副，蓋其時爲直隸巡撫兼管河道之副。南、北兩岸分司各一，康熙三十七年置，治固安縣，雍正元年裁南岸分司歸北岸分司，四年遷爲永定河道《畿輔安瀾志》：南北兩岸分司各一，康熙三十七年設，駐固安縣，又分管南北岸正副筆帖式各十八，四十二年裁分司一、筆帖式九，四十三年仍增正副筆帖式各二十四，四十五年裁副筆帖式，雍正元年裁南岸分司歸北岸分司，並裁筆帖式八。四年陞爲永定河道，罷分司筆帖式，怡賢親王請設河道官員，奏直隸河分四局，永定河爲一局，應設道員一總理永定河，舊有分司乃部發効力筆帖式，請將永定河分司改爲河道駐紮固安縣總理永定河事務，沿河州縣添州判、縣丞、主簿，所有同知一員照舊管理，將効力人員發回。一巡永定河道員初兼按察使副使或僉事銜，乾隆十八年罷兼銜，定爲正四品官《畿輔安瀾志》。一通州運河永平通薊遵等處屯田海防糧餉、管通惠河道兵備道，治通州並順治初置，七年省通州道，八年改密雲道爲通密兵備道治通。初有密雲、薊州二兵備道《會典事例》二十二：順治七年裁直隸通州道一人，八年改直隸密雲道爲通密道，駐通州。畿輔唐《志》：密雲兵備道順治初設，駐密雲縣，七年裁併通州道。薊州兵備道順治初設，駐薊州。按《通州志》，順治初設通州兵備道，七年以密雲道來併，改爲通密兵備道，其改併年份與《畿輔通志》同，與《會典》異，今從《會典》，十四年以薊州道來併，改爲通薊兵備道，康熙八年以永平道來併，改爲通永道畿輔唐《志》。《會典事例》二十二：康熙八年，通薊道舊轄州縣衛所歸永平道統理，是爲通永道，雍正四年改通永河道兼理北運河，轄通判以下官《會典事例》二十一：通永道一，其北運河爲一局，將原設分司撤去，通永道兼理管理，通判以下官悉就統轄。天津等道既爲河道專司，河務所屬州縣錢糧刑名專務歸府考成。其通以下無知府之八州縣仍令通永道兼管。《畿輔通志》：通永道駐通州，轄順天府屬通州、三河、武清、寶坻、薊州、遵化、豐潤、玉田、梁城等九州縣所，康熙八年改通永道兼轄永平一府，雍正四年改通永河道總理永定河一局，增局員八、北運河同知一、北運河通判一、武清縣耍兒渡縣丞一、東楊邨主簿一、薊州州判一、欒州州判一、玉田縣丞一、豐潤主簿一，十一年復爲通永道，仍轄通永等處，兼管河務，道光三十年改兼兵備《會典事例》二十二：十一年復設直隸大名順德廣平兵備道一，兼管河工；通、薊、遵化三州，三河、武清、甯河、寶坻四縣歸通永道兼管。《畿輔通志》：十一年復爲通永道，仍轄通州、三河、武清、寶坻、薊州、遵化、甯河等七州縣，永平一府管河務，駐通州。通州高《志》：道光三十年改兼兵備，頒發通永河務兵備道關防。先是密雲有驛傳道，康熙二十九年置，以理藩院司員掌之，治古北口，後廢據密雲薛《志》，又有兵備道，乾隆五年三月置，治古北口，亦廢據《東華續録》。一巡霸昌道，兼屯田驛傳糧餉，治昌平。先是霸州、昌平二兵備道並順治初置，康熙元年併易州道入霸州道，爲霸易道，康熙八年又併昌平道，是爲霸昌道，治昌平州《會典事例》二十二：康熙元年裁易州道歸併霸州道兼理，改霸州道移駐蠡縣，八年改直隸通薊道爲守道，總管錢糧，改霸道爲巡道，總管刑名，駐保定府，其霸易道舊轄順天府屬縣歸昌密道統理。畿輔唐《志》：霸州兵備道，順治初設，駐霸州，康熙元年易州道來併，改爲霸易道，移駐蠡縣，七年改併昌平道。昌平兵備道順治初設，駐昌平州，七年裁併霸易道，霸昌道本霸易、昌平二道，康熙七年改併爲霸昌，駐昌平州。按康熙間改霸昌道年分《畿輔志》與《會典》異。雍正四年因通永道改司河務，以其所轄州縣事歸霸昌道管轄，十一年復舊《會典事例》二十二：雍正四年議推順天府屬二十五州縣衙驛傳糧餉向係通永、霸昌二道分轄，嗣因直隸興舉水利，通永道改爲河道，將通永道舊轄州縣衛應行事歸霸昌道管轄。畿輔唐《志》：霸昌道轄順天府屬大興、宛平、霸州、保定、文安、大城、涿州、房山、良鄉、固安、永清、東安、香河、昌平、順義、懷柔、密雲、平谷、延慶等十九州縣，後雍正四年通永道改爲河道，兼轄通、薊等九州縣，十一年復歸通永道轄。初通永道兼山東按察使銜，霸昌道兼山西按察使銜，雍正三年改從直隸按察使銜《會典事例》二十二：初直隸不設臬司，設通永巡道兼山東按察使銜，霸昌道兼山西按察使銜，康熙八年增直隸巡道一，總理刑名，雍正二年總理刑名巡道改爲按察使，三年議直隸通永霸昌巡道改從直隸按察使銜，養廉銀各三千。

南北岸分司外詳上，又有惠通河分司駐通州，後廢《行水金鑑》百六十六：通惠河分司駐劄通州。順治初，差漢司官一，三年更代，十二年添差滿洲理事官一，筆帖式一，一年更代，十四年裁，滿官三年更代，六年裁，九年復差滿官一、筆帖式二，三年更代，十年裁筆帖式，十八年照内外河差例一年更代，二十年改三年更代，二十三年改各部院衙門掣籤差遣。

密雲户部分司，順治九年併入薊州。又工部分司，順治十六年置，康熙二年裁，六年復員，無常額，後廢據密雲薛《志》，又云滿漢正、副各一員至三員，無常額，一年代，今裁。

同知佐府之政治，品正五據《歷代職官表》，順天四路廳捕盜同知四，養廉銀各千《歷代職官表》：順天府屬四路同知兼統於直隸總督，均要缺也册，所用關防兼永平保定河間府等銜，乾隆二十四年議更順天府某路刑錢捕盜同知關防，惟西路稽察水利工程增『水利』二字據《會典事例》二十四、通州高《志》、畿輔唐《志》、《東華續録》。東路同知治通州，分轄通、薊、三河、武清、寶坻、甯河、香河，州縣凡七。南治黄邨，分轄大興、霸、保定、文安、固安、永清、東安、大城，州縣凡八。西治盧溝橋，分轄宛平、涿、良鄉、房山，州縣凡四。北治沙河，分轄大興、宛平、昌平、順義、懷柔、密雲、平谷及非順天府屬之延慶，州縣凡八，其吏則東七、西南各二、北八據《會典事例》百十四。

又同知治固安境者四：一南岸，康熙四十三年置，雍正元年兼理北岸同知事，十一年復舊《會典事例》。《畿輔安瀾志》：南岸同知一，康熙四十三年設，雍正元年兼理北岸同知事，十一年復舊，汛屬頭工；上汛霸州州同一、下汛宛平縣丞一，二工良鄉縣縣丞一，三工涿州州判一，四工固安縣縣丞一，五工永清縣縣丞一，六工霸州州判一。一北岸，康熙四十年置，雍正元年裁歸南岸，十一年復舊《畿輔安瀾志》：北岸同知一，康熙四十年設，雍正元年裁歸南岸，十二年復舊，汛屬頭工上汛武清縣縣丞一、中汛武清縣縣丞一、下汛宛平縣縣丞一，三工涿州州判一，四工固安縣縣丞一，五工永清縣縣丞一，六工霸州州判一。按畿輔唐《志》云十一年復舊，養廉各八百。一石景山，雍正九年置《畿輔安瀾志》：石景山同知一，向派部員，雍正九年改設駐盧溝橋，汛屬宛平縣；盧溝橋巡檢一，東岸第二十號盧溝橋南雁翅起，至二十四號北岸頭工上汛交界止，又自西岸盧溝橋南雁翅第一號起，至四十號南岸頭工上汛交界止，分隸經管經制外委一，東岸第一號北金溝起，至盧溝橋北雁翅二十號止，又自西岸盧溝橋北雁翅起，至英山嘴迤南止，分隸經管。按畿輔唐《志》云：石景山同知雍正八年設，一北運河，雍正四年置據畿輔唐《志》，又治密雲古北口者一，康熙二十二年置據密雲薛《志》，養廉各七百。

通判則府通判而外有四：一通永道屬倉場漕運河務，一通州理事糧馬並治通州，一治三角淀，一北運河並治固安境《會典事例》二十三：通永道屬河工通判二。《畿輔安瀾志》：三角淀通判一，雍正十二年設，司疏濬，汛屬南隄，七工東安縣主簿一，八工武清縣主簿一，九工霸州淀河巡檢一；北隄七工東安縣主簿一，八工東安縣主簿一。畿輔唐《志》：雍正四年增北運河通判一。養廉通州通判八百，餘各六百兩《會典事例》。初置楊邨通判一，康熙四十年廢，又雍正十二年置薊州糧河通判一，後廢據

《會典事例》二十三。帘河蘆臺通判一，道光二十三年移自天津糧捕水利通判據帘河關《志》。

通永道屬通州通濟庫大使一，霸昌道屬昌平州居庸關稅課大使一，品並從九據《會典事例》二十二，又二十五。養廉各三十兩五錢二分。司獄則南北西三路各一，東無册。

提督學政：順天一。順治十年前爲監察御史據畿輔唐《志》，康熙二十三年定制順天學政，以侍讀、侍講、諭德、洗馬等官簡用，掌學校考課黜陟之事《歷代職官表》：初設各省督學道兼按察司僉事銜，以各部郎中進士出身者循資，康熙二十三年御史張集疏請慎選，會議停論俸補授例，順天學政以侍讀、侍講、諭德、洗馬等官簡用，後由翰林科道爲學院，由部屬爲學道，雍正四年定制：督學皆爲學院。《會典事例》十八：乾隆五十八年議：府丞申所屬童生其（人）［入］學歸學政。又二十一：順天學政一，三年而代《歷代職官表》。養廉銀四千兩。

順天府儒學教授，滿洲、漢員各一，品正七，訓導滿洲一，品正七，漢員一，品從七據《歷代職官表》、《會典事例》二十一，養廉教授四十有五，訓導四十，其吏滿、漢各一據《會典事例》二十四。初設訓導六，順治三年省四，康熙四年省二，洎十五年復設其一。舊有京衛武學，漢教授一、訓導二，順治二年省，十五年復設武學訓導一，雍正三年改爲順天府武學，四年廢，武學滿教授、訓導各一據《會典事例》十八，掌八旗及京師黌序訓課之政。凡州學正品正八，縣教諭品如之，州縣訓導品皆從八。京縣無儒學，良鄉復設教諭一、訓導一，固安教諭一，復設訓導一，永清訓導二，其一復設，東安、香河、三河並復設教諭一、訓導一，通州學正一、訓導一，康熙六年裁，訓導十六年復設，武清教諭一、訓導一，康熙三年裁訓導，十九年復設，武清、寶坻教諭一，復設訓導一，甯河教諭、訓導各一，並復設，昌平州學正、復設訓導各一，順義訓導一，密雲復設教諭一、訓導一，懷柔訓導一，涿州學正、復設訓導各一，房山復設教諭一、訓導一，霸州學正一、訓導一，康熙年裁訓導，後復設，文安教諭一、訓導二，初裁訓導一，康熙十九年復設訓導一，大城教諭一，復設訓導一，保定訓導一，薊州學正[政]一，復設訓導一，平谷復設教諭一、訓導一，各掌其學校，例得用本省人，同府州者避據《歷代職官表》又云康熙三年裁府州訓導，大縣裁訓導，小縣裁教諭，十五年復設；縣有析置，訓導移置所析縣，而裁省縣亦間存鄉校教諭或訓導。凡州五、縣十七，儒學攢典各一據《會典事例》百二十四。

順天府明前守土官制考

周前侯國也，武王封堯後於薊據錢坫《新斠地理志》，治民之官不可考按春秋治民官有封人，如穎、谷、祭、蕭是，有大夫若滕、薛是。《通鑑》：樂毅下齊七十餘城爲郡縣，齊人食邑於燕二十餘君，爵位於薊北百餘人。秦始皇二十有一年滅燕取薊城《史記・秦本紀》。或曰置廣陽郡據《水經・灤水注》，其治燕西曰上谷郡據《史記・本紀》、《水經・灅水注》引王隱《地道記》，治無終曰北平郡據《水經・鮑邱水注》郡置守、丞各一，守治民，丞佐之杜佑《通典》。楚漢之際燕國治薊據《史記・月表》、《史記索隱》，高帝六年置燕國亦治薊《史記・盧綰傳》。時郡守秩二千石，有丞，邊郡又有長史，掌兵馬，秩皆六百石。景帝中二年更名太守《漢・百官公卿表》、《續漢・百官志》：太守一、丞一，郡當邊戍者丞爲長史，王國相如之。治國之官曰内史，丞相統衆官，景帝中五年改曰相《漢・百官公卿表》：諸侯王高帝初置，掌治其國，太傅輔王，内史治國民，中尉掌武職，丞相統衆官。景帝中五年，令諸侯王不得復治國，天子爲置吏，改丞相曰相，諸官長丞皆損其員。武帝元朔二年，燕國改郡置太守《漢地理志稽疑》，元狩六年復爲國《史記・三王世家》。元封五年始爲幽州刺史治詳《統部考》。昭帝元鳳元年，改燕國爲廣陽郡，宣帝本始元年復爲國據《漢・地理志》廣陽國注、《漢・諸侯王表》、《續漢・地理志》、《寰宇記》。成帝綏和元年省内史，令相治民如郡太守《漢・百官公卿表》，屬幽州牧《漢・百官公卿表》：綏和元年更名牧，秩二千石。哀帝建平二年復爲刺史，元壽二年復爲牧《漢・百官公卿表》。凡郡有試守者《漢書音義》：試守者試守一歲，乃爲真。按後漢制同，見《通鑑・四十四》。莽改郡太守曰大尹，郡守稱尹始此據《後漢・郭伋傳》。廣陽國曰廣有按《水經・㶟水注》有作公，今據《漢書》注，光武建武二年復爲廣陽國《後漢・趙孝王良傳》，凡郡太守一、丞一，郡當邊戍者丞爲長史，王國相如之《續漢・百官志》。六年三月令：郡太守、諸侯相病，丞、長史行事《中華古今注》。十三年省廣陽入上谷《寰宇記》，十四年罷邊郡太守丞，長史領丞職《續漢・百官志》劉注引《古今注》。和帝永元八年復置廣陽郡《後漢・和［帝］紀》，與幽州刺史同治薊據《通典》。建安中省漁陽郡入《方輿紀要》，十八年屬薊州牧據《魏志》注，尋復，幽州廣陽郡太守屬焉。

其佐屬，丞長史而外有農都尉，武帝初置據《漢・百官表》，即後漢典農校尉也據《東漢會要》。

又功曹史、五官掾、倉曹史、決曹賊曹掾、五部督郵曹掾、主記室、史亭長《續漢·百官志》：每郡國皆置諸曹掾，《史》本注曰：諸曹略如公府曹，無東西曹，有功曹史，主選署功勞，有五官掾署功曹及諸曹事，其監屬縣有五部督郵掾一人，正門有亭長一人，主記室史主録記書催期會，無令史，閣下及諸曹各有書佐幹主文書。《通典》：兩漢有功曹史主選署功勞，有倉曹史掌倉庫，有決曹賊曹掾主刑法，有督郵，掌盜，屬縣有東、西、南、北、中部五部，謂之五部督郵，功曹極位。

本始元年，廣陽國領縣四：薊、方城、廣陽、陰鄉據《漢·地理志》、《燕剌王旦傳》。永元八年省陰鄉入薊，割方城屬涿郡，昌平軍都由上谷屬，安次由渤海屬據《續漢·郡國志》。建安十八年省漁陽郡，潞安、樂泉州、雍奴來屬據《紀要》，凡縣十。又漁陽郡守治漁陽今密雲，據《通志》。高帝置縣十二：漁陽、狐奴、路、雍奴、泉州、平谷、安樂、厗奚、獷平、要陽、白檀、滑鹽據《漢·地理志》。元封五年屬幽州，莽改郡曰北順據《漢書注》，後漢徙治潞今通州，領縣九：漁陽、狐奴、潞、雍奴、泉州、平谷、安樂、傂奚、獷平據《續漢志》，建安中省入廣陽郡據《方輿紀要》。

又涿郡守治涿今涿州，高帝六年置《寰宇記》，領縣國二十有九：涿、良鄉、利鄉、益昌、陽鄉、西鄉，餘非今屬《漢·地理志》：涿、迺、穀邱、故安、南深澤、范陽、蠡吾、容城、易、廣望、鄚、高陽、州鄉、安平、樊輿、成、良鄉、利鄉、臨鄉、益昌、陽鄉、西鄉、饒陽、中水、武垣、阿陵、阿武、高郭、新昌。元封五年屬幽州，莽曰垣翰《漢書》注，後漢郡名復故，領縣國七：涿、良鄉、方城，餘非今屬《續漢志》：涿、迺侯國，故安、范陽侯國，良鄉、方城故屬廣陽。

又章武郡治東平舒今大城。建安中析河間渤海置屬冀，州縣四：東平、舒、文安，餘非今屬《三國疆域志》：章武郡領縣四：東平、舒、文安、東州。章武，《杜畿傳》子恕嘉平元年免官，徙章武郡。《晉·地理志》：魏武置郡十二，其一章武，及章武國下復云秦始元年置，誤也。

季漢時魏有郡守、國相據《通志》如漢《歷代職官表》，置中正《通志》。《通鑑》六十八：建安二十五年，尚書陳群立九品官人法，州郡置中正以定其選，擇州郡賢有識鑒者區別人物，第其高下。胡注：天朝謂漢朝也，九品中正自此始，九品上上、上中、上下、中上、中中、中下、下上、下中、下下也。黄初中，廣陽爲燕郡，《方輿紀要》，太和六年郡爲國《魏志》，屬幽州刺史，領縣十，如後漢，又涿郡更名范陽，領縣八：涿、良鄉、方城、長鄉，餘非今屬《三國疆域志》：涿、良鄉、方城、長鄉、通、故安、范陽、容城。黄初五年爲國，置相、内史《魏志》：曹敏黄初五年封范陽王。晉郡皆置太守，諸王國以内史掌太史之任，又置主簿、主記室、門下賊曹、議曹、門下史記室、録事、史書佐、循行幹小史、五官掾、功曹史、功曹書佐、循行小史、五官掾等員《晉·職官志》，郡守皆加將軍，無者爲恥《通考》。咸甯初以漁陽郡益燕國《晉·宣武王傳》爲幽州刺史治，領縣十，如魏據《晉·地理志》、周濟《晉疆域表》。永嘉後陷於石勒，改燕郡爲幽州牧治，尋爲幽州刺史治據《晉書·載記》，分置漁陽郡，割潞、安樂、泉州、雍奴、狐奴，時燕郡領縣凡五。燕慕容儁元璽元年都薊，光壽元年遷鄴，復爲郡，凡都薊六年據《晉書》、《御覽》引《前燕録》。若秦，若後燕，郡太守之屬與領皆因之據《晉書·載記》。范陽國據《晉·宗室傳》泰始元年改郡，置太守據《水經注》，趙燕前秦同。章武國置内史，領縣同後漢，石趙因之。前燕改郡置太守，後魏郡置三太守，用七品者《魏・官氏志》。孝文初，二千石能静一郡、三郡者遷爲刺史，太和中次職。今太守、内史相并，以六年爲限《通志》。世宗班行志令，上郡太守、内史、相第四品，中郡第五品，下郡第六品。正始元年中正《魏・官氏志》。按《燕郡地形志》不詳何等。自道武立燕郡，與幽州刺史同治，薊領縣五：薊、廣陽、良鄉、軍都、安城。北齊燕郡太守按北齊幽州領燕與魏同屬官有丞、中正、光迎功曹、光迎主簿、功曹主簿五官，省事，録事，及西曹、户曹、金曹、租曹、兵曹、集曹等掾，市長、倉督等員《隋・百官志》。又云北齊上上郡太守屬官佐史二百一十二人，上中郡減上上郡五人，上下郡減上中郡五人，中上郡減上下郡四十五人，中中郡減中上郡五人，中下郡減中中郡五人，下上郡減中下郡四十人，下中郡減下上郡二人，下下郡減下中郡二人。按《文獻通考》：北齊置郡九等，上郡太守屬官三百一十，以下郡遞減之。諸州有功曹參軍，又司倉參軍、司户參軍、司兵參軍、司士參軍，北齊以下並同功曹云云，與《隋志》異。燕郡未詳何等，隸東北道行臺詳統部。領縣可考者五：薊、廣陽、良鄉、安次、歸德今順義。天保七年省廣陽、良鄉入薊。武平六年復良鄉。北周郡守户五千以上六，命丞三，命燕郡守丞視此《周・盧辯傳》：户萬五千以上郡守七命，户萬以上正六命，户五千以上六命，户千以上正五命，户不滿千以下五命，七命郡丞四命，正六命郡丞正三命，六命郡丞三命，正五命郡丞正二命，五命郡丞二命。按《魏・地形志》：燕郡户五千七百四十八，《地形志》斷於武定末，距周不遠，户數相近，准以定品，仿同治《徐州府志》例也。刺史府官命於朝，州史並牧守自置《通考》。建德六年燕郡屬總管府詳《統部考》，領縣三：薊，良鄉、安次，省歸德入薊；又漁陽郡後魏徙治雍奴今武清，縣六：雍奴、潞、無終、漁陽、土垠，又徐無非今屬據《魏・地形志》。周復置潞據劉錫信《漁陽郡三治潞考》，漢以來屬幽州。又范陽郡後魏領縣七：涿、萇鄉、方城，餘非今屬《魏・地形志》：涿、固安、范陽、萇鄉、方城、容城、遒。齊屬東北道行臺縣三：涿，又范陽、遒，非今屬。周屬幽州總管府，縣二，涿外爲范陽，非今屬。

又章武郡後魏太和十二年治平舒東平舒更名，屬瀛州，縣五：平舒、文安、西章武，餘二非今屬，齊、周同。又後魏密雲郡太守治白檀，皇始二年置，屬安州，領縣四：白檀、密雲、要陽、方城，齊廢郡入密雲縣。又平昌郡太守治昌平今州，後魏天平中置隸東燕州，州刺史同治縣二：萬言、昌平《寰宇記》：於今縣郭城置東燕州平昌郡昌平縣。《魏・地形志》：平昌郡縣二：萬言、昌平，天平中置。按萬言或云萬年。隋郡置太守、丞、尉正、光初功曹、光初主簿、縣正、功曹主簿，西曹金、户、兵、法、士等曹市令等員《隋・百官志》。《志》又云曹員并佐史合一百四十六人，上中郡減上上郡吏屬五人，上下郡減上中郡四人，中上郡減上(上)[下]郡十九人，中中郡減[中]上(下)郡六人，中下郡減中中郡五人，下上郡減中下郡十九人，下中郡減下上郡五人，下下郡減下中郡六人，開皇初燕郡官吏視此。三年罷郡，以州統縣據《隋・百官志》、《通典》。

燕郡領縣屬幽州刺史，後世統縣之州此其權輿按隋前之州古方伯，猶今布政司也。開皇三年以州統縣，以刺史爲太守。時因刺史之職有行臺總管府統之，後煬帝又罷州置郡，漢刺史之制斬矣，改別駕、贊務爲長史、司馬，佐官以曹名者並改爲司《隋・百官志》。按贊務即贊治，《隋書》避唐諱，幽州屬總管如故，煬帝初廢總管。大業三年按《隋志》無年分，今據《通典》罷州置郡，幽州遂爲涿郡，置太守，治薊《隋・百官志》：太守上郡從三品，中郡正四品，下郡從四品。罷長史、司馬，置贊務一人貳之《隋志注》：上郡正五品，中郡從五品，下郡正六品，次置東西曹掾《隋志》注：上郡正六品，中郡從六品，下郡正七品，主簿、司功、倉、户、兵、法、士曹等書佐各因郡之大小爲增減。改行參軍爲行書佐，後郡置通守一，位次太守。又改郡贊務爲丞，位在通守下。縣尉爲縣正，尋改正爲户曹、法曹，分司以丞《隋・百官志》。初開皇三年幽州領縣七：薊、良鄉、安次三縣仍周、涿廢范陽郡來屬、雍奴廢漁陽郡來屬、昌平廢平昌郡來屬、潞，六年移故安縣於故葚鄉縣，改曰固安，增漁陽，凡縣十[九]。

又檀州刺史開皇十八年置，大業初廢州，是爲安樂郡，縣二：燕樂、密雲安樂詳下，僑治。隋《地理志》：安樂郡縣二：燕樂、密雲。又長陽郡太守治燕樂今密雲竟，隋置，尋廢據《寰宇記》，唐武德元年改爲幽州《通典》：武德元年改郡爲州，改太守爲刺史《唐書・地理志》，加號持節《通典》又云後加號爲使持節諸軍事而實無節，但頒銅魚符。幽州時爲中州，刺史正四品，其爲上州，刺史從三品，則在永徽後按《唐・百官志》、《唐六典》並云上州刺史一，從三品，中州下州正四品。又《通典》云：武德令二萬户以上爲上州，永徽令二萬户以上爲上州，開元十八年三月勅以四萬户以上爲上州，二萬五千户爲中州，不滿二萬户爲下州。《舊唐・地理志》：幽州舊領縣（十）[九]，薊、潞、雍奴、漁陽、良鄉、固安、昌平、范陽、歸義也，户二萬一千六百九十八，天寶縣十，户六萬七千二百四十二，據此武德時以户升幽州當爲中州，永徽後或以令升、或以户計，皆當爲上州，佐屬有別駕、長史、司馬、録事參軍事、録事司功、司倉、司户、司田、司兵、司法、司士，各參軍事，又參軍事市令、丞、倉督《唐六典》：上州別駕一，從四品下，長史一，從五品上，司馬一，從五品下，録事參軍事一，從七品上，録事二，從九品上，史三，司功參軍事一，從七品下，司倉參軍事一，從七品下，佐三、史六，司户參軍事二，從七品下，佐三、史七、帳史一，司兵參軍事一，從七品下，佐三、史六，司法參軍事二，從七品下，佐四、史八，司士參軍事一，從七品下，佐四、史六，參軍事四，執刀十五，典獄十四，問事八，白直二十，市令一，從九品上，丞一、佐一、史二，倉督二、史四。中州刺史一，正四品上，別駕一，正五品下，長史一，正六品上，司馬一，正六品下，録事參軍一，正八品上，録事一，從九品下，史二，司功參軍事一，正八品下，佐二、史四，司倉參軍事一，正八品下，佐二、史四，司户參軍事一，正八品下，佐三、史五，參軍事三，帳史一，司兵參軍事一，正八品下，佐三、史四，司法參軍事一，正八品下，佐三、史六，參軍事三，正九品下，執刀十，典獄十二，問事六，白直十六，市令一，丞二、佐二、史二，帥二，倉督二、史三。下州刺史一，正四品下，別駕一，從五品上，司馬一，從六品上，録事參軍事一，從八品上，録事一，從九品下，史二，司曹參軍事一，從八品下，兼掌司功事，佐一、史四，司户參軍事一，從八品下，兼掌司兵事，佐三、史五，帳史一，司法參軍事一，從八品上，兼掌司士事，佐二、史四，參軍事二，從九品下，執刀十，典獄八，問事四，白直十六，市令一，佐一、史一，帥一，倉督一，史二。參軍事掌出使、市令承掌市廛交易、禁斥非違。按《百官志》略於《六典》，而多司田、參軍事各一，上州從七品下，中州正八品下，下州從八品下，考之《唐會要》，判事知營田即司田參軍。《唐·百官志》注：武德元年改丞曰別駕。初幽州總管府治，六年大總管治，七年大都督府治據《新舊唐·地理志》，九年改都督《舊唐·地理志》，高宗即位改別駕爲長史，上元二年州復置別駕，以諸王子爲之，永隆元年省，永淳元年復，二年始參用庶姓《唐·百官志》。玄宗開元元年幽州防御大使治，二年幽州節度使治據《唐·方鎮表》，十三年節度使兼領大都督府治。天寶元年改范陽郡據《新唐·地理志》、《寰宇記》，改刺史曰太守《唐·百官志》，范陽節度使治《唐·方鎮表》。自是州郡史守更相爲名，其實則一《通典》。八載郡廢別駕《唐·百官志》又云下郡長史一，乾元元年復爲幽州《舊唐·地理志》，上元二年州復置別駕《唐·百官志》。

先是安禄山於至德元年僭號大燕，以范陽爲大都，洎寶應二年史思明又僭號大燕，改范陽爲燕京據《安禄山事蹟》、《唐·史思明傳》。德宗時州別駕復省《唐·百官志》。初武德元年幽州領縣十：薊、良鄉、安次、涿、固安、雍奴、昌平、潞、漁陽，又懷戎非今屬。二年割潞、漁陽屬玄州按《舊唐·志》：二年分潞置玄州，領一縣。今考《唐書·志》注：二年置玄州，領潞、漁陽，并置臨泃縣，此正舊志之譌，并可爲隋末置漁陽縣之證。四年固安縣屬北義州，七年改涿縣爲范陽《舊唐·地理志》，割懷戎，貞觀元年漁陽、潞、固安還屬，八年置縣歸義，如意元年析安次置縣武隆，聖曆元年改良鄉爲固節，睿宗景雲九年改武隆爲會昌據《新舊·地理志》，分潞置縣三河據《唐·地理志》、《遼志》、《寰宇記》。十八年割漁陽、三河及玉田置薊州《舊唐·地理志》。天寶元年改雍奴爲武清、會昌爲永清據《新舊唐·地理志》，析薊置縣二：廣甯、廣平，三載省，至德後復置廣平。大曆四年置涿州，屬以范陽、歸義、固安據《唐·地理志》。建中二年析薊置縣幽都，凡縣九，梁幽州刺史與幽州節度同治薊，縣十：薊、幽都、良鄉、安次、武清、昌平、潞、永清、玉河、廣平。考玉河乾甯中劉仁恭析薊置據《五代史·雜傳》、《通鑑地理通釋》。後唐仍刺史之號《通考》：五代仍刺史號。幽州領縣九：薊、幽都、良鄉、安次、武清、北平、潞、永清、玉河按昌平改北平，史無明文。長興三年改北平曰燕平《五代會要》。晉天福中復燕平曰昌平據《清類天文分野之書》。

又檀州刺史武德元年改自安樂郡太守，屬幽州總管府，天寶元年改置密雲郡太守，治密雲，屬河北道范陽節度使，乾元元年復爲檀州刺史，梁、唐因之，縣並如隋。又玄州刺史武德二年置，治潞，屬幽州總管，縣四：潞、臨泃、漁陽，又無終非今屬按此無終今玉田。貞觀元年州廢，潞、漁陽屬幽州，餘縣二省據《舊唐·地理志》。按治竟玄州有三：一固安州更名，隋徙治無終，爲今薊州竟，立總管，故入統部，一唐僑州，入僑治，一即此治潞州也。遼太宗會同元年以幽州爲南京，置幽都府屬南京道據《遼·地理志》，南京留守行府尹事，曰少尹，即今府丞《遼·百官志》：某京留守行府尹事，聖宗統和元年見上京留守行臨潢尹事吴王舒。某府少尹，聖宗太平四年見臨潢少尹鄭宏節。舒原作稍，四當作五，《聖宗紀》載作五年。王圻《續文獻通考》：遼南面五京尹爲五京留守司，俱兼府尹職。《歷代職官表》：遼分建皆置五京而四時巡幸實無定所，故五京留守司令兼府尹事，軍民俱歸統轄。軍曰盧龍，開泰元年改幽都曰析津，燕京治《遼·百官志》：天顯十三年以幽州爲南京，開泰元年改幽都府爲析津府。又云南京道、幽州盧龍軍節度使司，南官多財賦官《遼·百官志》。初燕都府領縣十：薊北按薊北，薊縣更名、幽都、昌平、良鄉、安次、武[清]、永清、玉河、香河，州七：順、檀、涿、薊，及非今屬之莫、瀛三州與易入周據《遼志》。統和七年取易州，非今屬，開泰元年改薊北爲析津、幽都爲宛平《遼·聖宗紀》，太平中析潞置縣漷陰，重熙中增景州，非今屬《遼·地理志》：景州，清安軍刺史，本薊州遵化縣，重熙中置領遵化，凡縣十、州六。

宋宣和四年入金據《金·太祖紀》，五年歸宋，郡曰廣陽，節度曰永清軍，燕山府路治據《宋·地理志》。初朝臣出守，列郡號權知軍州事《宋史·職官志》。按《通考》：軍謂兵，州謂民政，其後文武臣參爲知州軍事，二品以上及帶中書樞密院稱判、太守，沿邊州郡或當一道衝要者並兼兵馬鈐、轄巡檢都監《通考》，次府牧尹、少尹、司録、户曹、法曹、士曹，牧尹以下所掌並同開封尹，關則知事一人，以朝官及刺史以上或諸司使充，通判一人，以京朝官充《宋·職官志》。《通考》：宋沿唐制，州有録參軍，諸府爲司録。按唐惟京郡名府，宋則外郡亦府，唐中葉藩鎮各立軍號，宋則軍監之；自古稱牧守，其以知府、知州、知軍監稱者，實自宋始。宣和五年領縣十一，析津、宛平按《宋志》譌『宛』爲『廣』，廣甯本名都市據《宋史》、《北盟彙編》，昌平、良鄉、潞、武清、安次、三河、清化按香河賜名清化、漷陰，七年入金據《金史·交聘表》。太宗天會三年仍名燕京析津府，七年屬河北東路據《金·地理志》。海陵貞元元年燕京爲聖都，尋曰中都，改析津爲大興府據《金·地理志》、元《混一方輿勝覽》，自會甯徙都此據《煬王江上録》。

大興府尹一，正三品，總判府事，兼領本路兵馬、都總管府事，車駕巡幸則置留守同知、少尹、判官，惟留判不别置，以總判兼之。同知一，從四品，掌通判府事。少尹一，正五品，掌同同知總管。判官一，五品，府判一，從五品，推官二，從六品，内推户舊一，大定五年增一。知事一，正八品，都孔目女直司一、漢人司一，不置，省則吏目攝知法，三員，從八品，女直一、漢人二《金·百官志》。散府守丞得並稱尹《歷代職官表》：金郡多升爲府，《金·地理志》謂之散府，其守丞得並稱爲尹，與歷代不同。《北盟彙編》二百四十五有佩服制：文臣五品以上服紫，七品緋，八品九品綠，有玉帶、玉雙魚、玉魚、金魚，及金笏、頭球、大荔枝、御山、仙花，及烏犀、紅鞓等，帶皆金魚，服緋者紅帶、銀魚。《金・輿服志》：舊制，親王、宰執任外者與大興尹皆服小帽、束帶，銀鞍絲鞭，大定中，世宗以京尹亦外官三品，而與親王無别，命不御銀鞍絲鞭，惟同外三品例，襆頭帶展皂視事。《金・儀衛志》：從已人以射糧軍充，大興府尹五十人。天會三年領縣十一按宋賜名均復故：析津、宛平、昌平、安次、潞、漷陰、永清復置、香河、武清、良鄉、三河，州五：薊、順、涿，及非今屬之易、灤新屬，軍一：信安新屬。天德三年置通州，以潞、三河屬。貞元元年改縣析津曰大興，增平州，非今屬，二年增霸州及今屬之雄州按《北盟彙編》二百四十四引《金虜圖經》：刺史七十四，有涿州、薊州、通州、順州、霸州。七年降信安軍爲縣，屬霸州，十二年析香河置縣寶坻，承安三年寶坻升爲盈州，分香河、武清屬之，尋復按元光元年升信安爲鎮安府，時中都已失，凡縣十、州九。

又檀州威武軍，晉天福中檀州入遼，更名屬南京道《遼・地理志》：檀州，威武軍下，治密雲，領行唐宋檀州下據《輿地廣記》。宣和五年賜名横山郡，升鎮遠節度，屬燕山府，治密雲，領威塞，七年入金據《舊唐・地理志》。金詳密雲縣。

元太祖十年克燕，置大興府，爲燕京路總管治據《元・地理志》。至元元年中都路治，四年都之《元・世祖紀》：至元元年改中都，其大興府仍舊，九年大都路治詳《統部》，十九年置大都留守司兼本路都總管。留守五，正二品，同知二，正三品，副留守二，正四品，判官二，正五品，經歷一，從六品，都事二，從七品，管句承發架閣庫一，正八品，照磨兼覆料官一，部役官兼壕寨一，令史十八，宣使十七，典史五，知印二，蒙古筆且齊三，回回令使一，通事一。二十一年別置大都路總管府治民事《元・百官志》又云至元十九年罷宮殿府行工部，置大都留守司兼本路都總管知少府監事，二十一年並少府監歸留守司，皇慶元年別置少府監，延祐七年罷少府監，以留守兼監事，秩從三品，置都達嚕噶齊都總管等官據《元・百官志》、《崔彧傳》），二十七年升爲都總管府，進秩三品，達嚕噶齊三，都總官一《元・百官志》。《歷代職官表》：達嚕噶齊，蒙古語，頭目也，原本作達魯花赤，金改正。按《歷代職官表》三員併入府尹，副達嚕噶齊二，同知二《元・百官志》。按《歷代職官表》併入府丞，治中、判官、推官、經歷、知事各二，提檢索牘四，照磨兼管句一，令史九十有五，譯史二，回回令使一，通事知印各二，奏差二十一《元・百官志》。《元・食貨志》：大都路達嚕噶齊俸一百三十貫，總管同，副達嚕噶齊百二十貫，同知八十貫，治中同，判官五十貫，照磨同，爲直隸中書省治《明・地理志》：元直隸中書省。《歷代職官表》：元於京都不稱府稱路，特加都字。考《地理志》：中書省統路二十九，首即大都路，領府一。凡本府官吏惟達嚕噶齊一員及總管推官專治路正，其餘皆分任供需之事，故又號供需府《元・百官志》又云大德五年分大都路總管官屬置供需府，至順二年罷。初領縣十：大興、宛平、良鄉、安次、永清、寶坻、昌平、漷陰、香河、武清，州六：涿、霸、通、薊、順、檀。中統四年升安次爲東安州、固安爲固安州，至元十三年升漷陰爲漷州，以武清、香河屬之，延祐三年增龍慶州，非今屬，凡縣六、州十。又大都分府四，至正十八年置之，大都四隅官吏視都府減半《元・百官志》：大都分府，至正十八年三月，東安、潞州、柳林日有警報，京師備禦，四隅俱立大都分府，官吏視都府減半。

僑治官無分疆，有領户。後魏偏城郡太守武定元年僑昌平竟，屬東燕州，縣二：廣武、沃野，齊廢據《魏・地形志》。《地理韵編》：沃野，今昌平地。又廣陽、安樂二郡太守僑密雲縣竟《地理韵編》：今密雲縣治。初延和元年僑置益州，治燕樂，交州治安市《地理韵編》：燕樂、安市，今密雲縣東北，太平真君二年改益州刺史爲廣陽郡太守，後增縣廣興、方城，改交州刺史爲安樂郡太守，後增縣土垠，屬幽州，皇興二年屬安州《魏・地形志》，齊廢廣陽、密雲二郡，以安樂、密雲、安市屬安樂郡。周省縣安市，隋廢郡，後再置非復僑治。唐則以邊州都督、都護所領諸番部落，列置州縣，首領得襲都督刺史，號爲羈縻，僑薊者三：

曰燕州刺史，武德六年徙自營州，縣二：遼西、懷遠。後懷遠省。開元二十五年由幽州城移幽州北桃谷山，天寶元年改爲歸德郡，乾元元年復，建中二年廢。

曰順州刺史，貞觀六年僑治營州，後徙幽州城，天寶元年改順義郡，置太守，乾元元年復，縣一：賓義。建中二年徙故燕州治，蓋即幽州北桃谷山云按桃谷山今順義縣，《一統志》據縣舊志謂建中二年燕州廢，始自幽州移順來治是也。《新舊唐志》燕順均寄幽州城，《寰宇記》順州四至八到與范陽郡同，皆未徙，故燕州前之順州也。《遼元史》謂順州即燕州改名，殊混。

曰沃州刺史，開元二年自營州徙薊之南回城，縣一：濱海。又僑治良鄉之古廣陽城今良鄉，凡三。

曰歸義州刺史。總章中以新羅户置，縣一：歸義，後廢，開元二十年復置於幽州之偏，以處李詩部落。

曰夷賓州刺史，神龍初徙自營州，縣一：來蘇。

曰瑞州刺史，神龍初徙自營州縣一：來遠。又僑治安次之古常道城。

曰昌州刺史，神龍初徙自營州，縣一，龍山。又僑潞之古潞城二：曰崇州刺史，縣一，昌黎。曰鮮州刺史，縣一，濱從，皆神龍初徙自營州，又僑昌平清水店。

曰帶州刺史，神龍初徙自青州，縣一：孤竹。又僑燕北竟。

曰歸順州刺史，本彈汗州，貞觀二十二年以内屬契丹別帥析紇便部置，開元四年更名，天寶元年改爲歸化郡，乾元元年復，縣一：懷柔。又僑范陽縣竟二。

曰圓[玄]州刺史，神龍初徙自徐宋，縣一：静蕃。

曰信州刺史，神龍二年徙自青州，縣一：黄龍。又僑良鄉故都鄉城竟二：曰慎州，神龍初徙自淄青，縣一，逢龍；曰黎州，徙自宋州，縣一，新黎。又僑范陽竟二：曰青山州刺史，景雲元年析玄州置，縣一：青山；曰凜州刺史，天寶初置。又僑治良鄉石窟堡。

曰威州刺史，貞觀元年遼州更名，神龍初徙自幽州竟，縣一：威化。又僑良鄉故東間城。

曰師州刺史，神龍初徙自青山，縣一：陽師。州凡十九，並屬河北道幽州據《新舊唐·地理志》。

順天府明守土官制考

明太祖洪武元年置大都督，分府于北平，以北平府隸山東行中書省據《明太祖實録》，二年屬北平行省，九年廢行省爲承宣布政使司治，以北平府爲會府據《明·職官表》、《春明夢餘録》。永樂元年正月以爲北京，改北平府爲順天府據《舊聞考》，稱行在，二月隸北京行部據《明·地理志》。十年陞府尹，設官如應天府據《明·職官志》，十九年正月正北京爲京師《成祖實録》。仁宗洪熙元年仍稱行在《仁宗實録》，英宗正統六年定名京師《英宗實録》。順天府尹一，正三品，丞一，正四品，治中一，正五品，通判六，正六品，嘉靖後革三人，推官一，從六品。其屬經歷一，從七品，知事一，從八品，照磨一，從九品，檢校一，司獄一，從九品，都税司大使一，從九品，副使一。宣課司凡三：正陽門外正陽門、張家灣、盧溝橋，税課司凡二：安定門外、安定門，各大使一，從九品。税課分司凡二：崇文門、德勝門各副使一，遞運所、批驗所各大使一《明·職官志》又云府丞貳京府兼學校，治中參府事，通判分理糧儲、馬政、軍匠、薪炭、河渠、堤涂，推官理刑名。通判舊六，一管糧，一管馬，一清軍，一管匠，一管河，一管柴炭，嘉靖八年革管河、管柴炭二人，萬曆九年革清軍、管匠二人，十一年復一，兼管軍匠。萬曆沈《志》：府庫官一，都税司官一，正陽門宣課司官一，安定税課司官一，崇文門分司官一，德勝門分司官一，張家灣宣課司官一，壩上倉官一，壩上南倉官一，壩上北倉官一，北高倉官一，渾石橋倉官一，渾石橋南倉官一，義河倉官一，北草場倉官一，黄土倉官一，吴家駝牛房倉官一，壩上北馬房倉官一，壩上東馬房倉官一，鄭家莊馬房倉官一，湯山草場倉官一，南石渠倉官一，東直裏外牛房倉官一，金盞兒甸倉官一，南石渠西倉官一，安仁坊草場倉官一，臺基廠草廠官一，義草場官一，北義草場官一，明智坊草場官一，批驗茶引所官一，大興遞運所官一，陰陽醫學二。洪武元年領縣十一：大興、宛平、良鄉、固安州降、永清、寶坻、東安州降、昌平、順義順州降、懷柔、密雲，州五：通、霸、漷、涿、薊按龍慶州改屬永平府，十年增縣一：香河按香河由漷州改屬，減縣一：寶坻按寶坻改屬通州，十三年漷州降縣，屬通州縣十州四。正德元年昌平升州，尋復，八年又升，以順義密雲懷柔屬，凡縣七、州五據《明・地理志》。按薊州之玉田、豐潤、遵化非今屬。

順天府前代治竟統部官制考

粤稽唐堯，命和叔宅幽都，官則伯也《禮疏》堯有四伯，堯末分置八伯。《周禮疏》按《書傳》元祀巡守四岳八伯，注：堯以義和爲六卿，並方岳是爲四岳，出則爲伯，後置八伯。虞舜曰幽州牧據馬融《書注》。《史記集解》引鄭玄《書注》，夏、商併之冀州牧，殷復幽州，州有伯《禮・王制》：千里外設方伯，五國爲屬。屬有長，十國爲連，連有帥，三十國爲卒，卒有正，二百一十國爲州，州有伯。按王制，殷制也，鄭康成謂殷州長曰伯，虞、夏及周皆曰牧。今考左、右二伯，伯爲定名，州長之伯似得通稱爲牧。唐九州爲八伯，虞十二州爲十二牧。殷制八州八伯，鄭據周邦國建牧文，謂畿内不置伯，有鄉遂之吏主之。周曰幽州牧《禮・曲禮》九州長曰牧，《周官》，宗伯八命作牧、九命作伯。注：一州之牧長諸侯爲方伯。佐爲伯《詩・旄丘》鄭箋：衛侯曰伯，時爲州伯，周制使伯佐牧。《春秋傳》五侯九伯，侯爲牧。秦監郡曰監御史《漢・百官公卿表》：監御史，秦官，掌監郡，自堯以來治難可據，統部綿蕞，庶在茲云。 漢幽州刺史元封五年置，領郡國十一據《漢・百官公卿表》。《漢・何武傳》：刺史，古方伯，綏和五年更名牧，秩二千石，建平二年復爲刺史，元壽二年復爲牧據《漢・百官公卿表》。《漢・朱博傳》：初何武爲大司空，與丞相方進奏：今部刺史居牧伯位，秉一州之統，下大夫而臨二千石，失位次序。請罷刺史，置州牧。博又奏請罷牧置刺史如故。 建武十八年復置刺史，秩六百石據《後漢・光武記》。《續漢・百官志》：外十二州，每州刺史一，六百石。 延熹元年更選幽州刺史《資治通鑑》：延熹元年帝更選幽、并刺史，自營郡太守都尉下多革。 初制，昏姻家及兩州人士不得對相監臨。 熹平四年有三互法，幽州久缺，蔡邕上疏但對相部主，不從《資治通鑑》五十七：初，朝議以州郡相黨，制昏姻家及兩州人士不得對相監臨，有三互法。蔡邕疏：幽薊舊壤，鎧馬所出，比年兵饑闕職，經時三府選舉，踰月不定，避三互，十一州有禁，取二州而已，復限歲月，兩州縣空萬里，無所管繫，愚以爲三互禁，禁之薄者，但明憲令，對相部主尚畏懼不敢營私，願蠲除近禁，諸州刺史無拘日月、三互。不從。胡注：冀州人刺幽州，幽州人刺冀州，是爲部主。 中平五年改刺史爲牧，議選列卿尚書各以本秩居任，州任之重始此《通鑑》五十九：中平五年議選列卿尚書爲州牧，以本秩居任，州任之重自此始。胡注：列卿秩中二千石，尚書秩六百石，東都後尚書職任重於列卿。 初與燕國内史同治薊，厥後燕爲廣陽郡，國迭更，治皆同漢官舊儀，刺史有常治。《續漢・百官志》：刺史八月巡行所部，初歲盡詣京奏事，中興但因計吏，皆有從事史假佐，漁陽、涿郡太守在屬中。 建安十八年并入冀州牧，尋復據《魏志》注《獻帝春秋》。 魏幽州刺史徙治范陽郡之涿，領兵不專民事《通鑑補》：魏黄門侍郎杜恕以爲古刺史奉宣六條，今且勿領兵，以專民事。鎮北將軍呂昭又領冀州，恕上書：荆、揚、青、徐、幽、并、雍、凉緣邊諸州皆有兵，所恃内充外制，惟兖、豫、司、冀宜別置將守領四州牧守，領郡國十范陽、燕國、北平、上谷、遼西、昌黎、遼東、樂浪、玄菟、帶方，涿郡更名范陽據《三國疆域志》。凡庶姓爲州而無將軍者謂單車刺史《通典》，有都督，其資輕者爲監軍《通鑑》八十胡注。晉太康三年罷刺史將軍官，刺史依漢制三年一入奏事《玉海》引王隱《晉書》。《資治通鑑》：太康元年詔：漢末刺史内親民事，外領兵馬，今刺史分職如漢民故事，去州郡兵。按漢制，歲盡詣京奏，晉依奏事制變爲三年。《通典》：魏晉後刺史多帶將軍開府，州與府各置僚屬，州官理民，別駕、治中是，府官理戎，長史、司馬是。《晉・職官志》：州置刺史、別駕、治中、從事諸曹，從事所領，中郡以上各置部從事一，小郡亦置一人，主簿、門亭長、録事、記室、書佐諸曹，佐守從事、武猛從事等吏四十一，卒二十，諸州邊遠近寇置弓馬從事五十餘。初幽州治涿，後治燕國之薊，領郡國七燕、范陽、代郡、上谷、廣甯、北平、遼西。《通鑑》八十：咸甯五年傅咸上書：禹分九州，今刺史幾倍。胡注：司、豫、徐、兖、荆、揚、梁、益、甯、交、秦、雍、凉、冀、幽、并、青十七州。有范都督如魏《通鑑》八十：咸甯五年傅咸上書：設官太多，舊都督四，今並監軍乃盈於十。胡注：魏初置都督，諸軍隨資望輕重加征、鎮、安、平號有四，後增十，其資輕爲監軍。按《通鑑》胡注：都督十，其一都督幽州諸軍。永嘉後，石趙幽州刺史戍薊詳府，領郡五范陽、幽、上谷、代、漁陽，有范陽、漁陽據《晉・載記》，燕秦後燕刺史名若治如之，後魏幽州置三刺史《魏・官氏志》：天賜二年制：州置三刺史，用品第六者宗室一、異姓二，此古上、中、下三大夫也。刺史令長各之州縣，前功臣爲州者還京師。司州牧從第二品，上州刺史第二品，中州刺史從第三品，下州刺史第四品，司州別駕從事史、司州治中從事史從四品，司州主簿從第七品，司州西曹書佐、祭酒從事史第八品，司州議曹從事史、司州文學，從第八品。按幽州刺史佐可以司州遞推，領郡三：燕、漁陽、范陽據《魏·地形志》。齊刺史如魏《隋·百官志》：齊制官多從後魏，州刺史屬官别駕從事史、治中從事史、州都光迎主簿、主簿、西曹書佐、市令及史，祭酒從事史、部郡從事、早服從事、典籤及史門下督省事，都録事，及史箱録事，及史朝直、刺姦、記室，掾曹、田曹、金曹、租曹、兵曹、左户等員，上上州屬官佐史合三百九十三，上中州減上上州十，上下州減上中州十，中上州減上下州五十一，中中州減中上州十，中下州減中中州十，下上州減中下州五十，下中州減下上州十，下下州減下中州十。幽州刺史治置東北道行臺《寰宇記》，行臺兼總民事自文宣元年始《通考》：魏武定八年，東徐州刺史郭志殺郡守，齊文宣勑術曰：『江淮初附，留卿爲行臺欲理邊民冤枉、監理牧守，統十餘州地，有犯法者刺史先啟聽報，以下先理後表。』齊行臺兼統民事自術始。按術，辛術也，行臺始於曹魏，其稱尚書省爲中臺，見《吴志·諸葛恪傳》，後亦曰内臺，見《宋·百官志》，爲專征討，隨置於外州行尚書事，則曰行臺，後魏始别置官屬。《通典》云：魏末晉文帝討諸葛誕以行臺從，晉永嘉四年，東海王越以行臺自隨，後魏謂之尚書大行臺，别置官屬。今考後魏道武又置中正行臺，皆不理民，理民始齊，洎隋謂之行臺省，是元行中書省權輿。州領郡三燕、上谷、范陽。始燕郡之薊有范陽，周建德六年置總督府據《周書·武紀》。《通典》：周改都督諸郡事爲總管，又有大都督帥都督。按《周·明紀》武成元年正月改都督爲總管，總管始此，如安成公憲、天水公廣、尉遲綱、尉遲迥見《明紀》，邵國公會、趙國公招，杞國公亮、薊國公直見《武紀》，皆在王謙爲益州總管前。《通考》謂始武帝時王謙，非。總管刺史加使持節諸軍事《周書·盧辨傳》，幽州刺史計户爲正八命按總管刺史府治幽，所管非一州，仍有州刺史，《周·武紀》及《盧辨傳》可證。《盧辨傳》云：户三萬以上者正八命，幽州在周領燕、范陽、上谷三郡，據《魏·地形志》：户三萬三千五百三十八，其志斷於武定末，距周不遠，準以定品，幽州刺史當是正八命，領郡三，有燕、范陽。刺史府官命于天朝，州吏牧守自置《通考》。《周書·盧辨傳》：户三萬以上州刺史正八命，户二萬以上州刺史八命，户萬以上州刺史正七命，户五千以上刺史七命，正八命州長史、司馬、司録六命，八命州長史、司馬、司録五命，正七命州長史、司馬、司録正八命，州呼藥五命，七命州長史、司馬、司録正八命，州别駕八命，州呼藥正四命，正六命州長史、司馬、司録正七命，州别駕正八命，州治中正七命，呼藥四命，正八命州列曹參軍正六命，州别駕正七命，州治中七命，州呼藥正三命，八命州列曹參軍正六命，州治中正六命，州呼藥三命，正七命州列曹參軍正二命，七命州列曹參軍三命，正六命州列曹參軍正一命。

隋刺史九等，如齊總管刺史加使持節。開皇三年置燕郡，以幽州刺史領縣，自是刺史名存職廢《通典》：隋州刺史同北齊九等制，總管刺史加使持節，開皇三年郡以州統縣，自是刺史名存職廢。《隋·百官志》：上上州置刺史、長史、司馬、録事參軍事功曹、户兵等曹，參軍事法曹士曹等行參軍、典籤、州都、光迎主簿，郡正主簿、西曹、書佐、祭酒從事、部郡從事、倉督市、令丞，并佐史，合三百二十二，上中州、上下州、中上州、中中州、中下州、下上州、下中州、下下州減。煬帝初廢總管《通考》：隋文以并、益、荆、揚四州置大總管，其餘總管府置，諸州列上、中、下三等加使持節，煬帝罷之。大業三年罷州置涿郡據《通典》，武德元年復置總管府，與幽州刺史同治薊，領州八，有檀幽、易、平、檀、燕、北燕、營、遼。據《舊[唐]書·地理志》，六年改大總管，管州三十九，七年改大都督府據《舊書·地理志》。《唐·百官志》：七年改總管曰都督，總十州曰大都督。《通典》：唐諸州有總管，加號使持節，武德五年洛、荆、并、幽、交五州爲大總管府，七年改大都督府。按《通典》云五年，異《舊唐·志》。《唐六典》：大都督府都督一，從二品，長史一，從三品，中都督府都督一，正三品，長史一，正五品上，下都督府都督一，從三品，長史一，從五品上，九年改都督，領州十七幽、易、瀛、東鹽、滄、潞、蒲、蠡、北易、燕、營、遼、平、檀、玄、北燕。貞觀元年屬河北道《唐・志》：太宗元年十道，四曰河北。二年邊州別置經略使，先天二年除幽州節度經略鎮守使據《玉海》百三十二。玄宗開元元年置幽州防禦大使，二年置節度使，然幽州節度名景雲元年命薛訥兼幽州都督時已有之，蓋節度自幽州始也，領州六《唐・方鎮表》：開元元年置幽州防禦大使，二年幽州節度使領幽、易、平、檀、嬀、燕六州。《舊[唐]書・地理志》：至德後刺史皆治軍戎，有防禦、團練、制置之名，要衝大都有節度之類，或易觀察號。《唐六典》：節度使八，河北幽州節度使。謝維新《合璧事類》：唐天寶前，軍城鎮守皆有使，而道有大將一，曰大總管，已而曰大都督。太宗時行軍曰大總管，在本道曰大都督。永徽[時]都督帶使持節者曰節度使，然猶未名官，景雲二年賀拔延嗣充河西節度使，自此開元天寶間置節度八。按《通鑑》二百十云：景雲元年，以幽州鎮守經略節度大使薛訥爲左武衛大將軍兼幽州都督，節度使之名自訥始，《玉海》依之是也。《通典》三十二謂始于景雲二年，以賀拔延爲河西節度使，《新唐書・兵志》同，似非無據，然考《新唐書・方鎮表》，景雲元年，陳繼儒《指掌編》謂節度始景雲元年，疑二年之二爲元之譌。《唐・百官志》：節度使、副大使知節度事，行軍司馬副使各一，同節度副使十。《燕史》：唐節度使自幽州始，軍士立帥自平盧始，節度據故鎮自盧龍始，其事莫非燕也，十三年升大都督府，以節度使領厥職據《舊唐・玄宗紀》。二十年幽州節度使兼河北採訪處置使，領州十六據《通鑑補》二百十三：增領衛、相、洺、貝、冀、魏、深、趙、恒、定、邢、德、博、棣、營、鄚十六州及安東都護府。開元已前節制幕府無帶憲官者，自二十三年幽州節度張守珪加御史大夫，幕府始爲要津矣宋王讜《唐語林》八補遺：開元前諸節制無憲官，張守珪爲幽州節度加御史大夫，幕府始帶憲官，方面威權益重。游宦士以朝廷爲閒地，謂幕府爲要津坐致，即省彈劾之職不復舉。天寶元年更爲范陽節度使，增僑治郡二：歸德、歸順據《唐・方鎮表》。《通鑑》：范陽節度臨制奚、契丹，統經略、威、清夷、静塞、恒陽、北平、高陽、唐興、横海九軍屯，幽、薊、嬀、檀、易、恒、定、莫、滄九州境，治幽，寶應元年復爲幽州節度使兼盧龍節度使據《舊書・李懷仙傳》，梁唐因之按後唐盧龍道領幽、薊、涿、順、平、營、瀛、莫、灤、檀、嬀州，《五代史・王處直傳》：此中之法，自將校爲刺史，升團練防禦而至節度使，據知五季節度遷進有序。

遼會同元年置南京道於幽都府之薊，北有幽州盧龍軍節度使司據《遼・地理志》。《遼・百官志》：南面方州官某州某軍節度使、南京道幽州盧龍軍節度使司。王圻《續通考》：遼北面著帳郎君有節度使，所掌非軍民事，南度使設官，衆冠以節度，承以觀察、防禦、團練等使，分以制史縣令，大略採用唐制，宗室、外戚、大臣家築城賜額，謂之頭下州軍，惟節度使朝廷命之，往往歸王府。

宋宣和五年，燕京改燕山府路據《金・太祖紀》。柯維騏《宋史新編》：開封從二品，諸府九州牧同。《歷代職官表》：宋制，帥臣任河東、陝西、（領）[嶺]南路爲經略安撫使兼都管，河北近地止爲安撫使。

金天會元年爲燕京路《金・百官志》：諸總管府謂府尹兼領者都總管一，正三品，七年改河北東路，治析津如故。海陵貞元元年改曰聖都，尋改中都路據《金・地理志》，以大興府尹領都總官府事詳府。

元太祖十年克燕，置燕京都總管府達嚕噶齊、總管各一據《元・地理志》。《元・百官志》：諸路總管、上路達嚕噶齊總管各一，正三品，下路秩從三品。《續通考》：元都督總管蓋節度使。至元元年改中都路總管府，四年徙都於此，九年改大都路總管府，大興府屬如故據《元·世祖紀》、《百官志》。二十一年大興府改大都路總管，以直隸中書省領之《元·百官志》：行中書省丞相一，從一品，平章二，從一品，右丞一、左丞一，正二品，參知政事二，從二品，丞相或不置。按《元·地理志》：中書省統山東西河北地，謂之腹裏，統路二十九，大都督路其首。

明太祖洪武元年置山東行中書省，治北平府之大興《明·地理志》：直隸中書省，有元年四月分河南、山東兩行省。《職官志》：太祖置行省官，自平章政事下大略中書省同，二年置北平行省《明·職官志》。《地理志》：二年三月置北平等處行中書省，治北平府，九年罷行省，改參知政事爲左、右承宣布政使司，以北平爲會府《明·職官志》。《太祖紀》：洪武九年六月甲午，改行中書省爲承宣布政使司。永樂元年正月以北平爲北京，稱行在，二月罷布政使司，以所領直隸北京行部《明·地理志》。《職官志》：永樂元年置北京行部，尚書二、侍郎四，屬置六曹清吏司，後分置六部，稱行在某部，十八年定都北京，罷行部。又六曹以六部官屬移北，不稱行在。洪熙元年置各部官屬南京，在北京者加行在，仍置行部。宣德三年復(部)[罷]行部。正統六年北京去行在字，爲定制，陸順天府爲尹蓋在十年云詳府。

僑治刺史，後魏五，曰益州刺史、交州刺史，並延和元年僑治密雲竟，太平真君二年降益州爲廣陽郡、交州爲安樂郡，置太守。曰燕州刺史，天平中分恒州東郡，僑置昌平，孝昌中廢。曰東燕州刺史，天平中僑置幽州軍都城，與平昌郡同治昌平，領郡三平昌、上谷、偏城，有偏城，北齊廢。曰安州刺史，皇興二年置治方城，天平中陷，元象中僑治幽州北界，領郡三：密雲、廣陽、安樂，後周改安州。曰玄州，置刺史，隋開皇十六年徙玄州，置漁陽郡之無終，立總管府，大業初廢詳僑治郡。

籑喜廬文初集卷八

順天府前代州縣官制考

秦　縣萬户以上爲令，秩千石至六百石，減萬户爲長，秩五百石至三百石，皆有丞尉；秩四百石至二百石是謂長史，百石以下有斗食佐史之秩，是爲少吏《漢·百官公卿表》，有亭長、鄉三老、嗇夫、游徼《漢·百官公卿表》：十里一亭，亭有長，十亭一鄉，鄉有三老，有秩嗇夫、游徼。三老掌教化，嗇夫職聽訟、收賦税，游徼循禁賊盜。縣大率方百里，民稠則減，稀則曠，鄉亭亦如之，皆秦制也。其縣曰薊今大興，曰方城今固安，屬上谷郡守，曰無終今薊州，周燕國，春秋時無終子國也，秦置縣，右北平郡治據《水經·鮑邱水注》、《舊唐志》。

漢　縣令長丞尉如秦制《漢·百官公卿表》：縣令長秦官，有丞尉，皆秦制。按《續漢志》劉注補引應劭《漢官》云：《前書·百官表》萬户以上爲令，萬户以下爲長，三邊始孝武所開，縣户數百而或爲令，荆揚、江南七郡惟有臨湘、南昌、吴三令爾。及南陽穰中土沃民稠，四五萬户而爲長，桓帝以江南陽安爲女公主邑，改號爲令，主薨復故。據此則令長時亦變通。莽改令長曰宰《資治通鑑》三十七，縣宰缺者數年守兼《通鑑》三十八注引：師古曰不拜正官，權令人守兼。

後漢　每縣邑道大者置令一人，千石，次置長，四百石，小者置長，三百，侯國之相秩次亦如之《續漢·百官志》。志又云凡縣主蠻夷曰道，公主所食湯沐曰國，縣萬户以上爲令，不滿爲長，侯國爲相，注曰皆掌治民顯善勸義、禁姦罰惡、理訟平賊、恤民時務、秋冬集課，上計于屬郡國。丞各一人，尉大縣二人、小縣一人《續·百官志》。丞署文書，典知倉獄，尉主盜賊《續志》注。《志》又云凡有賊發，主名不立則推索行尋，案察姦宄，以起端緒。注引《漢·百官》曰：大縣丞、左右尉，所謂命卿三人，小縣一尉一丞，命卿二人，各署廷掾、勸農掾、制度掾《續漢志》注《諸曹略知》：郡員五官爲廷掾，監鄉部，春夏爲勸農掾，秋冬爲制度掾。永平九年詔：部刺史歲上墨綬，長史視事，三歲以上治狀尤異者各一人，與計偕上，及尤不治者亦以聞《通鑑》四十五胡注：墨綬長吏謂大縣。

其縣曰薊，燕國治，元朔二年郡治，元狩六年復國，元鳳元年廣陽郡治，本始元年國治，莽曰伐戎，後漢復舊名，建武十三年屬上谷郡治，永元八年廣陽郡治曰陰鄉今宛平西南，析薊置，治屬同莽。

曰陰順，後漢永元八年省入薊。

曰廣陽今良鄉，屬同薊，以其屬廣陽郡，亦謂之小廣陽《括地志》。

曰方城、臨鄉、陽鄉三縣並今固安地，考方城，周韓侯國，燕方城邑也據《水經·聖水注》，漢置縣，屬同薊按治薊者，此爲其屬，分置臨鄉陽鄉據《水經·聖水注》、《新斠注地理志》，屬涿郡守，永光五年六月更二縣爲侯國據《漢·王子侯表》，莽改陽鄉曰章武，建武十三年省二縣入方城，屬涿郡。

曰益昌今永清，高帝六年屬涿郡，永光三年三月爲侯國據《漢・王子侯表》。莽曰有秩，建武十三年省入方城安次。

曰安次今東安縣西，高帝六年屬燕國，元封五年屬渤海郡據《寰宇記》、《魏・地形志》，永元八年屬廣陽郡詳府。

曰路、安樂路今通州東南，安樂今通州。按安樂令見《資治通鑑》三十九，屬漁陽郡，莽改路曰通潞亭《水經・鮑邱水注》，後漢名潞，漁陽郡治詳府，建安十八年漁陽併入廣陽，改屬燕郡。

曰雍奴、泉州雍奴今武清縣，泉州今武清東南四十里，二縣屬漁陽郡，莽改泉州曰泉調，建武二年雍奴爲侯國據《水經注》，三十年復爲縣。

曰軍都、昌平昌平今昌平州東南，軍都今昌平州東南四十里，屬上谷郡，後漢屬廣陽。

曰狐奴今順義縣東北二十里，屬漁陽，莽曰舉符，後漢復舊名。

曰漁陽、厗溪、獷平、要陽、白檀據《新斠地理志》，莽改厗溪曰敦德、獷平曰平獷、要陽曰要術。五縣惟白檀先屬右北平見《李廣傳》注，後同屬漁陽郡，省要陽、白檀入漁陽。

曰涿、西鄉涿今涿州，西鄉今涿州西北，戰國燕涿邑即涿也，高帝六年涿郡治涿，初元五年西鄉爲侯國據《漢・王子侯表》，莽改西鄉曰移風，後漢省西鄉入涿。

曰良鄉今房山縣東，高帝六年屬燕國後屬涿郡據王鳴盛《十七史商榷》。綏和二年，良鄉爲侯國據《漢・王子侯表》。莽曰廣陽，後漢復爲良鄉。

曰文安《通典》。《漢書》注故城今縣東北，高帝六年屬燕國。武帝時屬渤海郡，後漢屬河間國，建安中屬章武國。

曰東平舒《一統志》：今大城治，漢屬渤海郡，後漢屬河間國，建安中爲章武郡治。

曰無終詳上，初爲右北平郡，元朔二年屬燕郡，元封五年復屬北平。

曰平谷、滑鹽按平谷今平谷東北，滑鹽今平谷，屬漁陽郡，莽改滑鹽曰匡德，後漢省滑鹽入平谷，明帝時謂之鹽田據《方輿紀要》。

魏　沿漢制按《魏志·鄭渾傳》：太祖召爲掾，遷下蔡長、邵陵令，據此知令長猶沿漢制，其縣曰薊，黄初中燕郡治據《方輿紀要》，太和六年燕國治據《魏志·明紀》。

曰廣陽，燕郡，改屬燕國。

曰方城，景初元年爲侯國，屬范陽郡。

曰安次、潞、安樂《方輿紀要》：景元四年封後主爲安樂公，均燕郡，改屬燕國。

曰軍都昌平，並燕郡，改屬燕國。

曰雍奴、泉州，二縣屬漁陽郡。

曰狐奴，景初二年廢，尋復，省漁陽、厗奚、獷平入狐奴按狐奴北境今懷柔。

曰涿，屬范陽郡，黄初五年屬范陽國據《魏志·宗室傳》。

曰良鄉，屬涿郡。

曰文安，屬章武郡據《晉・地理志》、《三國疆域志》。

曰東平舒，屬同。

曰無終，屬北平郡《三國疆域志》右北平郡，《魏志》無右字。

曰平谷。

晉 縣大者置令，小者置長，有主簿、録事史、主記室史、門下書佐幹、游徼、議生、循行功曹史、小史、廷掾、功曹史、小史書佐幹、户曹掾史幹、法曹門幹、金倉賊曹掾史、兵曹史、吏曹史、獄小史、獄門亭長、都亭長、賊掾等員《晉・職官志》。《通考》：晉制大縣令有治績，官報以大郡，不經宰縣不得入爲臺郎。 又置職吏、散吏，即今科房吏也《晉・職官志》：户不滿三百以下職吏十八人、散吏四人，三百人以上職吏二十八人、散吏六人，五百以上職吏四十八人、散吏八人，千以上職吏五十三人、散吏十二人，千五百以上職吏六十八人、散吏一十八人，三千以上職吏八十九人、散吏二十六人。 洛陽縣置六部尉，餘大縣置二人，次縣小縣各一人。 按晉官制沿漢，屬吏則增設吏，猶今之科房吏典也。

其縣曰薊，燕國治，石趙燕郡治。 燕元璽元年都此，元壽元年徙鄴，後趙同趙。

曰方城、長鄉詳疆域屬范陽郡。

曰安次，屬燕國。

曰潞、安樂，屬燕國據《方輿紀要》，後屬漁陽郡詳府。

曰雍奴、泉州。 曰軍都、昌平。 曰狐奴，並屬燕國，石趙軍都屬燕郡，餘四縣屬漁陽郡。

曰漁陽、方城，一石趙復置，一慕容新置。漁陽郡治漁陽，領方城按此方城今密雲境。

曰涿，泰始元年范陽國治據《晉書·宗室傳》，尋爲郡治據《水經注》，石趙、前燕、前秦因之。

曰良鄉今房山，屬范陽郡，石趙同。

曰文安，晉屬章武國，石趙因之，前燕屬章武郡。

曰東平舒，章武國治據《魏·地形志》、《晉·宗室傳》，石趙同，前燕爲章武郡治。

曰平谷，初省，復置，屬漁陽郡，餘縣如魏。

後魏　皇始元年置縣，三令長用八品者，世宗班行職令，上縣令相第六品，中縣令相第七品，下縣令相第八品《魏·官氏志》。《志》又云：皇始元年，令長以下有未備者隨而置之。齊制：縣爲上、中、下三等，每等又有上中下之差，自上上縣至下下縣凡九等《通考》：北齊猶因循後魏，用人濫雜，至于士流恥居之，元文遥遂奏于武成帝請革之，乃密令搜揚世胄子弟，恐其辭訴説，召集神武門宣旨慰諭而遣，自此縣令始以士人爲之。

周　令長非通六條及計帳者不得居官《通典》，户七千以上縣令五命，户四千以上正四命，户二千以上四命，户五百以上正三命，五百以下三命《周書·盧辨傳》。

其縣曰薊，燕郡治。

曰廣陽，後魏屬燕郡，齊天保七年省入薊。

曰方城、葨鄉，本長鄉，後魏改據《魏·地形志》，齊天保七年並省入涿。

曰安城按安城本安次，後魏更名，屬燕郡，齊周復安次名。

曰潞、安樂，後魏太平真君七年省平谷入潞，十年省安樂入潞據《方輿紀要》，屬漁陽郡，齊周因之。

曰雍奴、泉州按後魏泉州縣北境今寶坻，後魏太平真君七年省泉州入雍奴，爲漁陽郡治，齊因之，周移漁陽郡治潞。

曰軍都、昌平，後魏屬燕郡，太和中治，置燕州，治昌平《方輿紀要》，後省昌平入軍都，天平中置平昌郡，與東燕州同治昌平據《寰宇記》析置縣。

曰萬年據《地形志》，省軍都入昌平據《一統志》，武定元年寄治，縣二。

曰廣武、沃野據《一統志》、《地理韵編》。

曰歸德今順義，自後魏省狐奴入薊，齊置歸德，屬燕郡，周省入薊。

曰白檀、密雲、要陽、方城，並屬密雲郡，自後魏移漁陽郡，治雍奴，皇始二年置密雲郡，治白檀，延和元年僑置縣。

曰燕樂，爲益州治。曰安市，爲交州治。太平真君二年改益州爲廣陽郡，增領曰廣興，改交州爲安樂郡，九年省方城入密雲，省恒山入廣興、永樂入燕樂，又置縣曰土垠，屬安樂郡。普泰元年復置方城縣，屬廣陽郡，天平中陷。元象中寄治幽州，北界移廣陽郡燕樂縣於白檀縣治。齊廢密雲郡及白檀、要陽二縣入密雲，省廣陽郡，以廣興按《隋志》曰大興，避諱也、方城入燕欒，省土垠及安市，周省安市入燕樂。

曰涿，後魏屬范陽郡，齊周因之。

曰良鄉，後魏屬燕郡，齊天保七年省入薊，武平六年復置《寰宇記》。《遼・地理志》同。

曰文安，後魏太和十一年屬章武郡，齊周屬河間郡。曰平舒，本東平舒縣，太和十二年更名爲章武郡治，正光中分章武置縣曰西章武，屬章武郡據《魏・地形志》。齊省西章武入平舒《一統志》。

曰無終，後魏齊州屬漁陽郡，周省徐無來入。

曰平谷，後魏太平真君七年省入潞，齊周同。

隋　縣令三年一遷《通典》，屬官有丞、中正、光迎功曹、光迎主簿、功曹主簿、録事，及西曹、户曹、金曹、租曹、兵曹等掾，市長等員《隋・百官志》。《志》又云：上上縣令合屬官佐吏五十四人，上中縣減上上縣五人，上下縣減上中縣五人，中上縣減上下縣六人，中中縣減中上縣五人，中下縣減中中縣一人，下上縣減中下縣一人，下中縣減下上縣一人，下下縣減下中縣一人。開皇三年曹並改司《隋・百官志》，十四年改九等縣爲上、中、下，凡三等《通典》。

其縣曰薊，開皇三年幽州治，大業三年涿郡治。

曰固安今固安。據《隋・地理志》、《寰宇記》。大業初屬涿郡。

曰通澤今永清地，大業七年置，尋省入固安、安次二縣據縣志、《方輿紀要》。

曰安次，曰潞，曰雍奴，並開皇三年屬幽州，大業三年屬涿郡。曰昌平，開皇三年廢平昌郡屬幽州，省萬年入，大業三年屬涿郡。曰燕樂、密雲，開皇初廢安樂郡，以二縣屬玄州，十六年州徙治無終，改屬幽州，十八年屬檀州，大業初置安樂郡，領二縣。曰涿曰良鄉，並開皇三年屬幽州，大業三年屬涿郡。曰文安，開皇三年屬瀛州，大業初屬河間郡，七年析文安與平舒地于河口，當三河會流處置縣曰豐利今文安境，仍屬河間。曰平舒，開皇三年屬瀛州，十六年屬景州據《寰宇記》、《方輿紀要》，大業初屬河間郡。曰無終，開皇六年徙玄州治，後改縣。曰漁陽。

唐 改郡爲州，然州無屬郡者，州制具郡按唐時州制詳府，今知州之職在唐則爲縣令也。縣等：赤、畿、望、緊、上、中、下，凡七《歷代職官表》：唐縣赤、畿、望、緊、上、中、下七等，京縣爲赤，京之旁邑爲畿，其餘以户口多少、資地美惡爲差，品次則四：凡令，上縣從六品，上中縣正七品上，中下縣從七品上，下縣從七品下，其丞、主簿、尉、録事、司户、司法、倉督、典獄等佐屬品亦以四等爲差《唐書·職官志》：上縣令一人，從六品上，丞一人，從八品下，主簿一人，正九品下，尉二人，從九品上，録事二人、司户司法倉督二人、典獄十人。中縣令一人，正七品上，丞一人，從八品下，主簿一人，從九品上，尉一人，從九品下，録事一人、司户司曹倉督一人，典獄八人。中下縣令一人，從七品上，丞一人，正九品上，主簿一人，從九品，尉一人，從九品下，録事一人，司户司法各一人，典獄六人。下縣令一人，從七品下，丞一人，正九品下，主簿一人，從九品上，尉一人，從九品下，録事一人、司户司法各一人，典獄六人。開元十八年定制，六[千]户以上爲上縣《唐會要》。關有令丞、津有津尉，今驛丞始此，永徽中廢尉置吏《唐・百官志・關令丞》：(几)[凡]關有驛道者爲上關，無爲中關，餘爲下關。津尉掌舟梁事，永徽中廢津尉置津吏。《歷代職官表》：唐至德後，凡水陸驛千五百八十七處，此縣置驛丞之始。

其縣曰薊，望，武德元年幽州治見《舊唐・地理志》，天寶元年改范陽郡治，寶應元年復舊，凡屬縣準此。武德六年僑治縣二，曰遼西、懷遠，並下屬燕州，貞觀元年省懷遠，天寶元年燕州改歸德郡，乾元元年復燕州詳僑治州。《舊書・地理志》：遼西縣無實土户，所領户出粟皆靺鞨别種，户五百，天寶户二千四十五，州所治縣。按户數當時下縣。貞觀六年後僑治縣曰賓義，下《舊書・地理志》：户八十一，天寶户千六十四，屬順州詳僑治州。《舊書・地理志》：賓義郡所理，在幽州城内。開元二年寄治縣曰濱海，下屬沃州詳僑治州。《舊書・地理志》：天寶領縣一，户百五十九。天寶元年析薊置縣曰廣甯按薊又析置廣平、幽都，依《一統志》爲今宛平，三載省。

曰廣平，上，天寶元年析薊置按《一統志・表》，廣平列之宛平，三載省，至德間復置。建中二年因廢燕州廨置縣。

曰幽都，望，與薊令分理按幽都，《一統志・表》列宛平。《舊書・地理志》：幽都管郭下西署，與薊分理，建中二年取羅城内廢燕州衙署，在府北一里，寄治古廣陽城今良鄉。三下縣曰歸義，屬歸義州；曰來薊，屬夷賓州；曰來逮，屬瑞州詳僑治州。按唐良鄉，今房山縣東舊境，《唐·地理志》：歸義户百九十五，來薊户百三十，來逮户六十，天寶户百九十五。

曰固安，上《唐·地理志》，武德元年屬幽州，四年移治歸義縣界章信堡，屬北義州，貞觀元年復舊治，屬幽州，天寶元年屬范陽郡，寶應元年復屬幽州，大曆四年屬涿州。

曰武隆今永清，如意元年置《舊書·地理志》，屬幽州，景雲元年改曰會昌，天寶元年改曰永清，緊，屬范陽郡，寶應元年仍屬幽州。

曰安次，上，屬幽州，寄治安次。

曰龍山，下，屬昌州詳僑治州。《舊書·地理志》：户一百三十二，天寶户二百八十一。

曰潞，上，武德元年屬幽州，二年爲玄州治，貞觀元年復屬幽州，其寄治古潞城。

二下縣曰昌黎，屬崇州，曰賓從，屬鮮州，皆神龍初徙詳僑治州。《舊書·地理志》：昌黎户百四十，天寶户二百，賓從天寶户百七。曰臨河今三河，武德二年析潞置屬玄州，貞觀元年省入潞據《新舊書·地理志》，開元四年復析潞置縣。

曰三河，中，屬幽州，十八年改隸薊州《舊書·地理志》。

曰雍奴，武德元年屬幽州，天寶元年改曰武清，上見《舊書·地理志》，屬范陽郡，寶應元年復屬幽州。

曰昌平，望，屬同雍奴，寄治昌平境。

曰孤竹，下，神龍初屬帶州詳僑治州。《舊書·地理志》：孤竹户百三十八，天寶户三百一十四，寄治燕北境今順義境。

曰懷柔，開元四年屬歸順州《舊書·地理志》：户千三十七，天寶元年改歸化郡，乾元元年復舊名，唐末爲順州，下詳僑治。

曰密雲、燕樂，並中見《新舊·地理志》，武德元年屬檀州，州治密雲，長壽二年移燕樂，治新城，天寶元年改爲密雲郡治，乾元元年復爲檀州詳分治。

曰涿，武德元年屬幽州，七年更縣曰范陽，望見《新舊·地理志》，天寶初爲范陽郡治，寶應元年屬幽州，大曆四年爲州治，曰涿見《舊書·地理志》、《寰宇記》，上，領范陽、歸義、固安，又新昌新城非今屬，朱泚奏涿州爲永泰軍據《新書·蔡廷玉傳》，寄治縣五，並下。

曰静蕃，貞觀二十年屬玄州。

曰黄龍，神龍初屬信州。　曰逢龍，神龍初屬慎州。　曰新黎，神龍初屬黎州《舊書·地理志》：静蕃治范陽縣之魯泊邨，天寶户六百一十八，黄龍寄治范陽縣，天寶户四百十四，逢龍，契丹陷營州後南遷，寄治良鄉縣之故都鄉城，天寶户二百五十，新黎自宋州遷，寄治于良鄉縣之故都鄉城，天寶户五百六十九。

曰青山，景雲元年屬青山州《舊書·地理志》：青山寄治范陽縣界水門邨，户六百二十二。

曰良鄉，望，聖曆元年更名固節，神龍元年復故名見《新書·地理志》，今爲房山，天寶元年屬范陽郡，寶應元年屬幽州，神龍初寄治縣二，並下：曰威化，寄良鄉今房山縣石窟堡，屬威州。曰陽師，寄良鄉縣故東閭城，屬師州《新書·地理志》。威化户七百二十九，陽師户百三十八。

曰文安、豐利，武德四年屬瀛州，貞觀元年省豐利，徙文安於豐利，治即今縣治也，上《新書·地理志》，景雲二年屬鄚州，開元元年屬莫州。

曰平舒，上《新書·地理志》，屬景州，貞觀元年屬瀛州。

曰漁陽，中《唐·地理志》，屬幽州，武德二年屬玄州，貞觀二年屬幽州詳府，神龍元年隸營州，開元四年隸幽州《舊書·地理志》，十八年于縣置州曰薊州，領縣三：漁陽、三河，又玉田，非今屬，天寶元年改曰漁陽郡，下，乾元元年復爲薊州治，朱泚奏薊州爲静塞軍據《新書·蔡廷玉傳》。

五代　縣令制循唐代《歷代職官表》。

曰薊，梁唐屬幽州。

曰幽都、廣平，梁唐屬同薊，乾甯中劉仁恭析幽都置縣。

曰玉河今宛平西。

曰良鄉今良鄉，初爲良鄉縣今房山東境，長興三年移今治據《方輿紀要》、《舊五代史·趙德鈞傳》，屬幽州。

曰固安，梁唐屬涿州。

曰永清，曰安次，曰潞，梁唐並屬幽州。

曰三河，梁省，唐長興三年復置，屬薊州。

曰武清，梁、唐屬幽州。

曰昌平，唐長興三年改曰燕平據《五代史·郡縣志》，仍屬幽州。

曰懷柔今順義，唐屬順州。

曰燕樂、密雲，梁唐屬檀州。

曰范陽，梁唐均涿州治。

曰良鄉今房山，梁屬幽州，唐徙今治今良鄉。

曰霸州，周顯德六年取益津關置據《通鑑》注引金人疆域志圖，治永清，領文安、大城，又置破虜軍使，治古淤口關據《寰宇記》。

曰文安，梁唐屬莫州。

曰平舒，梁屬瀛州，唐改曰大城，屬同據《方輿紀要》。

曰薊州，治縣曰漁陽，并領三河，又玉田，非今屬，梁唐屬幽州。

遼　五京諸州屬縣各有縣令、縣丞、主簿、尉王圻《續文獻通考》，大略採用唐制，不能州者謂之軍，不能縣者謂之城，不能城者謂之堡《遼史·百官志》。按《唐書·地理志》：邊縣多有城鎮塞堡，或將或守，不隸縣令，其即遼所採用與。

［宋］知州知縣之名始宋，然宋知州皆領縣者，不與縣同詳府。乾德初州置通判，治軍州之政事得專達，與長史均禮，號曰監州，或置兩員，事簡有不置者，景德間州滿萬户則置《宋·職官志》：乾德初諸州置通判，統治軍之政事，得專達，與長史均禮。大藩或置兩員，户少事簡有不置者。正刺史以上州，知州雖小亦特置。《通考》：宋藝祖懲五代藩鎮之弊，乾德初下湖南，始置諸州通判，命刑部郎中賈玭等充。建隆四年詔：知府公事並須長史、通判簽議連書方許行下。時大郡置兩員，西京、南京、天雄、成德、益、杭、並晉、荆、南、潭、廣、秦、定等州，餘置一員。州不及萬户不置，正刺史以上及諸司使副知州者，雖小郡亦特置，掌倅貳郡政，與長史均禮，凡兵民錢穀、户口、賦役、獄訟聽斷之事可否裁決，與守通簽，所部官有善否、職事修廢，得刺舉以聞。至景德間宋興三十四年，户口寖息，解州以滿萬户置通判，自是諸部多滿萬户矣。又云宋祖設通判，號稱監州。宣和二年，詔諸州茶鹽香礬並委通判，建炎初二員減一《通考》：宣和二年，詔諸州茶鹽香礬並委通判。建炎初，諸州通判二員減一，紹興五年以後旋行申請添置帥府通判，並以兩員爲額。州有録事，乾興元年改爲録事參軍，政和三年改爲掾，建炎初復舊名録事《通考》：宋沿唐制，州有録事參軍，然不盡置也。諸府爲司録，諸州爲録事。乾興元年丁度申請，諸州始各置録事參軍。慶曆二年，河西、河東、陝西諸州權令京官知録事參軍，熙寧三年詔繁難去處録事參軍，並差知官知縣及奏舉縣令人充。政和三年尚書省言州建六曹參軍。參軍之稱起于行軍之際，恐不當襲，録事參軍欲改爲司録，奉旨改爲掾，建炎初復舊名，録事掌州縣（者）庶務，糾諸曹稽違。乾道中汪大猷申諸依司理例不兼他職，從之。諸縣赤、畿外有望、緊、上、中、下《宋·職官志》：建隆元年，令諸縣除赤、畿外有望、緊、上、中、下，掌紀治民政、勸課農桑、平決獄訟，凡户口、賦役、錢穀、賑濟、給納之事，皆掌之，有孝悌行義聞于鄉閭者申州激勸。《通考》：四千

户爲望，三千户以上爲緊，二千户以上爲上，千户以上爲中，不滿千户爲中下，五百户以下爲下。若京朝幕官則爲知縣事，有戎兵則兼兵馬都監或監押《宋·職官志》。按《白居易集》有裴克諒權知華陰縣令制，是唐貞元間已有權知縣令之稱，而以知縣爲縣令專名則自宋始。初以朝官知縣事，或參用京官及幕職官。于慎行《筆塵》：宋大縣四千户以上爲朝官知，小縣三千户以下選京官知。《通典》：檢校試攝判知之官。縣丞初不置《宋會要》，熙甯四年，繁劇户二萬以上置一員，崇甯二年並置，開寶三年置簿，建隆三年置尉《宋·職官志》：天聖中開封二縣始各置丞一員，在簿尉之上，熙甯四年繁劇縣令户二萬以上增置縣丞一員，崇甯二年宰丞請縣並置丞一員。主簿，開寶三年詔諸縣千户以上置令簿尉，四百户以上置令尉，令知主簿事，四百户以下置簿尉，主簿兼知縣事，咸平後多置主簿尉，建隆三年每縣始復置尉一員，在主簿下，俸賜並同，掌閲習弓手、戢姦禁暴，凡縣不置簿則尉兼之。

金　設防禦者謂之防禦州，設刺史者謂之刺史州《續通考》。州刺史一，品正五，同知一，品正七，判官一，品正八，司軍一、知法一，品並從九，司吏，薊、通、涿州各三，餘二，抄事一。公使，上州五十，中四十有五，下四十。知印於孔目官、輪遣運司押司官同，無孔目，以上各司吏充《金·百官志》：諸刺史州刺史一員，正五品，掌同府尹，兼治州事，同知一員，正七品，通判州事，判官一員，從八品，簽判州事，專掌通檢推排簿籍，司軍，從九品，知法一員，軍轄兼巡捕使，九品，司吏，女直、韓、慶、信、灤、薊、通、登、復、密、貴、德、涿、利、建州、來遠軍各三人，餘各二人，抄事一人，公使上州五十、中四十五、下四十，凡諸州以上知印並於孔目官内輪差，運司押司官並同，無孔目以上各司吏充司，縣同此。司候司司候一、品正九，司判一、品從九，司吏公使七。又司獄司司獄一、品正九，司吏一、公使二、典獄二，有獄子。又諸倉使品正八，副使品正九，有攢典倉子《金·百官志》：諸防刺州司候司候一員，正九品，司判一員，從九品，司吏公使七人，然亦驗户口，置諸司獄司獄一員，正九品，提控獄囚司吏一人，公使二人，典獄二人，防守獄囚門禁啟閉之事，獄子防守罪囚者，諸倉使正八品，副使正九品，掌倉廩畜積、納租税、支給禄廩之事，攢典掌收支文歷、行署案牘，歲收一萬石以上設二人，倉子掌斛斗盤量、出納看守之事。

赤縣令一，品從六，總判縣事丞一、品從八，主簿一、品正九，掌同縣丞，尉四、品正八，專巡捕盜賊。又中都市令司令一、品正八，丞一、品正九《金·百官志》：赤縣謂大興、宛平，縣令一員，從六品，掌養百姓，按察所部，宣導風化，勸課農桑，平理獄訟，捕除盜賊，禁止游惰，兼管常平倉及通檢推排簿籍。總判縣事丞一員，正八品，掌貳縣事。主簿一員，正九品，掌同縣丞。尉四員，正八品，專巡捕盜賊，餘縣置四尉者同此。司吏十人，内一名取識女直、漢字者充。公使十人。又云市令司惟中都置吏一員，正八品。丞一員，正九品，掌平物價，察度量權衡之違式，百貨之估值。司吏四人，公使八人。諸縣令一，品從七，丞一，主簿一，尉一，品皆從九。凡縣二萬五千户以上爲次赤，爲劇，二萬以上爲次劇。在京倚郭者曰京縣，萬户以上爲上，三千户以上爲中，不滿三千爲下。下縣則不置尉，以主簿兼《金·百官志》：諸縣令一員，從七品，丞一員，正九品，主簿一員，正九品，尉一員，正九品。凡縣二萬五千户以上爲次赤、爲劇，二萬以上爲次劇，在諸京依郭者曰京縣，自京縣以下，以萬户以上爲上，三千户以上爲中，不滿三千爲下。中縣而下置丞，以主簿與尉通領巡捕，下則不置尉，以主簿兼之。中縣司吏八人，下縣司吏六人，公使皆十人。諸知鎮、知城、知堡、知塞皆從七品，其設公使皆與縣同，惟驗户口置司吏。中都東北都巡檢使一，品正七，通州置司分管大興、漷陰、昌平，通、薊等界盜賊事。西南都巡檢一，品正七，良鄉縣置司，分管良鄉、宛平、安次、永清縣界，涿州等界盜賊事。諸州都巡檢使各一，品正七，副都巡檢使各一，品正八，散巡檢品正九《金·百官志》：諸巡檢中都東北都巡檢使一員，正七品，通州置司，分管大興、漷陰、昌平、通、薊、盈州界盜賊事，司吏一人，掌行署文書，馬軍十五人，於武衛馬軍内選少壯熟嫻弓馬人充。西南都巡檢一員，正七品，良鄉縣置司，分管良鄉、宛平、安次、永清縣并涿、易州界盜賊事。諸州都巡檢使各一員，正七品，副都巡檢使各一員，正八品。散巡檢正九品，内泗州以管勾排岸兼之，皆設副巡檢一員爲之佐。

曰薊北，遼會同元年，薊縣更名幽都府治，開泰元年改曰析津，析津府治。宋望據《輿地廣記》。宣和五年廣陽郡永清單治《金史·太祖紀》、《宋·地理志》，金天會三年復遼舊名，貞元二年改縣曰大興，爲大興府治據《金·地理志》，園陵署令宛平縣丞兼，貞祐二年園陵遷大興縣境，遂以大興縣令丞兼《金·百官志》。

曰幽都、玉河，遼初幽都府治省廣平入幽都，開泰元年改幽都曰宛平，析津府治。宋望《輿地廣記》。宣和五年省玉河入《宋志》無玉河。金大興府治曰良鄉，遼屬幽都府，開泰元年屬析津府。宋望《輿地廣記》。宣和五年屬廣陽郡永清軍，金如遼，貞元元年屬大興府。

曰固安，遼屬涿州永泰軍，宋上《輿地廣記》。屬涿州威行軍，金屬析津府，貞元元年屬大興府據《元·地理志》。

曰永清，遼屬幽都府，周顯德六年取縣爲霸州治。宋緊《輿地廣記》。景祐二年省永清，移文安縣來治，屬霸州防禦史，皇祐元年，文安還舊治，爲文安北境。金天會三年復永清，屬析津府，貞元元年屬大興府據《方輿紀要》。

曰安次，宋上據《地輿廣記》。

曰香河，遼會同元年析武清、三河、潞置，宋宣和五年賜名曰清化，金天會三年復香河名，大定十二年析置寶坻，承安三年升寶坻爲盈州，香河屬之，泰和四年復故。

曰潞，宋縣，上《輿地廣記》。遼太平中析潞置縣。

曰漷陰今通州西南。金天德三年于潞置州。

曰通據《元·地理志》，下據《金·地理志》，領縣三，屬河北東路。

曰三河，遼隸薊州，宋中《輿地廣記》，隸同。金天德三年隸通州。

曰武清，遼析置香河。

曰寶坻，下，金大定十二年析香河東境置承安，三年升盈州，領武清、香河、泰和，四年復爲縣。

曰昌平，復［後］唐燕平也，晉天福中復名，賂遼。宋望，金下《輿地廣記》、《金·地理志》，安次等八縣均屬如良鄉。

曰順州，歸甯軍，遼治縣。

曰懷柔，屬南京道，開泰元年改。

曰順州，歸化軍，中，屬燕京路據《遼・地理志》。宋宣和五年賜名曰順州順興郡團練軍，屬燕山路，金天會三年曰順州，下據《金・地理志》，治懷柔，又領密雲，尋省，屬析津府，明昌六年改懷柔。

曰温陽，屬大興府。

曰密雲、行唐按行唐亦今密雲地，遼初省燕樂入密雲《方輿紀要》：五代廢爲燕樂莊，新置縣。

曰行唐按行唐近唐僑縣，屬檀州威武軍，宋賜行唐名曰威塞，屬横山郡鎮遠軍節度使，金天會三年省行唐，以順州領密雲，屬析津府，後省密雲，復置檀州，屬大興府。

曰范陽今涿州，遼于縣置州軍。

曰涿州永泰軍，上據《遼・地理志》，并領固安及非今屬之新城，宋宣和五年賜郡名曰涿水，升威行軍節度使據《宋・地理志》，上據《輿地廣記》，治范陽，領固安及非今屬之歸信、新城，尋割歸信。今[金]涿州，中據《金・地理志》，大定六年并領定興，非今屬《地理韵編》：定興，今保定定興治。八年十月，命涿州刺史兼提點山陵《金・世宗本紀》，二十九年又領萬甯，屬府同良鄉。

曰萬甯今房山，金大定二十九年置涿州，領屬大興府，明昌二年改縣曰奉先，屬如故。

曰霸州，在宋爲中據《宋・地理志》、《元豐九域志》，隸河北路。景祐元年改霸州防禦使，徙治文安，屬河北路安撫使，二年廢永清，徙文安於永清，爲州治，屬河北東路安撫使，皇祐元年文安復爲州治，政和三年賜名永清郡，宣和五年屬燕山府路。金屬河北東路，貞元二年屬中都路大興府，金大定二十九年治縣曰益津據《方輿紀要》，領文安、大城，又領縣。

曰信安今霸州東。先是宋太平興國六年割霸州之永清、文安三百十七户屬周［州］，置之破虜軍使據《寰宇記》，景德二年改信安軍使，金大定七年改縣，隸霸州，元光元年升鎮安府，霸州屬焉。

曰文安，遼會同元年屬莫州，周顯德六年屬霸州，宋上據《輿地廣記》、《元豐九域志》、《宋·地理志》，景祐二年屬霸州防禦，省永清來入，移治故永清，皇祐元年復舊治，政和三年賜霸州名永清郡，金天會三年霸州領屬析津府，貞元元年屬大興府。

曰大城，周顯德六年屬霸州，宋上據《地輿廣記》、《元豐九域志》、《宋·地理志》，宋、金屬同文安。

曰平戎軍，宋初爲雄州歸信縣東境，太平興國六年升平戎軍《寰宇記》，景德元年改曰保定軍，隸莫州，宣和七年改曰保定縣知縣事，仍兼軍使，秩同下州據《輿地廣記》、《元豐九域志》、《宋·地理志》。金天會三年隸雄州，貞元二年雄州領屬大興府。

曰薊州，治縣曰漁陽，遼會同元年薊州號尚武軍刺史，上據《遼·地理志》，領漁陽、三河，又玉田，非今屬，屬幽都府，開泰元年屬析津府，宋下據《輿地廣記》，宣和五年漁陽賜名曰平盧，餘如遼屬廣陽郡永清軍，七年割玉田，金中據《金·地理志》，復漁陽縣名，增領非今屬之遵化，屬析津府，天德三年改三河屬通州，貞元元年屬大興府，大定二十七年增領平峪，又永濟非今屬，泰和中改永濟爲豐潤。

曰平峪，金大定二十七年以漁陽大王鎮置。

元 宛平縣秩正六品，達嚕噶齊一、尹一、丞三、主簿三、尉一、典史三、司吏二十六。

大興縣秩正六品，達嚕噶齊一、尹一、丞一、主簿二、尉一、典史三、司吏一十五，至元十一年置《元·百官志》。《志》又云：宛平治大都麗正門以西，大興治以東。

東關箱［廂］巡檢同，秩從九品，巡檢三，司吏一，掌巡捕盜賊奸宄之事，至元二十一年置，西北南同《元·百官志》，延祐四年置盧溝橋等處巡檢司《元·仁宗紀》：延祐四年十二月己酉，盧溝橋、澤畔店、琉璃河並置巡檢司。

諸州諸縣立自中統五年，未有差等《元·百官志》：中統五年併立州縣，未有差等，至元三年定上、中、下等凡三《元·百官志》：諸州至元三年定，一萬五千户之上者爲上州，六千户之上者爲中州，六千户之下者爲下州。江南既平，二十年又定其地五萬户之上者爲上州，三萬户之上者爲中州，不及三萬户者爲下州，於是升縣爲州者四十有四。縣户雖多，附府路者不改。諸縣至元三年合併，江北六千户之上者爲上縣，二千户之上者爲中縣，不及二千户爲下縣，二十年定江淮以南三萬户之上者爲上縣，萬户之上者爲中縣，萬户之下者爲下縣。

上州達嚕噶齊、州尹，秩從四品，同知秩正六品，判官秩正七品。中州達嚕噶齊、知州並正五品，同知從六品，判官正八品。下州達嚕噶齊、知州並從五品，同知正七品，判官正八品，兼捕盜之事。參佐官，上州知事提控案牘各一員，中州，吏目、提控、案牘各一員，下州吏目一員或二員。上縣秩從六品，達嚕噶齊一員、尹一員、丞一員、簿一員、尉一員、典史二員，中縣秩正七品，不置丞，餘如上縣制，下縣秩從七品，置官如中縣，簡以簿兼尉《元·百官志》，後別置尉、印典史，又秩九品巡檢一《元·百官志》：後又別置尉，專主捕盜之事，別有印典史一員、巡檢司秩九品巡檢一員。

曰大興，曰宛平，並赤據《元·地理志》，至元元年爲大興府治，二十一年爲大都路總管府治。

曰良鄉，下據《元·地理志》，屬大興府，二十一年屬大都路總管府。

曰固安，太祖十年爲涿州屬，憲宗九年爲霸州屬，尋改直隸大興府，中統四年升曰固安州，下。

曰永清，下據《元·地理志》。

曰安次，屬大興府，大宗七年改霸州領屬，中統四年升。曰東安州，下。

曰香河，下，屬大興府，至元十三年漷州領屬。

曰通州，下，治縣曰潞，并領三河，又治通州竟。

曰漷州，至元十三年漷陰縣升，領武清、香河。曰三河，下，爲通州屬。

曰武清，下。曰寶坻。曰昌平今州。曰順州，下據《元·地理志》，太祖十年省温陽入州。曰

檀州今密雲。曰涿州，下，治縣。曰范陽，領縣。

曰奉先，至元二十九年更奉先曰房山，下據《元·地理志》。太宗八年涿州升路，中統四年復故。

曰霸州，下據《元·地理志》。霸州周《志》：知州一，判官二：一掌賦、一掌馬，吏目一，太祖十年治縣。

曰益津，廢鎮安府入州，又領縣。

曰文安，下據《元·地理志》。文安楊《志》：達魯花赤一、縣尹一、丞一、主簿一。

曰大城，下據《元·地理志》，太宗七年增安次，憲宗四年增固安，尋割屬大興府，中統四年省益津入州，安次升東安州，至元二年復益津，省保定入，四年復置縣。

曰保定，下據《元·地理志》，爲霸州屬，與永清等州縣屬大興府，至元二十一年屬大都路總管府。

曰薊州，下，治縣。曰漁陽，領縣。曰平峪，下據同上，至元二年省平峪入漁陽，十三年復置縣，改曰平谷，二十一年省入漁陽，外豐潤、玉田、遵化，非今屬。

明　不設州刺史而州坿府《通考》。

直隸州知州一，從五品，同知從六品，判官從七品，其屬吏目《明·職官志》。《通考》：知州上視府、下視縣，以月計上府，歲計上省，以三歲計上吏部。同知清軍匠，或兼巡捕判官，督糧官捕盜、治農、管河，分職任事而領于知府，吏目或分領州事，諸所屬衙門如府者亦如之。

太祖初定縣三等，上從六，中正七，下從七，已而並改正七，京縣知縣正六《通考》：太祖初定縣三等：賦十萬石以下爲上縣，知縣從六品，六萬石以下爲中縣，正七品，三萬石以下爲下縣，從七品。已而並改正七品，京官正六品。《明·職官志》：宛平、大興二縣各知縣一，正六品，丞正七，主簿正八《明·職官志》。《志》又云：二縣蒞輦下，品秩特優。《通考》：知縣教縣民之事，歲貢學生，三歲貢生，歲攢實徵，十歲造黄册，賦役視丁與産，獄訟考諸律例。《明·職官志》：洪武十七年定州縣條例八事，所屬有巡檢司、税課局、驛遞河泊所、倉草場者，設官如州《通考》。巡檢司改爲雜職在洪武十有三年《明·職官志》：洪武二年廣西設巡檢司，後增置各處，十三年二月特賜勅諭之，尋改雜職。

其縣曰大興，知縣一、丞二、主簿一、典史一、遞運所官一。曰宛平，知縣一、丞三、主簿一，典史巡檢四：一盧溝橋，一王平口，一齊家莊，一石港口，廣源閘官一。二縣洪武元年北平府治、永樂元年順天府治。

曰良鄉，知縣、丞、主簿、典史各一據萬曆沈《志》。

曰固安，知縣一，丞二，分職糧馬，嘉靖三十六年裁糧丞，四十二年裁馬丞，主簿、典史、河甯巡檢各一據固安陳《志》。

曰永清，知縣一，丞一，成化年廢，主簿、典史各一據萬曆沈《志》。

曰東安《明·地理志》：東安府東南，元東安治在西，洪武三年徙今治，知縣一，丞一，又主簿、典史各一裁據東安李《志》。

曰香河，屬漷州，洪武十年省縣入州，十三年縣復置，知縣一，治農主簿一，成化廢，典史一據香河劉《志》、萬曆沈《志》。

曰通州，洪武元年省潞入，知州一，同知一，判官三，分職馬與糧柴，正德間裁職柴者，吏目潞河水馬驛丞、和合驛丞、遞運所大使、張家灣巡檢、宏仁橋巡檢、稅課局大使、通濟庫大使各一據萬曆沈《志》。通州高《志》：潞河驛永樂中置丞一，和合驛永樂中置丞一，萬曆四年移張家灣，通州領縣。

曰三河，知縣一，丞一，裁主簿二，分職管糧，典史一據萬曆沈《志》。按三河陳《志》云主簿一，非，泃河驛丞一，東門遞運所大使一，泥窪鋪巡檢一，後移夏店據三河陳《志》，十年寶坻由北平府改屬，十二年武清由漷州改屬，又治通州境。

曰漷州，十三年改曰漷縣，屬通據《金元·地理志》，知縣、主簿、典史、楊郚巡檢、楊郚遞運所大使各一。

曰武清，初隸漷州，洪武五年直隸北平府，知縣一，丞、河西務管河主簿、典史、河西驛丞、河西務巡檢、楊郚驛丞、遞運所大使、大直沽巡檢各一，又河西稅課局大使一，廢。十三年隸通州。

曰寶坻，洪武十年隸通州，知縣、丞、主簿、典史、蘆臺巡檢各一據萬曆沈《志》、寶坻洪《志》。

曰昌平，正德五年升爲州，領順義、懷柔、密雲，尋罷，八年復爲州。知州、判官、吏目各一據萬曆沈《志》、昌平宋《志》，領縣三：曰順義，知縣、丞、主簿、典史、驛丞、倉副使各一據萬曆沈《志》。曰懷柔，洪武元年析昌平密雲置，知縣、典史各一，又主簿一，管馬，嘉靖中廢據萬曆沈《志》、懷柔吴《志》，正德八年屬昌平州。曰密雲，元檀州也，洪武元年置，省檀州入，知縣、丞、典史各一據密雲周《志》。

曰涿州，洪武元年省范陽入州，知州、同知、判官、吏目、遞運所大使、倉大使、税課大使、涿鹿驛丞各一據《明·地理志》、涿州吴《志》，領縣。曰房山據《明·地理志》，知縣一，丞一，又主簿一，嘉靖間裁，又典史、磁家務巡檢各一，宣德間裁據房山佟《志》。曰霸州，洪武初省益津入州，知州一，同知一，萬曆末革，判官二，嘉靖中省一，吏目苑家口巡檢各一據霸州周《志》，領縣。曰文安，知縣一，丞二，又主簿典史各一據文安楊《志》。按楊《志》云丞二，嘉靖三十七年裁，然載隆慶年兩丞，注云裁缺。據知丞不盡裁于嘉靖年。曰大城，知縣、丞、主簿、典史各一。

曰薊州，洪武元年省漁陽入州，同知、判官，吏目：漁陽驛丞、南關遞運大使、倉大使、副使、庫大使各一據萬曆沈《志》、薊州張《志》，領縣。曰平谷，知縣一，丞一，又典史、積留倉大使各一，隆慶年廢據平谷朱《志》，十年省平谷入三河，十三年復按薊州又領縣玉田、豐潤、遵化，非今屬。

已上州縣，洪武元年屬北平府，永樂元年屬順天府。

順天府前代學官考

學政議創于唐，職則始宋《歷代職官表》：唐李栖筠等議請十道大郡置大學館，遣博士出外兼領郡官，與明制各省設提學近，然議不行。元符二年諸路選監司提舉《宋・選舉志》：諸路選監，設提舉學校守貳，崇甯二年專設提舉學事，司掌一路州縣學政，學政始此《宋・職官志》：提舉學事司，崇甯二年置，宣和三年罷《宋・職官志》，尋復《歷代職官表》：考紹興十八年，國子監參酌諸州軍如未差教授處，即令本路提舉司於本州有出身官選差一員兼領。二十一年大理寺主簿丁仲京奏，贍學田多爲勢家侵佃，户部請令提舉司置籍勾管。慶元二年，吏部尚書葉翥請令太學及州郡學各以月試，令格前三名程文上御史臺考察，舊習不改，坐學官提學司罪。然則提舉後仍設，然廣陽、永清郡屬燕山府路，在宣和五年、七年入金，三年中提舉之復否史無明文。

金曰提舉學校官，凡試補學生則領厥學官主之，今制學政歲科試士始此，蓋宋制，學生猶主之以州縣官選補長史也《金・選舉志》：試補學生以提舉學校學官主之。按今歲科取士學政主之，先由州縣及府試亦參宋制。

元曰儒學提舉司。初大都路提舉學校所提學一，秩正六，至元二十四年立國學，以故孔子廟爲京學，提舉仍繫國子祭酒銜，品從五，有副，品從七《元・百官志》：大都路提舉學校所秩正六品提舉一，至元二十四年立國學，以故孔子廟爲京學提舉學事者，以國子祭酒繫銜。儒學提舉司秩從五品，各處行省所署之地皆置一司統諸路府州縣學校祭祀、教養、錢糧之事，及考校進呈著述文字，每司提舉一，從五品，副提舉一，從七品，吏目一，司吏二。

明洪武九年定制：北平布政司設提督學道僉事一，永樂元年改北京提督學校，以御史充，曰提學御史《明・職官志》：都察院十三道監察御史提督學校，兩京各一人，按察司副使僉事提督學道十三布政使司各一，惟湖廣二。按學政充以京官始此。

府教授始宋，在漢則自武帝于郡國立學官《漢・循吏傳》：文翁修起學宮于成都，招下縣子弟爲學官弟子。武帝時令天下郡國皆立學校，官自文翁始。《漢・董仲舒傳》：復興學校之官自仲舒發之，是爲郡文學《漢・王尊傳》尊師郡文學官，顔注：郡有文學官，尊事爲師。按漢梅福、雋不疑、蓋寬饒、諸葛豐、張禹傳，皆云爲郡文學，匡衡以太常掌故調補平原文學，《酸棗令劉熊碑陰》有故郡文學李義，有文學祭酒見《隸釋・文翁學生碑題名》，學有掾，元帝置五經百石卒史《漢・儒林傳》：元帝好儒林，郡國置五經百石卒史。按《續漢志》劉注引《漢官儀》：河南尹百石卒史二百五十，《通典》、《三國志》俱譌爲百户吏卒，《水經注》譌爲百夫吏卒，曲阜孔廟《永興元年碑》云請置百户卒吏，與《漢・儒林傳》合。考《張納碑陰題名》：文學主事掾史各一，文學掾二，史一，可補史志之闕。元始三年學置經師一《漢・平紀》元始三年立學官，郡國曰學，縣、道、邑、侯國曰校，校置經師一，鄉曰庠，聚曰序，庠序置孝經師一，後漢郡文學如故《後漢・鄧禹傳》可郡文學。然則燕爲廣陽，郡國迭更，並置文學，廣陽兼有經師，若漁陽、若涿、若章武視此。魏有文學祭酒、有掾《魏志・高柔傳》：太祖使郡縣立教學官。《管輅傳》：清河太守華表召爲文學掾。《玉海》：魏樂祥爲河東文學祭酒，燕郡更國及范陽章武同。

晉之郡文學旋修旋罷《宋・禮志》：晉征西將軍庾亮在武昌開置學官，教曰參佐，大將子弟悉令入學，吾[庾]家子弟亦令受業。四府博學識義通涉文學經綸者建儒林祭酒，使班同三署，皆妙選邦彦以充此舉。近臨川、臨賀二郡求復學校，可下聽之。《歷代職官表》：庾亮欲明庠序，旋罷。後謝石請頒下州郡修學校，未施行，有掾《晉・熊遠傳》：郡辟爲文學掾。燕郡更國及漁陽、章武，其文學之廢置未詳。

後魏郡博士有助教，今府學訓導肇此《魏・高允傳》：請制大郡立博士二、助教四，次郡立博士二、助教二，中郡立博士一、助教二，下郡立博士一、助教一。《歷代職官志》：魏天安初詔立鄉學，郡置博士二、助教二，後從高允請，更其制。按《職官表》以孝經師列之府縣訓導。考《漢・平紀》：郡國曰學，縣、道、邑、侯國曰校，校學置經師一，鄉曰庠，聚曰序，庠序置孝經師一，據以爲縣訓導之權輿，近是。蓋分之爲鄉聚，合之爲縣。燕郡、漁陽、范陽、章武、密雲、昌平同。

齊燕郡漁陽、范陽、章武學官如魏《北齊・儒林傳》：齊制諸郡並立學，置博士助教。《隋・房輝傳》：齊南陽王綽爲定州刺史，詔爲博士。

隋開皇初有燕郡博士，三年爲幽州博士，大業三年爲涿郡博士《隋・柳昂傳》：隋文帝受禪，昂請勸學行禮，自是天下州縣置博士習禮。《歷代職官表》：仁壽元年廢天下學，煬帝復庠序，而郡縣學盛於開皇初。時學官如孔穎達爲河南尹，博士潘徽爲揚州博士，劉焯爲冀州博士。

唐武德初置幽州經學博士，有助教，建中初改博士曰文學，檀州如之。天寶元年改爲范陽郡文學，密雲郡同《唐六典》：上州經學博士一、從八品下，助教二，中州經學博士一、正九品下，助教一，下州經學博士一、正九品下，助教一。《唐·百官志》：德宗即位改博士曰文學，元和六年廢中州、下州文學，京兆等助教二，上州文學一，從八品下。後唐天成二年幽州置官學《通考》：天成三年，宰臣兼判國子祭酒崔協奏請諸道州府各置官學。

遼有博士助教《續通考》：遼南面黄龍府學官曰博士、曰助教，興中府學設官同。按：幽都析津學官無考，他府官制可推。

宋始置郡教授，兼以本處舉人充學官，用本省人始此《宋·職官志·教授》：景祐四年詔藩鎮始立學，他州勿聽。慶曆四年詔諸路州軍暨各令立學，自是州郡無不有學，始置教授，委運司及長史於幕職州縣内薦，或本處舉人有德藝者充。元豐元年學官惟大郡有之，元祐元年列郡各置教官，建炎三年教授並罷，紹興三年復，十二年無教授官州軍令吏部尚書省選差，二十六年詔不許兼他職。若試教官則始元豐，添差教授則始政和。按今制學官由吏部銓選始宋。宣和五年置廣陽郡永清軍教授、横山郡鎮遠軍及霸州同，距崇甯三年詔諸州軍並置學凡十有九年李燾《國史長編》：崇甯三年詔諸路州軍未曾置學處並置學，有助教《宋·職官志·文學助教》。武學教授亦始宋宋始慶曆二年，詔兩制舉官爲武學教授，三年置武學於武成王廟，慶元五年詔諸州學置武士齋宫。

金大定十六年置府學官，大興府教授一，又防禦州教授一，霸州視此，大興府女直教授一，猶今順天府之滿洲教授《金·選舉志》：府學，大定十六年置，以廷試及宗室皇家袒免以上親并得解舉人爲之，後增州學，加以五品以上官，曾任隨朝六品官之兄弟子孫、餘官之兄弟子孫經府薦者，同境内舉人試補三之一。《金·百官志》：諸府教授一，諸防禦州教授一，大興府女直教授一。

元大都路教授二、學正二、學録一《元·百官志》：大都路教授二、學正二、學録一。按《元·選舉志》：路設教[授]、學正、學録各一，據知大都路員數獨加。又訓導始元，見《輟耕録》。考明順天府有訓導無學正、學録，元大都路已有學正、學録，未必復有訓導。

明順天府教授一、訓導一《明·職官志》：順天府儒學教授一、從九品訓導一。按《明·職官志》：儒學府教授一，訓導四，京府不能轉減，北平府訓導當是四人。又有都司儒學、衛儒學，各教授一，訓導二《明·職官志》：都司儒學、行都司儒學、衛儒學以教武臣子弟，俱設教授一、訓導二，河東又設都運司儒學，制如府，其後宣慰、安撫等土官俱設儒學。

若學正，若教諭，若訓導，名並始元，然漢元始三年於縣及侯國置校經師，即今縣教諭權輿也按漢元始前經學未見，郡國學校立自漢武，郡學、縣校分于《漢·平紀》，校、學二字似不得俱屬之縣。後漢曰學官祭酒《後漢·劉寬傳》：典歷三郡，每行縣輒引學官祭酒及處士諸生執經對講。《歷代職官表》、《中部碑》又有校官祭酒，任延爲武威太守造立校官，校官即學官。按《寬傳》云引縣，引學官祭酒，當是縣學官，有掾《隸續》有《校官掾王幽題名碑》。隋立縣學官《魏志·高柔傳》：太祖使立教學官、縣博士《隋·柳昂傳》。詳上。唐縣經學博士一，建中改曰文學《唐六典》：上縣博士一、助教一、學生四十，中縣博士一、助教一、學生二十五，下縣博士一、助教一、學生二十。博士專以經術教授諸生。《唐·百官志》：德宗改博士曰文學，凡縣皆有經學博士。遼設縣學博士《續通考》：遼縣設學，有博士。《遼·太公鼎傳》：改良鄉令，建孔子廟學，宋之縣官皆帶提舉管勾學事，其後選于令佐，如無出身，即屬之縣學長諭王明清《揮塵前録》：

政和中，詔天下州縣官皆帶提舉管勾學事，靖康初除去，紹興中復增，但改庶官爲主管，尋降旨武臣帥守並免入銜。李燾《國史長編》：崇甯二年詔，縣學生不及二十人處，許依州學例并附近大縣一處教養。《歷代職官表》：縣學委知通于令佐内選有出身官一兼領教職事，若州縣官俱無出身，只令本學長論專主教導，卻令州縣令覺察點檢。或曰主學文安楊《志》：宋文安縣主學一。元于縣置教諭始此《元·選舉志》：至元二十八年令各縣立小學，凡師儒命於朝廷者曰教授，路、府、上中州置之，命于禮部及行省及宣慰司者曰學正，山長、學録、教諭，路州縣及書院置之。縣設教諭一。明儒學縣教諭一《明·職官志》。

州學之制斷以隋後。唐置經學博士一，建中初改曰州文學《唐六典》：上州經學博士一，從八品，中州、下州正九品下。《唐·百官志》：德宗改曰文學，上州文學一，從八品下。宋州官帶提舉管勾學事詳上，有州教授《宋·職官志》，軍同下州。元上、中州教授一，又有蒙古字學教授，下州學正一，學正始此《元·選舉志》。上、中州設教授一，下州設學正一。文安楊《志》。按州學正始元，然其時不獨州有之，如大都路有學正二，見《百官志》。明州學正一見《明·職官志》，訓導之名州縣並與府同。或云漢孝經師，今縣訓導肇端也詳上，有掾《隸釋》：學師宋恩等題名有孝掾，與易、尚書、詩、春秋等掾並列。唐州縣各置助教《唐·百官志》：元和六年上州助教一，縣皆助教一。遼縣學置助教《續通考》：遼縣設學，有助教，元改曰訓導，有大小學之分，訓導始此《輟耕録》：凡學官朔望講説，所屬上司官或省憲官至自教授，學官暨學賓、齋諭等皆講説一書。文安楊《志》：元大學訓導一，小學訓導一。《歷代職官表》元有訓導，史志漏。明州訓導三，縣訓導二，顧後亦有異，如通州、涿州訓導三，漷縣、三河、寶坻、文安訓導二，餘則州縣並一據萬曆沈《志》、文安楊《志》。《明·職官志》：州訓導三，縣訓導二。洪武二十四年定儒學訓導位雜職上。凡順天府屬州縣前代學官，此其崖略。

郡學而上，漢有州文學《華陽國志》：文翁立文學精舍，永初後太守陳留高眹增造二石室，州奪郡文學爲州學，郡更起文學，有典學從事見《文翁學生題名碑》。按《蜀志·尹默傳》：先主定益州，領官以爲勸學從事。《譙周傳》：丞相亮領益州牧，命周爲勸學從事，大將軍蔣琬領刺史，(徒)[徙]爲典學從事。據此知季漢州學官設典學從事，固漢制也。魏曰文學從事《魏志·管輅傳》：薊州刺史裴徽辟爲文學從事，晉曰勸學從事《晉·孟嘉傳》：庾亮領江州，辟部廬陵從事，轉勸學從事，亦有典學從事《通鑑》七十九：泰始八年，益州典學從事，胡注云典學從事典學校及部諸郡文學掾，漢諸州刺史有孝經師主監試經，月令師主時節祭祀，魏晉合其職爲典學從事。齊曰州博士《隋·房暉遠傳》：齊南陽王綽爲定州刺史，詔爲博士，周于行臺省置學師《周·薛慎傳》：太祖于行臺省置學，取丞郎及府佐德行明敏者充。隋曰州博士《隋·柳昂傳》。唐大都督府經學博士，有助教《唐六典》：大都督府博士一、從八品上，助教二，學生六十。中都督府經學博士一、從八品下，助教二，學生六十。下都督府經學博士一、從八品下，助教一，學生五十，建中初改博士曰文學據《唐·百官志》，後唐天成三年，諸道州置官學據《通考》。宋景祐四年置教授自藩鎮始，慶曆四年諸路並置學《宋·職官志》：教授，景祐四年詔藩鎮始立學，他州勿聽。慶曆四年詔諸路立學，熙甯五年詔諸路學官委中書門下選差。李燾《國史長編》：詔諸路未置學處並置學。金節鎮置教授一《金·(官)[百]官志》：諸節鎮教授一。元于路設教授、學正、學録各一據《元·選舉志》。

順天府前代鹽鐵官制考

漢制：凡鹽官、鐵官隨時［事］廣狹置令、長及丞，秩次如縣《續漢・百官志》：郡有鹽官、鐵官、工官、都水官者，隨事廣狹置令、長及丞，秩次皆如縣道，無分土，給均本吏。注曰：郡縣出鹽多者置鹽官主鹽税，出鐵多者置鐵官主鼓鑄，在所諸縣均差吏更給之，置吏隨事。自武帝元狩四年于漁陽郡之泉州縣置鹽官，又于漁陽縣及涿郡置鐵官。元帝初元五年廢，永光二年復《史記・武帝紀》：元狩四年置鹽鐵官。《漢・地理志》漁陽郡縣：漁陽有鐵官，泉州有鹽官，涿郡有鐵官。《通考》：武帝元狩四年，漁陽泉州置鹽官，漁陽郡置鐵官，元帝初元五年罷鹽鐵官。《册府元龜》：元帝時常罷鹽鐵官，三年而復之。按《周禮》：鹽人掌鹽之用，非征課職也，設官征税始管子。秦賦鹽鐵利二十倍于古，漢興未改。見《史記・平準書》。漢初省賦，其在諸侯王國者皆取以至富，武帝時置官領于大司農，昭帝時郡國舉賢良文學，願罷鹽鐵官，後旋罷旋復。後漢光武建武初，漁陽有舊鹽鐵官《册府元龜》：後漢光武建武初，彭寵爲漁陽太守，有舊鹽鐵官。《資治通鑑》四十：建武二年時漁陽有舊鐵官。按《通鑑補》：鐵上補鹽字。明帝時官自鬻鹽，此爲後世鹽官鬻鹽之椎輪，尋廢《文獻通考》：明帝時官自鬻鹽，時穀貴，縣官用度不足，尚書張林請官可自鬻，帝以爲然。獻帝建安初置使者監賣鹽，時衛覬議鹽宜依舊置使者監賣，魏武遣謁者僕射監鹽官。按鹽官有監，與今巡鹽相近，爲初置所無，衛覬所謂依舊者似指明帝時言。章和二年，和帝于夏四月詔罷鹽鐵禁，縱民煮鑄，入税縣官如故事。永元十五年復置涿郡故鹽鐵官，泉州縣亦有鹽鐵官《後漢・和帝紀》：和帝章和二年即位，夏四月戊寅詔：昔孝武皇帝致誅胡越，權守鹽鐵利。中興以來，匈奴未賓，永平末年復修征伐，先帝即位復收鹽鐵，而吏違上意，先帝遺戒郡國罷鹽鐵禁，民煮鑄入税縣官如故事。永元十五年秋七月丙寅，復置涿郡故鹽鐵官。《册府元龜》：永元十五年復置涿郡故鹽鐵官。按《續漢・郡國志》：涿郡故安，劉昭注補云：《本紀》永元十五年復置縣鐵官。《通考》云：永平十五年復置涿郡故安鐵官，據此則漢故安在今易州竟，不當入志，然《和紀》明云置涿郡官，如謂劉昭所見《後漢書》本《和紀》『安』，不作『鹽』，而章懷《和紀》注引鹽官、鐵官，是所見本正作『鹽』不作『安』。如謂《漢志》涿有鐵官、無鹽官，而史文多異，即如《漢志》漁陽有鐵、泉州有鹽，《續志》則云漁陽有鐵、泉州有鐵，其爲鹽鐵時易未可知也。《通考》既譌『元』爲『平』，保無更譌『鹽』爲『安』？據《續志》後漢漁陽泉州當有鐵官。又《資治通鑑》五十九：幽州牧劉虞通漁陽鐵官之饒，胡注漁陽舊有鹽官、鐵官。唐使之見於幽州者，節度、防禦、經略、鎮守而外詳《統部考》，曰宣諭使，諭一作慰，曰招撫使，曰營田團練使按各使據《新舊唐書》、《玉海》、《實録》、《元稹集》。又有應援使，使于幽州與否未詳。鹽池六，一在幽朔據《玉海》百八十一，置監一、録事一、史二《唐・百官志》：鹽池監一，正七品，掌鹽功簿帳，有録事一、史二。

五代時又有招討使據《册府元龜》、教練使據《遼史拾遺》，遼南面有錢帛都檢點據《遼・百官志》、按察刑獄使《續文獻通考》：遼南面有按察諸道刑獄使，有分決諸道滯獄使，官不常設，有詔則選才望官充之、鹽鐵使司王圻《續文獻通考》：遼南面官上司有鹽鐵使司。《遼・百官志》：五京諸使職名某京某使，王崇重熙中爲上京鹽鐵使。又轉運使司有轉運使副使、同知判官《遼・百官志》：南面轉運使司亦曰燕京轉運使司。又轉運使職名總目某轉運使、某轉運副使同知、某轉運判官。又警巡院使南京及霸州處置司使，統和二十七年廢霸州處置司《遼・百官志》：南京警巡院南京處置使司。《遼・聖宗紀》：統和二十七年四月庚戌廢霸州處置司。又南京宣徽院有宣徽使、知宣徽院使事、知宣徽院事宣徽副使、同知宣徽院事，又有南京統運使招討使並據《遼史》。宋燕山路有轉運使據《宋史·吕頤浩傳》。金中都轉運司使正三品，同知從四品，副使正五品，判官六、從六品，都孔目官二、知法二，從八品《金·百官志》：都轉運使正三品，同知從四品，副使正五品，都勾判官從六品，户籍判官二，從六品，度支判官二、鹽鐵判官一，從六品，都孔目官二、知法二，從八品，惟中都路置都轉運使，餘置轉司。《續文獻通考》：金初設轉運司，後詔中外，惟都轉運依舊專管錢穀，其餘諸路轉運皆兼于按察，其都轉運使有正副使。

按察司正三品，副使正四品，簽按察司事正五品，又有判官、知事、知法等員《金·百官志》：按察司本提刑司，承安三年以上京、東京等提刑司併爲一提刑使，兼宣撫使勸農採訪事，爲官稱，副使以兼宣撫副使、判官爲名，復改宣撫爲安撫，各設安撫判官一。安撫司掌鎮撫人民、稽察邊防軍旅、審録重（安事刑）［刑事］，（安）撫判官銜内不帶勸農採訪事。承安四年改按察司，貞祐四年罷，止委監察採訪使一，正三品，掌審察刑獄兼勸農桑，與副使簽事更出巡察。按副使正四品，兼勸農事，簽按察司事正五品，承安四年設判官二，從六品，大定二十九年設，泰和八年十一月省。議以轉運司權輕，州縣不畏，不能規措錢穀，詔中都都轉運依舊專管錢穀事，其餘諸路按察使並兼轉運使，副使兼同知，簽按察兼轉運副，添按察判官一，爲從六品，添知事一、知法二，從八品，書史四、書吏十、抄事一、公使四十，右中都並依此置。又中都警巡院使一，正六品，副使一，從七品，判官二，正九品，司吏女直三及漢人十五《金·百官志》：諸京警巡院使一，正六品，副一，從七品，判官二，正九品，使吏女直中都三、漢人中都十五。

又中都有統軍、經略、防禦、推排、勸農、大倉等使，又有度支官、鹽鐵官。寶坻鹽使司使一，正五品，副使二，正六品，判官正七品，管勾正九品，又有同管勾都監、監同知法等員《金·百官志》：山東鹽使司與寶坻、滄、解、遼東、西京、北京，凡七司，使一，正五品，他司皆同，副使二，正六品，判官三，正七品，泰和作四員，寶坻、解州設二，餘同皆一員，管勾二十二，正九品，寶坻設六員同管勾五，都監八，監同各七，知法一。

中都都麯使司從六品，副使正七品，都監二，正八品《金·百官志》：中都都麯使司使從六品，副使正七品，掌監知人户醖造，麯櫱辨課，都監二員，正八品，掌監署文簿，檢視醖造。又香河有酒税使。元都水監二，從三品，少監一，正五品，監丞正六品，經歷知事各一、令史十、蒙古筆且齊一、回回令史一、通事知印各一、奏差十、壕寨十六、典史二，至元二十八年置，二十九年領河道提舉司，大德六年升正三品，延祐七年仍從三品。

大都河道提舉司提舉一，從五品，同提舉一，從六品，副提舉一，從七品，京畿都漕運使司正三品，同知二，正四品，副使二，正五品，判官二，正六品，經歷一，正七品，知事一，從八品，提控案牘兼照磨《元·百官志》。《志》又云：世祖中統二年初立軍儲所，改漕運所，至元五年改漕運司，秩五品，十二年改都漕運司，秩五品，十九年改京畿都漕運使司，秩正三品，二十四年省同知、運判知事各一，延祐六年增同知副使、運判各一，後定置官員。已上正官各二、首領官四、吏屬令史二十一、譯史二、回回令史一、通事一、知印二、奏事二十六、典史二，其屬二十有四。新運糧提舉司秩正五品。至元十六年置管站車二百五十輛，隸兵部，開設運糧壩河，改隸户部。定置達(魯)[嚕]噶齊一、都提舉一、同提舉二、副提舉一、吏目一、司吏八、奏差十二。都漕運使秩正三品，掌御河上下至直沽、河西務、李二寺、通州等處儹運糧斛。至元二十四年自京畿運司分立都漕運司，于河西務置總司，分司臨清，運使二，正三品，同知二，正四品，副使二，正五品，運判三，正六品，經歷一，從七品，知事一，從八品，提控案牘二，内一員兼照磨，司吏三十三，通事、譯史各一，奏差十六，典史一。京師及河西務、通州倉各置監支納正七品，大使從七品，副使正八品按《元・百官志》：京師二十二倉秩正七品，萬斯北倉、南倉、千斯倉、永平倉、永濟倉、惟億倉、既盈倉、大有倉、屢豐倉、積貯倉，已上十倉各置監支納一，正七品，大使二，從七品，副使二，正八品，豐穰、廣濟、廣衍、大積、既積、盈衍、相因、順濟八倉，各置監支納一、大使一、副使二，通濟、慶貯、豐潤、豐實四倉各置監支納一、大使一、副使一；河西務十四倉，永濟南北倉、廣盈南北倉、充盈倉，已上五倉各置監支納一，正七品，大使二，從七品，副使一，正八品，崇墉、大盈、大京、大稔、足用、豐儲、豐積、恒足、既備九倉各置監支納一、大使一、副使一；通州十三倉，有年、富有、廣儲、盈止、及秭、迺積、樂歲、慶豐、延豐九倉各置［監］支納一、大使二、副使二，足食、富儲、富衍、及衍四倉各置監支納一、大使二、副使一。大都陸運提舉司，正五品，至元十六年始置運糧提舉司，延祐四年改今名，提舉二，從五品，副提舉一，從七品，吏目一、司吏六、委差十《元・百官志》。《志》又云：大都陸運提舉司掌陸運糧斛事，海王莊、七里莊、魏家莊、臘八莊，四所各設提舉一，用從九品印。

宣撫使，中統元年置司，二年罷據《元・世祖紀》。又有宣慰使、都税使、都轉運使。涿州路提舉司達嚕噶齊一，提舉一，從五品，同提舉一，從六品，副提舉一，從七品，都目一，分管人户，至元十六年給從七品印按《元・百官志》：在京提舉司二，秩從五品，達嚕噶齊一，從五品，同提舉一，從六品，副提舉一，從七品，都目一，分管各處人户，至元十六年給從七品印，大德四年省併爲十一處，改提舉司，升從五品，涿州、保定、真定、冀甯、河南、大名、東平、東昌、濟南等路提舉司凡九處各設達嚕噶齊一，提舉一，同提舉一，副提舉一，都目一。涿州提領所提領、同提領、副提領、典史各一。

涿州羅局提領一、大使一，掌織造紗羅緞疋據《元·百官志》。涿州成錦局提舉司秩從五品，至元二十一年置。異錦局秩正五品，大德二年置。並達嚕噶齊、提舉、同提舉、副提舉各一，織染提舉司秩從七品，達嚕噶齊、提舉各一，延祐五年置按《元·百官志》：管領涿州成錦局人匠提舉司秩五品，領匠一百有二，達嚕噶齊、提舉司提舉、副提舉各一，至元二十一年置，管領涿州等處民匠。異錦局秩正五品，掌民匠一百五十户，達嚕噶齊、提舉、同提舉、副提舉各一，大德二年置。管領大都涿州織染提舉司，秩從七品，掌領九十有六户，達嚕噶齊、提舉各一，延祐五年置。

通州皮貨所提領一、大使一、副使一，用從九品印，延祐六年置。管領大都薊州等處打捕提舉司，秩從五品，達嚕噶齊、提舉、副提舉各一，至元二十二年置《元·百官志》，管領薊州、固安等處打捕鷹房納綿等户，提領所提領、副提領各一按《元·百官志》：管領諸路打捕鷹房納綿等户總管府秩正三品，至元十二年以真定所立總管府移置大都，十六年合併所管之户置都總管，領固安等處。打捕鷹房納綿等户提領所提領、副提領各一，管領薊州等處打捕鷹房納綿等户提領所提領、副提領各一。

順天府明督撫部院分司考

明總督薊遼兼理糧餉一員，嘉靖二十九年改自提督，治密雲，轄巡撫三。萬曆九年兼巡撫，十一年復舊《明·職官志》：總督薊遼、保定等軍務兼理糧餉一員，嘉靖二十九年置，開府密雲，轄順天、保定、遼東三巡撫，萬曆九年加兼巡撫等處，十一年復舊。畿輔唐《志》：薊遼總督，明初薊遼間遣重臣巡視，或稱提督，嘉靖二十九年始置總督薊遼等處御史，駐密雲。《明史·范志完附趙光抃傳》：崇禎命總督薊遼昌通等處軍務，節制登津撫鎮遼事，急則移駐中後前屯，關内急則星馳入援，三協有警則會同薊、昌二督策應。時關内外並建二督，而關外加督師銜，地望尤尊。又於昌平、保定設二督，千里之内有四督臣。密雲薛《志》：萬曆三十一年從總督楊博議，密雲咫尺陵寢，京師去石塘嶺、古北口、墻子路不滿百里，總督軍門决該駐劄密雲，兵部議准，著爲例，又有經略見《明史·熹宗紀》。

巡撫一，撫順天，初無專設，成化二年專設都御史贊理軍務。順天、永平崇禎二年分，置永平巡撫，其舊者專轄順天《明·梁璟傳》：畿輔八府舊止設巡撫一，駐薊州，璟請順天、永平二府分設一巡撫，以薊州邊務屬之，令巡撫陳濂專撫保定六府，兼督紫荆諸關，朝議從之，爲定制。《明·職官志》：巡撫順天等府地方、兼整薊州等處邊備一員，成化二年專設諸御史贊理軍務，巡撫順天、永平二府。八年從居庸關中分設二巡撫，其東巡撫順天、永平二府，駐遵化。崇禎二年于永平分設巡撫兼提督山海軍務，舊者轄順天。畿輔唐《志》：永樂十九年四月癸丑，命侍郎郭敦、給事中陶衍往順天等府州巡撫軍民，事竣即罷。正統十四年九月命都御史鄒來學巡撫永平等處，未有專設。成化二年遣都御史贊理軍務、巡撫順永二府。二十年徙居庸關中分爲二巡撫，其東爲督飭薊州等處邊備，巡撫順、永二府，居庸等關隘隸之，駐遵化。萬曆九年罷，十二年復。

一巡撫通州都御史，嘉靖二十九年置，旋罷，天啟元年復，後裁畿輔唐《志》。按《通州志》云設自天啟，非，崇禎二年復，尋廢按明巡撫皆都御史，畿輔唐《志》以崇禎時范景文等接巡撫王國禎下是也。詳下。

一巡撫密雲都御史，崇禎十一年置《明・職官志》：巡撫密雲地方贊理軍務一，崇禎十一年設。《明史・范志完附趙光忭傳》：崇禎千里之内有甯遠、永平、順天、密雲、天津、保定六巡撫。《趙光忭傳》：崇禎十年遣閲薊遼戎務，明年冬總督吴阿衡敗没，廷議增設巡撫一人駐密雲。餘詳下。

巡撫昌平都御史，崇禎十六年由督治改詳下。先是嘉靖二十九年置都御史，未三載省，至是復昌平吴《志》。又督治通州兵部侍郎一，萬曆四十八年置，崇禎十六年廢，督治昌平兵部侍郎一，崇禎十六年改巡撫《綏寇紀略補遺》：京東置督二：曰關甯、曰薊門，置撫四：曰遼、曰山永、曰順天、曰密雲，京西南保定置一督一撫，通州、昌平置兩督治侍郎，天津置一撫，此三督，二督治六巡撫者，皆治兵以捍護京師。十六年五月十七日詔：方今患在兵多，命薊、遼合爲一督，薊、密合爲一撫，通、保二督皆裁，昌平改督爲撫。時督治則王鼇永在通州，金之俊在昌平，趙維岳撫順天，王繼謨撫密雲，上以維岳非邊吏才，其順撫用繼謨攝之，召維岳鰲永爲户兵部侍郎，之俊改巡撫視事。通州高《志》：明添欽差，駐通者如萬曆四十八年添設兵部侍郎一，兵部右侍郎徐光敏、董應舉先後任事，尋裁。崇禎二年添都察院一都御史，范景文、仇維楨、王鼇永先後任事，尋裁。

通州管河郎中一，嘉靖七年添置，十五年移治楊邨等處。大通牐主事一，嘉靖七年移治通州，專理河道《明世宗實録》：嘉靖七年六月乙巳，御史吴仲，郎中何棟、尹嗣忠，都指揮陳璠，奉敕開濬通惠河，仲等因疏五事：一專委任，言大通牐河止設主事一，又兼他務，不無妨廢，請令駐劄通州專理河道，凡應行事宜委用官員悉聽管閘主事處分。［二］勅户部歲三月初旬遣郎中或員外一，奉勅往通州會巡倉御史沿河往來催儹，天津以北糧運驗算賫銀，待運完日造册奉繳。上從其言。嘉靖十五年九月壬午，户部等議漕運事宜，一議管理通州郎中移劄楊邨等處，春秋杪遇有淤淺酌量疏濬，候運船到灣，仍詣通惠河提調。詔如議行。户部分司，昌平、密雲、薊州各一萬曆沈《志》：昌平、薊州管糧，户部分司駐劄。昌平吴《志》：弘治十二年設，户部每歲主事或員外一人，監司倉廒。正德十一年部使開署昌平，嘉靖三十八年改通判，四十四年復舊。密雲薛《志》：户部分司洪武十一年置。薊州張《志》：户部分司漕儲。

順天府明司道同知通判官制考

北京之不置按察使自永樂始。先是北平置按察使一《明·職官志》：提刑按察使一，正三品，守道有布政使參政、參議，巡道有按察使副使、僉事《明·職官志》：左右參政從三品，左右參議從四品，按察使副使正四品，僉事正五品。初制恐守令不法，於直隸府州縣設巡按御史，各布政使所屬設僉事，已罷試僉事，改按察分司四十一道，此分巡之始也。分守起永樂間，每令方面巡視，遂定右參政、右參議分守各屬府州縣。兵備道之設(仿)[昉]自洪熙間，以武臣疏文墨，[使]參政副使整理文書，弘治中增副僉事一。永樂而後，北直隸之道寄銜近省山東者爲密雲道、霸州道，寄山西者爲昌平道、薊州道據《明·職官志》、《續文獻通考》，並曰兵備道畿輔唐《志》：明制直隸監司俱曰兵備道。

昌平道置自嘉慶[靖]三年據畿輔唐《志》、顧亭林《昌平山水記》：此官設嘉靖時，帶僉事銜，整飭兵備，兼管通州，分防大水峪，後罷。按懷柔吴《志》所載兵備道即此。

薊州道，弘治九年置，治薊州，十一年徙治密雲，嘉隆間復置道於薊州，此爲二道分合之梗概據畿輔唐《志》、密雲周《志》、薊州張《志》。

霸州道置於正德六年，爲按察僉事，尋省，十六年復，置副使霸州周《志》：正德辛未，劉寇起畿輔間，設山東按察僉事一，整飭霸屬兵備，寇平裁，辛巳設副使一。

又通州兵備道，天啟元年置，四年廢，崇禎二年復《明·周起元傳》：天啟元年遼陽破，廷議通州宜設監司，命起元以參政蒞。通州高《志》：明制通州隸密雲道，天啟元年置監軍僉事，轄通州，四年裁。崇禎二年復。按畿輔唐《志》云通州道天啟二年設，與《明史》異。建文初有北平採訪使暴昭，見《明史》，附著於此。

通州管河同知，嘉靖七年置，萬曆三十三年改兼土壩，專督通糧事務《明世宗實録》：嘉靖七年六月乙巳，御史吴仲、郎中何棟、尹嗣忠、都指揮陳璠《開濬通河疏》：設同知或判官一員，所管起大通橋，盡鮮魚牐，上從其言。《明神宗實録》：萬曆三十三年四月丁未，順天府通州管河同知改兼土壩，督通糧。

通州管糧通判，萬曆三十三年改兼石壩，專督京糧白糧《明神宗實録》：萬曆三十三年四月丁未，管糧通判官改兼石壩，專督京糧白糧。

又昌平管糧通判，嘉靖三十八年改自户部分司，四十四年復舊據昌平吴《志》。

又武清通判二：一治河西務，管河兼捕盜理訟，成化間置，旋省，正德十二年復《明武宗實録》：正德十二年戊寅，巡按直隸御史吴闇言通州至天津河道役竄盜發，乞照成化年例添順天府通判即河西務爲治，從之，一治楊邨，萬曆十五年置管河據《行水金鑑》百廿六。

密雲通判，置自嘉靖二十有九年密雲薛《志》。

順天府明前武職官制考

《周官》軍將皆命卿，春秋軍無定將，其特設將軍自齊景公召司馬穰苴將兵扞燕始。秦置郡尉掌佐守，典武職甲卒。漢諸侯王國中尉掌武職，如郡都尉。都尉秩比二千石，有丞，秩六百石。景帝中二年更名都尉據《漢書·百官公卿表》，材官、騎士亦沿秦制據《漢·刑法志》、《灌嬰傳》、錢文子《補漢兵志》。魏置都督《宋·百官志》，加將軍號《文獻通考》。晉有都督，有監有督據《晉·百官志》。唐總管改都督，詳《統部》，考幽州偏裨諸將有足述者，遼南面軍官有都總管據《遼·百官志》，有南京馬步軍都指揮使據《遼史》。宋以武臣爲副總管、副鈐轄據柯維騏《宋史新編》，有都監《宋·職官志》，有馬步軍都部署據《武經總要》，屯駐軍有指揮《讀禮疑圖》，又統軍使一、副統軍一、判官一、知事一、知法二。又武衛軍都指揮使有副有判官據《金·百官志》。元都元帥府都元帥二、副元帥二、經歷知事各一，元帥府達嚕噶齊一、元帥一、經歷知事各一《元·百官志》，先是軍民異屬，後軍官兼民職，至元十五年令異屬如初《元·兵志》。

順天府明武職官制考

明永樂元年設北京留守行後軍都督府，置左右都督同知僉事，無定員，經歷都司各一，後分五府，稱行在五軍都督府。十八年除行在字，洪熙元年復稱行在，仍設行後府，宣德三年又革，正統六年復，除行在字《明·職官志》。按五軍：中、左、右、前、後。總兵官、副總兵、參將、游擊、將軍、守備、把總，無品級無定員。總鎮一方爲鎮守，獨鎮一路爲分守，各守一城爲守備，與主將同守一城爲協守。總兵在薊鎮者不得稱將軍、挂印按明初參將、游擊、把總多充以勳戚。薊之提督爲總督椎輪，文臣爲之也入《總督表》。總兵簡稱提督，如《明·職官志》云鎮守昌平舊有提督，武臣，嘉靖三十八年改爲鎮守總兵，聽總督節制是也。李如松爲提督陝西軍務總兵官是萬曆十二年事，而《明史·傳》謂武臣有提督自如松始，何歟按昌平舊有提督，武臣爲專設明矣。《明·職官志》：貴州總兵，嘉靖三十二年加提督職銜，三十七年添提督狼鎮副總兵，在李如松前？

都指揮使司都指揮使一正二品、同知二從二，其屬經歷正六、都事正七、斷事司正六，副斷事正七、吏目司獄從九，倉庫草場大使副使各一，都指揮使及同知僉事，以一人統司事，曰掌印，一人練兵，一人屯田，曰僉事，否則曰帶俸，表箋序銜。布、按二司上初置都衛指揮使司，洪武八年改都指揮使司。凡都司十有三，改燕山都衛爲北平都司，其首也。後爲北平行都司，永樂元年改大甯都司。又京衛指揮使司指揮使一正三品、同知二從三、僉事四正四、鎮撫二從五、經歷從七、知事正八、吏目從九，倉大使副使各一，千户所正千户一正五、副千户二從五、鎮撫二從六、吏目一，百户所百户十正六、總旗二十、小旗百，其守禦千户所、軍民千户所設官同據同上。

歷代異治京府官制考

遼之五京建官以南京例。金之會甯屢遷。元之徙自和林，蔑加于都中都而後。《明・職官志》稱永樂初順天設官如應天府。官制繫地奚俟借？觀前此則因革有自。雲龍既爲《光緒順天府志》，饔前代官師，因以餘力述異治京府官制考。

在昔京府地異職同有足溯者：尹見《虞書》，然非京畿官名《書・皋陶謨》『庶尹允諧』，鄭注：『尹，正也』。周曰鄉師下大夫《周禮・地官》：鄉師下大夫四人。《歷代職官表》：周法以六鄉爲首善之區，司徒所主民事，于六鄉尤詳。鄭司農謂百里以内爲六鄉，外爲六遂，四面而環王城。鄉師四人，以二人共主三鄉，王城内當在六鄉之數，故小司徒稽國中及四郊都鄙之夫家九比之數，鄉師以時巡國及野。所謂國中，即今之京城郊野，如今順天府所轄州縣地而皆屬鄉師。又小司徒大比六鄉四郊之内主民事者，而以六鄉統之，如今順天府屬州縣官之比，故鄉師之職掌戒令、聽獄訟、治徒役、與輂輦，無非今順天府所有事。

秦曰内史杜佑《通典》：周官有内史，秦因之，掌治京師。《三輔黄圖》：秦置内史以領關中。《歷代職官表》：内史主京師。按之《周官》不得其故，考『鄉大夫獻賢能之書于王，有内史貳之』之文，意者周秦間鄉遂制廢，三年大比之式，尚存内史，姑取名以代鄉師官。

漢初因之，後置右内史，武帝大[太]初元年名曰京兆尹，是京職稱尹之始《漢・百官公卿表》：内史掌治京師，景帝二年分置左右内史。右内史武帝太初元年更名京兆尹，左内史更名左馮翊，主爵中尉更名右扶風，是爲三輔，秩二千石。注：師古曰：《地理志》云武帝建元六年置左右内史，而此表云景帝二年分置，表、志不同，又據《史記》知志誤矣。《漢·地理志》京兆尹注：故秦內史，高帝元年屬塞（圖）［國］，二年更爲渭南郡，九年罷復爲內史，武帝建元六年分爲右內史，太初元年更爲京兆尹。《三輔黃圖》：高祖定（二）［三］秦，更爲渭南郡，九年復爲內史，景帝分置左右，武帝改內史爲京兆尹。按《漢·地理志》京兆尹下『建元六年分右內史』云云，是班固自注，與《百官公卿表》景帝二年分置自相矛盾，師古謂據《史記》知志誤。考《史記》並無武帝建元六年置左右內史之文，《景紀》云二年秋置南陵及內史，祋祤爲縣，《集解》：徐廣曰《地理志》云文帝七年置，駰按《地理志》、《百官表》分內史爲左右及祋祤爲縣，皆景帝二年，不得皆如徐所云，據此則裴駰所見《地理志》與《百官公卿表》同以《史記》及《三輔黃圖》證之，顔說未可據以爲是。齊召南曰《史記·景紀》未云分置左右史，未知師古何據？若據本書表，則孝景元年即書中大夫鼂錯爲左右內史矣。《漢·趙廣漢傳》：遷京輔都尉守、京兆尹，《王尊傳》：尊守京輔都尉，行京兆尹事。《淮南·時則》注：尹所以董正京畿，率先百郡。按王莽改太守爲大尹，見《後漢·郭伋傳》，後漢曰河南尹《續漢·百官志》：河南尹一人，主京都，二千石。《通典》：光武徙洛陽，改太守爲尹，章綬服制與京兆同，主京都，特奉朝請，季漢建興二年屬益州牧，後屬刺史按建興二年，諸葛亮領益州牧，十三年蔣琬領益州刺史，尹未詳。

魏亦曰河南尹《三國志》裴注：《傅子》曰河南尹，兼古六鄉六遂之士，晉同《晉·職官志》：河南郡京師所在，則曰尹，南渡都建康，太興元年改丹陽內史爲丹陽尹歐陽詢《藝文類聚》：太興元年改丹陽內史爲丹陽尹，宋、齊、梁、陳如之《宋·州郡志》：丹陽尹治建業。《南齊·百官志》：丹陽位次九卿下。《梁·王志傳》：天監元年遷冠軍丹陽尹，《袁昂傳》：普通三年爲中書監丹陽尹。《隋·百官志》：陳丹陽中二千石，品第五。後魏曰代尹，延和元年改萬年尹，尋復代尹，又置河南尹。東魏曰魏尹《魏·官氏志》：

延和元年三月改代尹爲萬年尹，後復代尹，第三品上，高祖復次職令，河南尹第三品。《通典》：後魏太和中遷都洛陽，又置河南尹，東魏曰魏尹。《南齊·封隆之傳》：隆之父子繪仕魏，爲司徒左長史，行魏尹事；乾明初轉大司農，尋正除魏尹。齊清都尹統之，以司州牧《隋·百官志》：後齊司州置牧，屬官有別駕從事史、治中從事史，又領西東市署令丞，及統清都郡、諸畿郡，清都郡置尹。周復爲京兆尹，又置雍州牧《唐六典》。隋因之《隋·百官志》：雍州牧從二品，京兆尹正三品，雍州別駕贊務從四品。《唐六典》：周置雍州牧，隋因之。大業三年河南亦爲尹，其後謂之内史《唐六典》：大業三年罷州置郡，京兆河南皆爲尹，則兼牧之任。《隋·百官志》：京兆、河南尹並正三品，後謂内史。

唐初置京兆尹，以親王領雍州牧，即兼尹之權輿。永徽中改尹曰長史，開元元年復爲尹，改雍州爲京兆府、洛州爲河南府，此京郡稱府之緜蕞《唐六典》：京兆、河南、太原府牧各一，從二品，尹一，從三品。《唐·百官志》：武德元年雍州置牧一，以親王爲之，然常以別駕領州事，永徽中改尹曰長史，開元元年改京兆、河南府長史復爲尹。《舊唐·百官志》：開元初雍、洛改爲府，乃升長史爲尹，從二品，專總府事。《通典》：唐京兆府本爲雍州，置牧一，親王爲之。太宗爲秦王、中宗爲英王、睿宗爲相王居其任，多以長史理人。開元元年改雍州爲京兆府，置牧如故，或以親王居閣而遥領焉。按府名昉唐之京郡，宋則潛藩升府，元、明以府概州郡。

五代梁都汴曰開封尹，唐都洛陽曰河南尹，石晉復都汴，置尹如梁。唐廢帝子重美自左衛上將軍兼河南尹，兼尹之名始此《五代史·梁紀》：末帝貞明五年開封尹王瓚。《唐紀》：莊宗同光二年河南尹張全義。《家人傳》：唐秦王從榮拜河南尹，廢帝子重美自左衛上將軍兼河南尹。按《宋·職官志》云：

五代俱置開封尹，非也。

宋太宗、真宗嘗爲開封府尹，故更曰權知府。厥後親王領尹號判南衙《宋・職官志》：開封府牧尹不常置，權知府一，以待制以上充。《通考・四朝志》：尹以親王爲之，號判南衙，凡命知府必帶權字，以翰林爲之。翰林學士及雜學士若待制則權發遣。顧氏《日知録》：宋太宗、真宗嘗爲開封府尹，後無繼者，設權知府一，以避京尹名，崇甯三年罷權知府，置牧、尹各一。《宋・職官志》：崇甯三年蔡京奏：乞罷權知府，置牧一、尹一，專掌府事，牧以皇子領之，尹以文臣充，在六曹尚書之下、侍郎之上。大觀二年詔皇子領牧，禄令如執政官。建炎三年改杭州曰臨安府，紹興中置知府《宋・職官志》：臨安府舊爲杭州，建炎三年詔改臨安府，紹興置知府一、通判二，簽節度判官廳公事，節度推官、觀察推官、觀察判官、録事參軍、左司理參軍、右司理參軍、右司理參軍、司户參軍、司法參軍各一。乾道七年，皇子領尹事改以臨安少尹比知府職，九年復舊《宋・職官志》：乾道七年皇太子領尹事，廢臨安府通判簽判，置少尹一，日受民詞，以白太子，間日率僚屬詣宮稟事，置判官二、推官三，有旨：少尹比倣知府，判官比通判、推官比幕職，其統臨職分並照從來條例。九年皇太子解尹事，臨安府知、通簽判、推判官並依舊置。

丞則漢曰京兆丞《漢・百官公卿表》：京兆尹有兩丞，六百石，後漢曰河南丞《續・百官志》：河南丞一。宋、齊、梁、陳曰丹陽丞《梁書・太祖五王傳》：恭世子静歷東宮領（苴）[直]，遷丹陽丞。《隋・百官志》：陳丹陽丞，郡六百石。後魏曰代丞，曰河南丞《魏・官氏志》：代丞，從第五品中，河南郡丞第六品。齊曰清都丞《隋・百官志》：後齊清都郡置尹丞。隋曰京兆丞《隋・百官志》：京兆郡置丞，從五品、河南丞《隋・百官志》：煬帝京兆、河南改贊務爲丞，位在通守下。唐開元初曰京兆少尹《唐六典》：京兆少尹二，從四品下，掌貳府事，以紀綱衆務。宋之開封臨安仍少尹名《宋・職官志》：開封崇甯三年置少尹二，分左右二府之政事，在左右司郎官下、列曹郎官上。臨安府乾道七年置少尹一，比倣知府。臨安府少尹詳上。

治中置於魏《唐六典》：魏有治中，晉因之《唐六典》：晉置別駕治中。齊置司州治中《隋・百官志》：後齊司州置牧，屬官有別駕從事史、治中從事史等員。《北齊・段榮傳》：司州治中崔龍子，隋改司馬，又改贊治《隋・百官志》：雍州別駕、贊務，從四品，開皇三年罷郡，以州統縣，改別駕、贊務爲長史、司馬。煬帝罷州置郡，京兆、河南罷長史、司馬，置贊務一人貳之，改贊務爲丞。按贊治，《隋志》云贊務，避高宗諱，唐武德時復曰治中，永徽避高宗名改爲司馬《舊唐・百官志》：開元初，雍、洛並改爲府，升長史爲尹。魏晉治中隋文改爲司馬，煬帝改爲贊治，又爲丞，武德改爲治中，永徽避高宗名改爲司馬，開元初改少尹。宋曰開封府推官《宋・職官志》：開封府屬有判官、推官四。紹興中置臨安府推官，乾道七年置少尹推官《宋・職官志》：臨安府紹興置節度推官、觀察推官，乾道七年臨安府少尹置推官三，九年臨安推官依舊置。然考隋前治中、別駕、贊治原隸之州，大業三年罷州始佐京尹，秩遜尹一階。如今順天府丞其時別有京兆等丞，秩止五品，非令[今]府丞比。煬帝改贊治爲丞，而丞始爲尹貳。此名實異同大較也。

今順天府通判主徵牙稅，其周廛人中士遺意與《周禮・地官》：司市下大夫二、上士四、中士八、下士十有六、府四、史八、胥十有二、徒百有二十，廛人中士二、下士四、府二、史四、胥二十、徒二十。按《歷代職官表》：後漢設市令丞于都城，其立制本此。今順天府通判主徵牙稅，正與相合？漢曰長安市廚令丞《漢・百官公卿表》：京兆尹屬官有長安市廚兩令丞，後漢曰洛陽市長丞《唐六典》：後漢河南尹屬官有洛陽市長丞。東晉曰丹陽市長丞《唐六典》：市長丞，東晉隸丹陽尹。後魏曰京邑市令《魏・官氏志》：京邑市令。周曰小司市上士《通典》：後周司市下大夫正四命，小司市上士正三命。隋曰市署令《隋・百官志》：司農寺市署令二，市有肆長四十，煬帝定令，太府寺管京都五市，署市師東市曰都會，西市曰利人，東都東市曰豐都，南市曰大同，北市曰通遠。唐曰兩京諸市署令丞《唐六典》：兩京諸市署各令一，從六品上，丞各二，正八品上。宋曰開封府判官詳上，又曰臨安府通判，乾道七年改置判官、推官，九年復舊《宋・職官志》：臨安府紹興置通判二，乾道七年，皇子領尹事，廢通判置判官，九年依舊置。

經歷則後漢曰督郵史部掾《續漢志》劉注：《漢官》曰河南四部，督郵史部掾二十六。魏曰河南功曹《魏志》裴注：《傅子》曰河南郡有七百史，半非舊也。河南俗黨五官掾功曹，典選職者皆授其本國人，椒舉其良而對用之。晉曰河南主簿、河南功曹《晉・職官志》：河南郡置主簿、功曹。後魏曰代郡通事《魏・官氏志》：代郡通事第七品上。齊曰清都主簿，又功曹及録事《隋・百官志》：北齊（郡）［清］都郡置功曹主簿。隋曰京兆主簿、京兆功曹《隋・百官志》：京兆郡置功曹主簿。唐曰京兆司録參軍，又功曹參軍事《唐六典》：京兆通判列曹司録參軍事二，正七品上，録事四，從九品上，功曹參軍事二，正七品下。宋曰開封府司録參軍、臨安府録事參軍《宋・職官志》：開封府司録參軍一，崇甯三年司録二，臨安府、紹興府置録事參軍一。

照磨則漢曰京兆門下督《漢・趙廣漢傳》：新豐杜建爲京兆掾。《漢・游俠傳》：萬章爲京兆尹門下督，從至殿中。魏晉曰河南五官魏詳上。《晉·職官志》：河南群置五官掾。齊曰清都郡五官門下掾《隋·百官志》：北齊清都郡置五官門下督。唐曰京兆參軍事《唐六典》：參軍事六，正八品下。宋曰臨安府磨勘司主押官《宋·職官志》：臨安府置磨勘司主押官一。

司獄則漢曰賊捕掾《漢·張敞傳》：敞守京兆尹賊捕掾，絮舜下獄，敞使主簿持教告舜，後漢曰案獄仁恕掾《續漢·百官志》劉注：《漢官》曰河南案獄仁恕掾三。《後漢·魯恭傳》：仁恕掾肥親，章懷注仁恕掾主獄，屬河南尹，晉曰河南賊曹《晉·職官志》：河南郡賊曹。齊曰清都賊法曹《隋·百官志》：清都郡賊法曹。隋曰京兆法曹佐《隋·百官志》：京兆郡法曹佐佐史，唐曰京兆法曹參軍事《唐六典》：法曹參軍事二，正七品下。宋曰開封府法曹參軍事、臨安府司法參軍《宋·職官志》：開封府法曹參軍一，崇甯三年置二，臨安府、紹興府司法參軍一。又宋臨安府財賦司，猶明崇文門税課司副使也。

今府學教授訓導，即後漢之河南文學守助掾《續漢志》劉注：《漢官》文學守助掾六十。按漢京兆文學史未見，後漢之司州文學《魏·官氏志》：州文學，從第八品，唐之京兆府經學博士及助教《唐六典》：京兆、河南、太原府經學博士一，從八品上，助教二，宋之開封府學博士《宋·職官志》：大觀元年李孝壽乞增府學博士一，從之。

京縣則秦曰咸陽令《史·秦本紀》：咸陽令閻樂，漢曰長安令《漢·酷吏傳》義縱、尹賞長安令，後漢曰洛陽令據《後漢·董宣、周紆、王渙傳》，晉同《通鑑》：晉惠帝永平九年洛陽令曹攄。按晉南渡，建康令當同洛陽。不見于史，宋齊梁陳曰建康令《通鑑》：梁太清二年建康令謝挺。《隋·百官志》：建康令千石，品第七，後魏曰萬年令、洛陽令、河陰令《魏・官氏志》：延和元年三月改代令爲萬年令，高祖復次職洛陽令，第五品。《魏・世宗紀》：正始元年，詔洛陽令大事面奏。《魏・高謙之傳》：謙爲河陰令，疏臣父崇之爲洛陽令，得奏是非，朝貴斂手，乞明往制。

都邑以二令治自洛陽、河陰始。齊曰鄴、臨漳、成安三縣令《隋・百官志》：後齊清都郡鄴、臨漳、成安三縣令，隋曰大興、長安令《隋・百官志》：京兆大興、長安縣置令，從五品，煬帝增正五，唐曰萬年長安令《唐六典》：萬年、長安，河南洛陽、奉先，太原晉陽令一，正五品上，宋曰開封、祥符知縣《宋・職官志》：紹聖三年詔開封、祥符知縣選通判充。

佐屬，漢以來多置丞，惟晉于洛陽、建康並置六部尉，即今典史。齊與隋唐則丞外又置主簿《漢・趙廣漢傳》：長安丞龔奢。《續漢志》劉注：《漢官》曰洛陽丞，三人，四百石。《晉・職官志》：洛陽縣置六部尉，江左後建康置。《隋・百官志》：後齊清都郡鄴、臨漳、成安三縣令各置丞，大興、長安縣置丞、主簿，丞從七品。《唐六典》：萬年、長安丞二，主簿二，從七品上。

其餘佐屬官制今無《續漢志》劉注：《漢官》曰河南尹，員吏九百二十七人，十二人百石。諸縣有秩三十五，官屬掾吏五，監津渠漕水掾二十五，百石卒史二百五十，書佐五十，循行二百三十，幹小史三百三十一。洛陽令員吏七百九十，六十三人四百石，鄉有秩獄史五十六，佐史鄉佐七十七，斗食令史嗇夫假五十，掾史幹小史二百五十，書佐九十，循行二百六十。《魏志》裴注：傅子河南郡七百吏。《晉・職官志》：河南郡置主記室門下議生、門下史、記室史、録事史、書佐、循行、幹小史、功曹史佐、循行小史。周司市下大夫詳上。《隋・百官志》：建康舊置獄丞一，天監元年詔依廷尉三，官置正平監。後齊清都郡置中正、功曹、督郵、主記、議生及功曹記室，户、田、金、租、兵、騎等曹掾、中部掾等員；臨漳、成安三官置中正、功曹、門下督、録事、主記、議生及功曹記室、户、田、金、租、兵、騎、賦、法等曹掾，京兆郡置正金、户、兵、士等曹佐并佐史二百四十四。大興、長安縣置正功曹、西曹，金、户、兵、法、士曹并佐史合百四十七。《唐六典》：京兆上録事四，從九品上，倉曹參軍事二，正七品下，户曹參軍事二，正七品下，兵曹參軍二，正七品下，萬年長安令録事二，從九品下。《宋·職官志》：開封府領南司者一，功曹、倉户曹、兵曹、士曹參軍各一，崇甯二年曹各二員，政和二年開封府學錢糧官一，臨安府紹興僉事、節度判官廳公事、觀察判官、録事參軍、左司理參軍、右司理參軍、司户參軍各一，點檢文字、都孔目官、副孔目官、節度孔目官、觀察孔目官各一，正開拆、副開拆官各一，下名開拆官二，押司官八，前後行守分二十二，貼司三十八。

籑喜廬文初集卷九

順天府田賦

《禹貢》則壤成賦，必首冀州，順天府即當日冀州地，正耗賦數，損益屢矣。《賦役全書》半與今異，今𣅀光緒七年、八年府牘爲斷七年有閏，九年未齊，其在地丁外者用《禮・雜記》例，曰雜征按征之言取以正也。征、政古通用，《周官・小司徒》『平其政』，政即征也，注：『當作征。』《夏官》『無國正』，正亦征字之通。又叚徵爲征，徵之本誼訓召，用征爲是，府屬賦輕而徭則重，然丁均於地可無力役之征，役贍於官，出自留支之賦，故徭寓於賦，不自爲門。其不在田賦中者府牘所無，坿録所訪前代賦徭別箸於篇。志田賦田賦創藁，論者難之，蓋無從下手也，雲龍探索於斷爛數百牘中而成，是以擇要録著於篇。

田賦所出，莫非民地，然析言之有九：一曰民地，別旗圈地而言也。一曰船地，昔運南漕船户受地，船裁則收地入額，亦謂之收地。一曰兑補地，蓋民地被圈補以官屯者也。一曰備邊地，《會典》所云山邊、水邊、草邊地者是，備充邊餉，故名。一曰續邊地，初侵自網户而續經覆出其科，視邊地例。一曰馬房地，即明牧馬廠，廠廢而地墾。一曰夾空地，此訂《賦役全書》後所丈出者，報墾之界於旗民，兩地亦爲夾空。一曰衛地，即明燕山、神武、永清、彭城、騰驤、金吾六衛之地，衛除而地復屬民。一曰增地，則爲備邊馬房等地之已荒復懇[墾]者。九者之額征正加有差。

丁糧有上、中、下三等，分則凡九：曰上上，曰上中，曰上下，曰中上，曰中中，曰中下，曰下上，曰下中，曰下下。康熙五十二年恩詔：嗣後但據五十年丁册定爲額，續生人丁，永不加賦。雍正元年改令順天府屬丁銀自二年始攤入地糧，每兩攤銀二錢七釐有奇，閏年加銀七釐九毫四絲一忽一微七纖八沙五塵八埃二渺一漠二虚七澄四清，謂之丁閏。賦羡則曰火耗，良鄉、通、三河、昌平、順義、懷柔、涿、薊八州縣無征，其餘州縣征亦有差。此其大綱也。

大興縣地千八百三十二頃三十六畝一分八釐，畦地二千七百七十一箇故事，畦地以箇計，征銀四千一百九兩七錢四分五釐，內有歸併地遇閏不征，餘則每畝征銀一釐九毫三忽八纖一沙四塵一埃五渺六漠，地閏銀二百六十八兩五錢三分六釐。初人丁八千四百二十八，征銀千九百二十三兩九分八釐，今攤征銀八百五十兩八錢四分一釐，閏增銀二十二兩八錢八釐，又房租合銀五十六兩七錢七分九釐，凡征銀五千一十七兩三錢六分五釐，閏征銀五千三百一十八兩七錢九釐。火耗計兩增銀一錢。又黑豆九石六斗七合四勺，起運銀三千七十九兩四錢五分，閏年銀三千三百四十三兩五錢四分九釐，火耗各以數增。黑豆如征數留支銀千九百三十七兩九錢一分五釐，閏增銀三十七兩二錢四分五釐。

宛平縣地千四百九十七頃四十八畝五分九釐六毫八絲，征銀三千六百二十九兩五錢六分四釐九毫，地閏銀二百二十九兩五錢七毫。初人丁萬二千七百四十有六，征銀四千三十六兩六錢，今攤征銀七百五十一兩四錢二分一釐五毫，閏增銀三十兩二錢三分六釐，房租銀五兩一錢，凡征銀四千三百八十六兩八分六釐，閏征銀四千六百四十五兩八錢二分三釐。火耗計兩增銀一錢。起運銀千六百九十三兩三錢九分一釐，閏年銀千七百一十六兩七分三釐，火耗各以數增。留支銀二千六百九十二兩六錢九分五釐，閏增銀六十六兩五錢四分五釐。

良鄉縣地四百八十七頃九十一畝一分五釐，征銀千五十一兩七錢六分一釐，地閏銀五十三兩九錢七分四釐。初人丁千六百九十六，征銀三百九十六兩三錢一分，今攤征銀二百二十二兩六錢九分九釐，閏增銀八兩四錢七分一釐，凡征銀一千二百七十四兩四錢六分，閏征銀千三百三十六兩九錢五釐。火耗無。又黑豆六斗七升六合三勺二抄七撮五圭二粟八顆，起運黑豆加征數留支銀萬七千五百二十五兩二錢八分九釐四毫。

固安縣地九百一十五頃五十二畝七分四釐，征銀二千九百五十三兩六錢二分八釐，地閏銀二百四十七兩四錢三分三釐。初人丁萬二千六百五十一，征銀二千八百六十五兩五錢一分五釐，今攤征銀六百一十一兩四錢六分四釐，閏增銀二十三兩六錢四釐，凡征銀三千五百六十五兩九分一釐，閏征銀三千八百三十六兩一錢二分九釐。火耗計兩增銀一錢。又黑豆二斗九升六合四抄七撮九圭二粟。起運銀六十六兩六錢二分三釐，閏年銀二百四十四兩一錢四分二釐，火耗各以數增，黑豆如征數。留支銀三千四百九十八兩四錢六分八釐，閏增銀九十三兩五錢一分八釐。

永清縣地千二百八十頃三十九畝七分九釐三毫，征銀五千二百六十八兩六分，地閏銀百五十四兩六錢七釐。初人丁萬二千八十八，征銀萬二百二十兩五錢七分五釐，今攤征銀千九十兩九錢九分一釐，閏增銀四十一兩七錢一分六釐，又房租銀十六兩八錢六分，凡征銀六千三百七十五兩九錢一分一釐，閏年征銀六千五百七十二兩二錢三分四釐。火耗計兩增銀一錢。起運銀四千二百八十六兩五錢三分六釐，閏年銀四千四百二十九兩三錢八分一釐，火耗各以數增。留支銀二千八十九兩三錢七分五釐，閏增銀五十三兩四錢七分八釐。

東安縣地三千六百五十九頃六十八畝四分一釐六毫，征銀九千九百五十七兩六錢七分，地閏銀二百六十八兩四錢四分八釐。初人丁五千二百十三，征銀萬五百八兩三錢九分，今攤征銀二千五十八兩八錢八分三釐，閏增銀七十八兩七錢三分七釐，凡征銀萬二千一十六兩五錢五分三釐，閏年征銀萬二千三百六十三兩七錢三分八釐。火耗計兩增銀一錢。又黑豆三石八斗四升三合一勺。起運銀九千九百十八兩八錢四分七釐，閏征銀萬二百三十五兩三錢六分六釐，火耗各以數增。留支銀二千九十七兩七錢六釐，閏增銀三十兩六錢六分六釐。

香河縣地千七百七十四頃七十一畝六分五釐二毫，征銀三千四百三十八兩一分一釐，又黑豆折銀一兩三錢六分，地閏銀百五十七兩七分三釐。初人丁一千四百三十三，征銀二百十五兩，今攤征銀七百二十六兩三錢五分八釐，閏增銀二十七兩八錢九分一釐，凡征銀四千二百三十六兩二錢四分二釐，閏征銀四千四百二十四兩四錢六分四釐。火耗計兩增銀八分。起運銀二千四百九十五兩三錢七分三釐，閏年銀二千六百六十五兩五錢二分五釐，火耗各以數增。留支銀千七百四十兩八錢六分九釐，閏增銀十八兩七分。

通州地二千九百四十一頃八十九畝四分，征銀六千七百六十三兩一錢八分八釐九毫，地閏銀三百四兩一錢六分二釐一毫。初通州與漷縣與衛與海户人丁二千一百十有四，征銀二百二十九兩五錢，今攤征銀一千三百九十九兩八錢四分一釐一毫，閏增銀五十四兩六錢三分七釐九毫，凡征銀八千一百六十三兩三分，閏年征銀八千五百二十一兩八錢三分。火耗無。又征黑豆四百五十五石二斗七升九合三勺，起運銀二千三百八十五兩七錢七分，閏年銀二千五百十五兩九錢四分八釐，黑豆如征數。留支銀五千七百七十七兩二錢六分，閏支銀六千五兩八錢八分二釐。

三河縣地二千九百五十四頃八十五畝六分一釐九毫五絲，征銀五千三百五十一兩四錢五分五釐，地閏銀三百二兩六錢。初人丁一千四百五十三，征銀三百七十六兩七錢，今攤征內除墾荒四百四頃七十七畝六分，例不攤丁，惟以地二千五百八十五頃五十畝八分五釐四毫五絲征銀四千七百二十二兩二錢二分七釐攤征丁銀九百七十七兩六錢二分六釐，閏增銀三十七兩九錢二分一釐，凡征銀六千三百九十二兩八錢五分二釐，閏征銀六千七百三十三兩三錢七分三釐。火耗無。又黑豆一石一斗八升六合五勺，起運銀二千九百五十四兩六錢二分四釐，閏年銀三千一百二十三兩一錢二分五釐，黑豆如征數。留支銀三千六百十兩二錢四分八釐。

武清縣地七千四百二十二頃九十九畝一分四釐三絲五忽，征銀八千九百二十四兩三錢五分一釐一毫二忽四微，地閏銀百有二兩一錢九分五釐。初人丁二千六百八十八，征銀千一百四十九兩七錢六分三釐，今攤征銀千八百四十五兩七錢一分八釐七毫四絲一忽三微三纖，閏增銀七十一兩六分七釐三毫九絲四忽六微五纖，又房租銀九兩八錢四分，凡征銀萬七百七十九兩九錢一分，閏征銀萬九百五十三兩一錢七分二釐。火耗計兩增銀八分。又黑豆四十八石五斗四升七勺，起運銀三千一百七十三兩一錢八分八釐。閏年銀三千二百十二兩六錢六釐，火耗各以數增，黑豆如征數。留支銀七千六百六兩七錢二分二釐，閏支銀七千七百二十七兩二錢三分三釐。

寶坻縣地萬二千二百六頃十二畝八分七釐四毫，征銀萬五千九百二十二兩二錢九分三釐，地閏銀千三百四兩七錢七分六釐。初人丁六千三百九十八，征銀千六十八兩五錢五分，今攤征銀三千二百九十六兩三錢六分八釐，閏增銀百二十六兩四錢六分三釐，凡征銀萬九千二百十八兩六錢六分一釐，閏征銀二萬六百四十九兩九錢。火耗計兩增銀一錢。又黑豆百九十四石一斗二升七合七勺、高糧［粱］三十六石九斗九升七合，起運銀萬七千六百六十二兩四錢二分，火耗各以數增，黑豆高粱如征數。留支銀□□百五十四兩九錢七分九釐，閏支銀千九百七十四兩一錢四分七釐。

甯河縣地九千六百三十二頃七十七畝六分五釐一毫，征銀八千二百八十二兩三錢九分七釐，地閏銀八百九十二兩七分四釐。初人丁千四百六十，征銀百六十一兩七分，今攤征銀千七百十四兩六錢七分七釐，閏增銀六十五兩七錢七分三釐，凡征銀九千九百九十七兩七分四釐，閏征銀萬九百五十四兩九錢二分一釐。火耗計兩增銀一錢。又黑豆百九十七石三斗六升六合九勺、高糧［粱］十三石四斗五升三合，起運銀七千八百三十八兩三分一釐，閏年銀八千七百四十六兩九錢三分，火耗各以數增，黑豆、高糧［粱］如征數。留支銀二千一百五十九兩四分三釐，閏支銀二千二百有七兩九錢九分一釐。

昌平州地千三百六十二頃七十九畝六分八釐，征銀三千三百二十三兩六錢八分九釐三毫二絲，地閏銀六十二兩二錢五分五釐四毫九絲。初人丁三千八百四十二，征銀九百十二兩四錢五分，今攤征銀六百七十八兩一錢六分四釐四絲，閏增銀二十六兩一分九釐九絲，凡征銀四千有一兩八錢五分三釐，閏征銀四千九十兩一錢二分八釐。火耗無。又榛栗三十六石，起運銀百七十四兩九錢五分六釐，閏年銀二百十三兩三錢六分六釐，榛栗如征數。留支銀三千八百二十六兩八錢九分七釐，閏支銀三千八百六十五兩一錢五分五釐。

順義縣地六百四十九頃七十八畝八分一釐九毫七絲，征銀八百七十二兩三錢六分八釐，地閏銀百三十一兩九錢六分六釐。初人丁五千三百十有四，征銀八百十四兩四錢，今攤征銀百八十兩九分六釐。閏增銀六兩九錢五分五釐，凡征銀千五十二兩四錢六分二釐。閏征銀千一百九十一兩三錢八分四釐。火耗無。起運銀二百五十七兩三錢六分三釐，閏年銀三百十一兩四錢三釐。留支銀七百九十五兩九分九釐。閏支銀八百七十九兩九錢八分一釐。

密雲縣地六百十二頃十六畝九釐，征銀千四百三十九兩三錢六分二釐，地閏銀六十九兩四錢九釐。初人丁五千六百四十九，征銀千七十四兩四錢六分，今攤征銀千七百三十九兩六錢五分九釐，閏增銀十一兩四錢九分六釐，凡征銀千七百三十九兩六錢五分九釐，閏年征銀千八百二十兩五錢六分四釐。火耗計兩增銀一錢。又黑豆千六百三十八石九斗四升六合四勺二抄，起運銀六十一兩九錢五分六釐，閏年銀七十六兩六錢一釐，火耗各以數增。留支銀千六百七十七兩七錢三釐，閏支銀千七百四十三兩九錢六分三釐。

懷柔縣地百七十九頃九畝四分八釐二毫，征銀六百九十三兩五錢四分四釐，地閏銀十六兩七錢二分九釐。初人丁千八百八十七，征銀五百七十三兩五錢五分，今攤征銀百四十三兩五錢八分五釐，閏增銀五兩五錢四分三釐，凡征銀八百三十七兩一錢二分九釐，閏征銀八百五十九兩四錢一釐。火耗無。起運銀四兩二分二釐，閏年銀四兩一錢二分二釐。留支銀八百三十三兩一錢七釐，閏支銀八百五十五兩二錢七分九釐。

涿州地千一百二頃十六畝七分九釐，征銀四千七百九十四兩三錢三釐，地閏無。初人丁千三百六十二，征銀二千七百四十四兩八錢一分八釐，今攤征銀九百十二兩五錢四分九釐，閏增銀三十八兩一錢三分五釐，凡征銀五千七百八十六兩八錢五分二釐，閏年征銀五千八百二十四兩九錢八分七釐。火耗無。又黑豆三石六合九勺，起運黑豆如征數。留支銀五千八百二十四兩九錢八分七釐。

房山縣地五百五十八頃六十五畝三分二釐七毫五絲，征銀三千四百六十一兩七錢六分三釐六毫，地閏銀六十三兩九錢一分一釐。初人丁三千九百七十四，征銀八百三十四兩二錢八分四釐，今攤征銀七百十六兩六錢七分九釐，閏增銀二十七兩七錢三分三釐，又房租銀二十八兩七錢二釐，凡征銀四千二百七兩一錢四分五釐。閏征銀四千二百九十八兩七錢八分九釐，火耗計兩增銀六分，起運無。留支銀四千二百七兩一錢四分五釐，閏支銀四千二百九十八兩七錢八分九釐。

霸州地二千六百三十頃四十七畝三分三釐，征銀七千三百四十八兩六錢一分二釐，地閏無。初人丁六千七百有六，征銀三千十一兩五錢三分二釐，今攤征銀千五百二十一兩一錢五分二釐，閏增銀五十八兩三錢四分八釐，又房租銀三兩二錢八分，凡征銀八千八百七十二兩四分四釐，閏征銀八千九百三十兩三錢九分二釐。火耗計兩增銀一錢。起運銀六千二百二十三兩六分八釐，閏年銀六千二百三十五兩四分九釐，火耗各以數增。留支銀二千六百四十八兩九錢七分六釐，閏支銀二千六百九十五兩三錢四分三釐。

文安縣地三千五百二十六頃八十一畝三分三釐，征銀萬四百六十八兩九錢九分，地閏銀七十兩九錢六分三釐。初人丁八千九百有四，征銀千七百九十七兩五錢六分六釐，今攤征銀二千六百六十七兩二錢六分三釐，閏增銀八十三兩一錢三分六釐，凡征銀萬二千六百三十六兩三錢六分二釐，閏征銀萬二千七百九十兩四錢六分二釐。火耗計兩增銀一錢。起運銀萬一百七十五兩一分四釐，閏年銀萬三百二十九兩一錢一分四釐，火耗各以數增。留支銀二千四百六十一兩三錢四分八釐，閏支銀二千五百三十一兩三錢七分一釐。

大城縣地二千三百九十七頃四十四畝九分五釐，征銀萬七百六十四兩九錢二分三釐，地閏銀二百三十六兩九錢三分一釐。初人丁萬六百十七，征銀三千二百二十二兩七錢九分，今攤征銀二千二百二十四兩四錢八分七釐，閏增銀八十五兩二錢，凡征銀萬二千九百八十九兩四錢一分。閏年征銀萬三千三百十一兩五錢四分一釐。火耗計兩增銀一錢。起運銀萬五百五十二兩二錢一分七釐，閏年銀萬八百三十兩九錢六釐，火耗各以數增。留支銀二千四百三十七兩一錢九分三釐，閏支銀二千五百七兩六錢三分五釐。

保定縣地三百七十七頃二十四畝七分一釐，征銀千二百八十七兩三錢九分八釐，地閏銀六十七兩七錢一分七釐。初人丁八百八十四，征銀三百兩五錢六分，今攤征銀二百六十六兩五錢二分六釐，閏增銀十兩二錢二分三釐。火耗計兩增銀一錢。起運銀百十七兩八錢三分七釐，閏年銀百八十九兩六錢七分八釐，火耗各以數增。留支銀千四百三十六兩八分七釐，閏支銀千四百四十二兩一錢八分七釐。

薊州地四千五百二十七頃六十二畝八分六毫，征銀九千九百六兩七分五釐七毫，地閏無。初人丁四千九百三十有八征銀千二百八十四兩八分二釐，今攤征銀千八百八十兩九錢六分三釐一毫，閏增銀七十二兩九錢四分，房租銀一兩九錢五分，凡征銀萬九百七十八兩九錢八分九釐，閏征銀萬一千五十一兩九錢三分一釐。火耗無。起運銀二千二百九十八兩四錢五分八釐，閏年銀千八百十三兩七錢一分二釐。留支銀八千六百八十兩五錢三分一釐，閏支銀九千一十兩二錢九分七釐。

平谷縣地四百七十七頃七畝四分一釐，合房基地征銀千三十一兩一錢三分七釐，地閏銀五十六兩八錢三釐。初人丁二千九百四十，征銀六百十七兩七錢七分二釐，又匠丁十五，征銀六兩七錢五分，今攤征銀二百十三兩四錢二分九釐，閏增銀八兩一錢八分七釐，凡征銀千二百四十四兩五錢六分六釐，閏年征銀千三百九兩五錢五分六釐。黑豆二百六石二斗一升八合四勺，火耗計兩增銀一錢，起運銀百九十六兩五錢四分七釐，閏銀二百兩八錢二分六釐，火耗各以數增，黑豆如征數。留支銀千四十八兩二分九釐，閏支銀千一百八兩七錢三分。

所謂留支者六：曰官俸，曰役食，曰祀禮，曰雜項，曰常辦，曰驛站。大興、宛平無雜項帶辦，平谷無常辦。凡留支不足應支數者支自布政司。

督察者四路同知也，先是轄自霸昌、通永兩道，其改四路同知爲專管，自乾隆十九年直隸總督方觀承奏經户部議定始。東路同知轄通、三河、五[武]清、香河、寶坻、甯河、薊七州縣地，四萬一千六百二十四頃三十畝三分四釐八毫八絲五忽，武清、縣薊州房七十四有半，合之攤丁額征銀六萬八千有九十六兩一錢三分三釐，粟百九十六石四斗五升四合二勺，黑豆千九十二石九斗五升五合三勺，高糧[粱]四十七石四斗五升，閏增銀三千五百二十八兩八錢三分三釐凡銀七萬三千二百八十九兩五錢九分一釐。西路同知轄大興、宛平、良鄉、房山、涿五州縣，地五千四百七十八頃五十八畝四釐四毫三絲，畦地二千七百七十一箇，房基地兩間，房五百五十間，合之攤丁額征銀二萬六百七十一兩九錢八釐，黑豆十三石二斗九升六勺，閏增銀七百五十三兩三錢五釐凡銀二萬一千四百二十五兩二錢一分五釐。南路同知轄霸、保定、文安、大城、固安、永清、東安七州縣，地萬五千七百八十七頃五十九畝二分六釐九毫，房百二十七，合之攤丁額征銀五萬八千有九兩二錢九分五釐，黑豆四石一斗三升九合一勺，閏增銀千四百二十七兩六分三釐凡銀五萬九千四百三十六兩三錢五分八釐。北路同知轄昌平、順義、懷柔、密雲、平谷五州縣，地三千三百十八頃六十畝三分八毫七絲，合之攤丁額征銀八千八百七十五兩六錢六分九釐，黑豆千八百四十五石一斗六升四合八勺二抄，榛栗三十六石，閏增銀三百九十五兩七錢四分三釐凡銀九千三百二十九兩一錢三分三釐。霸昌、通永二道爲兼管：隷霸昌道者爲西路、南路、北路，隷通永道者爲東路遵化州屬亦隷，而順天府則有督催責。

綜而計之，二十四州縣地六萬六千二百九頃七畝九分七釐八絲五忽，畦地二千七百七十一箇，房七百五十三有半，人丁攤入地糧額征地丁銀十五萬五千六百五十三兩五釐，粟百九十六石四斗五升四合二勺，黑豆二千九百五十五石五斗四升九合八勺二抄，高（糧）［粱］四十七石四斗五升，榛栗三十六石，閏增銀二千二百六十一兩六錢四分六釐，得銀十六萬一千七百五十七兩九錢四分九釐，餘如常數。其銀起運八萬三千五百四十六兩三錢一分七釐，火耗七千二百二十七兩四錢九釐《會典事例》：涿州、良鄉、昌平、順義、懷柔、通、三河、薊八州縣不征耗羨，房山每兩收耗六分，香河、武清每兩收耗八分，大興、宛平、密雲、平谷、寶坻、甯河每兩收耗一錢。閏年起運八萬七千七百七十兩七錢七分七釐，火耗七千六百二十三兩七錢二釐。粟、黑豆、高糧［粱］、榛、栗謂之本色征，起運如征數，閏年不增。其留支銀七萬二千一百六兩六錢九分一釐，閏年七萬三千九百八十七兩一錢七分二釐。此光緒七年八年數也。

順天府雜征考

雜征八：

一、田房税。大興等二十四州縣並照契載銀數，計兩征銀三分，解視征數文冊。密雲縣歲征銀十七兩二錢一分一釐丁《志》，房山縣征銀四百兩至五百餘兩有差王《志》，其餘州縣無定額志冊。

一、民買旗房税。先是近京五百里民買旗房，如八旗置房例税於兩翼，民未便，乾隆三十七年户部議民税之地方官每兩征銀三分，黏契尾。四十五年議，房一至五基地不得過一畝，六至十不得過二畝，十以外不得過三畝，五十至百以外不得過五畝，違則征視頭等租。大興等州縣無定額府册。

一、當税。每當征銀五兩，良鄉、永清二縣三歲征各銀十五兩。初永清縣當十有二，今減九永清周《志》。香河縣四歲征銀二十兩采訪册。甯河縣八歲征銀四十兩丁《志》。順義縣十一歲征銀五十五兩黄《志》。密雲縣十三歲征銀六十五兩密雲丁《志》。涿州六歲征銀三十兩，初八，今減二吴《志》、參册。房山縣三歲征銀十五兩王《志》。其餘州縣無定額。

一、牙行帖税。良鄉縣歲征銀百四十四兩一錢新《志》。固安縣歲征銀百一十二兩八錢帖九十六、陳《志》。香河縣歲征銀七十八兩四錢八釐八毫采訪册。通州歲征銀二百二十四兩三錢，初牙行六十有二，乾隆十九年裁四十一高《志》。三河縣歲征銀五十三兩二錢陳《志》。甯河縣舊征銀七兩四錢關《志》，今無額丁《志》。順義縣歲征銀二十九兩八錢黄《志》。密雲縣歲征銀百四十一兩，閏增十一兩一錢五分丁《志》。涿州歲征銀八十一兩九錢八分七釐吴《志》。房山縣歲征銀十三兩二錢王《志》。保定縣歲征銀十兩二錢成《志》。其餘州縣無定額。

一、畜税。良鄉縣牛驢豬税銀四十兩七錢三分九釐采訪册。順義縣牛驢税銀二十九兩三錢一分六釐，豬税銀七兩三錢八分黄《志》。密雲縣牲税銀五十三兩八錢二分有奇丁《志》。房山縣牛馬驢騾豬税銀五十兩七錢六分，羨銀二十四兩六錢王《志》。其餘州縣無定額。

一、麯税。通三河等州縣麯十斤爲一塊，千斤征銀一錢七分六釐六毫，先是私燒酒麯久爲例禁，其製酒醋征自通州坐糧廳，乾隆二十二年户部議奏，得旨令地方官給照依例征，歲無定額。咸豐三年改令燒鍋税，赴部自納據通州高《志》、三河陳《志》。

一、灰磨等課税。房山縣歲征銀五十八兩一錢王《志》。

一、海税。甯河縣北塘口海運米糧按直計兩征銀三分，無定額關《志》。

其免税彰彰者有通州芝蔴、麥子、磨油、磨麫、酒糖等季鈔高《志》。

順天府徭役考

人丁均入地糧矣，在官之役則留其田賦支以贍之。田賦而外，徭無定時，役有定里，或攤資曰差錢，或征力曰差夫，陵差車輛則旗三民七，其大較也。若騾，若馬，若驢，若秫稭，若土坯，若柴，若炭，若煤，若灰，多無定額，而亦有定，如房山縣馬草十七萬五千三百斤、麥麩四百石之類是也。薊州徭目凡二十二：

一、大差。平地修橋攤之十六里二十八保，無夫而錢募者聽。

一、陵差之車，民户分四十股，攤十之七；旗户分四路：東路五牌，西路四牌，南路九牌，別有十大家爲一路，攤十之三。

一、東陵差及官兵行驛馬不敷以差錢買支，馬二十至四十有差，差竣則還。

一、西陵差向調協濟修道夫三百，折實則半，又大車六，撥自里保。

一、驛馬穀草，於秋後發直買十萬有七千斤，不敷則次年春續買草十萬至二十萬有差，災則減一。

督學使過境分二十八保立車户應之。

一、歲供西陵禮部、兵部、内務府監端慧皇太子園寢祭祀冰塊、柴炭折銀七百有六兩，閏增銀五兩，辦自中安、和西、尚義等里。

一、歲供東陵祭祀牛羊喂養草三十萬斤，辦自李新莊、馬房莊、顧家莊、蔣福山、七百户、閔家莊、山下屯、黄土莊、索達莊、石人莊、狼兒窩、陳各莊、魯各莊、蒙福莊、小營莊、福里莊、蘇家莊、安家莊，凡十八邨。

一、官兵餉藥過境，其車給直募應。

一、東陵祭祀，隆福寺喇嘛諷經坐車，向設車户九十九，給照，募自民。

一、十二阿哥園寢祭祀柴炭夫二十有四，亦給照。

一、東陵祭祀有冰車户十二，亦給照。

一、工部取硝向解折色銀八兩，支自硝户五十有四，不足則官足之。

一、歲解道書飯食銀三十六兩，閏增一兩五錢。

一、府繕書。

一、太常寺行取都城隍廟户五名。

一、薊州白澗香華庵地近行宫，添給廟户十八、門夫五。

一、薊州繕書兵驛房十九、兵清房二十一、兵皂房二十八、户工北房三十、冰窖二十一、提刑房五十四，皆募充，給照上五項。

一、火夫。馬蘭鎮右營守備分汛：赤霞峪三十，青山嶺、葦子峪各六十，凡九十名。

一、樹户。景陵四十八，孝陵十八。

一、州境鋪司六十，並募自民上三項。

順天府旗租

旗地猶明莊田，即古者采地遺意也。國初八旗王公官員兵丁分地、坿近京師宗室莊田萬三千三百三十八頃四十五畝有奇，官兵圈地十四萬一百二十八頃七十一畝，凡地十五萬三千四百六十七頃十六畝有奇，厥地不僅隸順天，而順天府竟之地被圈爲多。存退另案。屯莊莊頭三次四次奴典公産，所謂八項旗租也。此外地曰廣恩庫，曰鑾輿衛，曰馬館，曰西河，曰黑地陞科，曰儲備軍餉，曰海防，曰香燈，曰博通，曰普濟，若此之類征租，或報府或不報府，録可稽者志旗租。

旗地租有八：

一、存退地。此順治初旗人圈地也，其地有餘交官征租謂之存，其地圈後還官征租謂之退，自乾隆十一年始，名曰存退。

一、另案地。雍正三年户部咨：將内務府交出旗圈餘地與八旗報抵虧空地與察抄入官房地交地方官征解，自七年始，名曰另案。

一、屯莊地，旗屯承種。霸州、固安縣、永清縣按《户部則例》：此三州縣外有新城縣，非順天屬井田合已未長租者，户分田百二十五畝，歲輸屯穀十二石五斗，由地方官征解，自乾隆十七年户部定例，始名曰屯莊《户部則例》、參檔册。

一、莊頭地。内務府莊頭退地交地方官征解，自乾隆二十二年户部立案始，名曰莊頭。

一、三次贖地。八旗地私自典賣與民，動帑贖回，起乾隆十年訖十二年，初次也，起十三年訖十五年，二次也，起十六年訖十八年，三次也。厥後定章册報名曰三次。

一、四次贖地。起乾隆十九年訖二十五年，征解如三次例，自爲一册，名曰四次。

一、奴典贖地。八旗私自典地與旗奴，動帑贖地，起乾隆十九年訖二十三年，交地方官征解册報，名曰奴典。

一、公産地。八旗地畝私典與民，發覺交地方官征解册報，名曰公産。

二十四州縣有無互見，其地，大興、宛平、香河、通、三河、武清、寶坻、薊、昌平、順義、懷柔、霸，十二州縣七項，蓋無屯莊也，良鄉、東安、涿、房山、文安，五州縣六項，蓋無屯莊、莊頭也，密雲、保定、平谷，三縣有存退、另案、四次贖典、奴典、公産五項，大城縣有另案、三次贖典、公産三項，甯河縣有存退、另案二項，而固安、永清二縣則八項皆有之。督察者四路同知，以霸昌、通永二道爲兼管，而順天府有督催責。綜而計之，額征内除民糧，凡旗租地銀十三萬八千九百九十八兩有奇。此光緒八年數。

八項而外有泰陵廣恩庫地租，征自順天府屬固安、永清、東安、香河、通（漷邑州判管地）、三河、武清、甯河、順義、涿、房山、保定十二州縣，凡銀七百五十九兩五錢八釐五毫，内除甯河縣正耗銀十五兩六錢二分入地糧册，計銀七百四十三兩八錢七分八釐，亦光緒八年數，閏則額征七百四十二兩二錢二分八釐五毫，此光緒七年數也。又鑾衛地租征自固安、通州、武清、密雲、霸州，銀五百五十七兩有奇，錢二百三十四千有奇。兵部馬管地租征自固安、通州、武清、寶坻、密雲、霸州，銀七百五十三兩有奇，步軍統領衙門西河地租征自大興、固安、永清、東安、通州、武清、寶坻、順義、密雲、涿州、薊州、平谷，銀九百一十七兩有奇。房租征自武清、順義、密雲，一百九十三兩有奇。涿州入官僧地銀二十六兩有奇。雍和宫香燈地租征自固安、武清、寶坻、霸州，銀八百七兩有奇。陞科黑地租自咸豐三年户部奏旗民交産始，諭嗣後順天旗地無論老圈、自置、京旗屯居房何項，民人俱准互相買賣，照例稅契。陞科征自固安、永清、寶坻、密雲、薊州，凡銀三千三百兩有奇。儲備軍餉地租征自密雲，銀十兩三錢四分五釐。海防地租征自寶坻，銀七十八兩三錢有奇。博通地租征自密雲，銀九十六兩。普濟堂地入官地租征自霸州，銀五十兩。幫通州旗丁贍運屯地租征自香河，銀二十五兩八錢九分八釐。

順天府前代田賦考

《禹貢》:『冀州厥土惟白壤,厥賦惟上上,錯厥田惟中中。』按《禹貢》冀州兼幽州地,它州先田,此獨先賦,賦不盡出於田也。馬融曰:『地有上下相錯,通率第一。』鄭康成曰:『此州入穀不貢賦之差,一井上上出九夫税,上中出八夫税,上下出七夫税,中上出六夫税,中中出五夫税,中下出四夫税,下上出三夫税,下中出二夫税,下下出一夫税,通率九州一井税五夫。』又曰:『地當陰陽之中,能吐生萬物者曰土,據人功作力競得而田之則謂之田。田著高下之等者,當爲水害備也。據此則上上云者言九州之中爲第一也,中中以田之地勢言,不論肥瘠。』孔《傳》云雜出第二,又云田之肥瘠,均非。《史記》『厥』並作『其』。

前燕慕容皝以牧牛給貧家田,於苑中公收其八,有牛無地者亦田,苑中公收其七,三分入私《文獻通考》。後魏太和八年,幽州以麻布充税《魏·食貨志》。北齊天保八年議徙冀、定、瀛州無田之人於幽州范陽寬以處之,謂之樂遷《隋·食貨志》。

唐范陽郡貢綾二十疋,密雲郡貢人參五斤,漁陽郡貢鹿角膠十斤,歸德郡貢豹尾三枚《通典》,又幽州貢綿、絹、角弓、栗《唐·地理志》。開元時河北不通運,州租皆以絹代。後唐長興四年五月,户部奏幽大小麥、穬麥、豌豆六月一日起徵、八月十五日納足正税,疋帛錢鞋地頭穱麪蠶鹽及諸色折料,六月十一日起徵,至八月二十五日納足《文獻通考》。

宋霸州貢絹《宋·地理志》。遼大康十五年詔:山前後未納税户於密雲、燕樂兩縣占田置業入税。元太祖時中都田時久荒,兵後無牛可耕,於盧溝橋索軍回所區牛十取其一,得數千頭,分給近縣。

明洪武初北平田土五十八萬二千四百九十九頃五十一畝，夏税麥三十五萬三千二百八十石，絹三萬二千九百六十二疋，秋糧米八十一萬七千二百四十石。弘治十五年，順天府官田八百三十五頃五十畝零，民田六萬七千八百八十四頃五十七畝零，夏税小麥萬九千六百三石四斗三升零，人丁絲綿折絹二千一百七十五疋一丈六尺零，農桑絲折絹千七百六十四疋一丈七尺零，秋糧粳稻粟米四萬七千一百三十四石二斗三升零，地畝棉花絨九千四百二十六斤一十四兩五錢六分零《續文獻通考》。萬曆年按沈應文、譚希思《府志》修於萬曆二十一年官民田地征自大興、宛平、良鄉、固安、東安、永清、香河、通、三河、武清、漷、寶坻、薊、平谷、昌平、密雲、順義、懷柔、涿、房山、霸、文安、大城、保定，曰起運夏税，曰存留夏税，曰起運秋糧，曰存留秋糧，曰起運馬草，曰存留馬草，曰起存户口鹽鈔，曰進宫子粒，曰馬房子粒，曰寄養馬疋草料，曰備邊，曰給爵，曰站糧，曰經費，曰柴薪，有無互見，皆以銀計據萬曆沈《志》。

常賦外，軍輸、雜辦幾浮其半：所謂號房即間架也，所謂鈔税即征商也萬曆沈《志》田賦敘。大興、宛平額供内府、監局、閣部、院寺、科道錢糧，取給於鋪行税契，年費銀萬三千五百五十三兩有奇。先是鋪行以九則征，里甲不革，税契不減，萬曆四年革里甲，十年又免鋪行之下三則，房價之不及四十兩與夫典契之税，府尹謝杰疏請復舊制而少爲之差據府尹謝杰疏。

順天府明馬政編地考

馬養於民，宋王安石保馬法也。永樂初設太僕寺於北京，十二年令北畿民計丁養馬：五丁養一，免田租半，薊州以東每軍飼種馬一、置草場。畿内草場日削。弘治初，兵部主事湯冕、太僕卿王霽、給事中韓佑周旋、御史張淳，皆請清覈，旋言香河縣地占於勢家，霸州有仁壽宮皇莊，乞罷之以益牧地，雖允行，卒不能清據《明·兵志》。地有廣狹而民病，養有厚薄而馬病，民困於牧芻，馬疲於顧賃，而人馬俱病，年不能有豐無歉，歉矣是徒受免租名，馬不能有生無死，死矣是漸積追賠累，而其編地制有足殷鑑者。

大興縣養馬地原額，下同五百四十七頃五十畝，馬三百六十五，荒百四十三頃六十九畝五分，減馬百五，例減五十，實二百十户空閑人户盡編，下同。每馬編地二頃六十畝七分。

宛平縣養馬地千四百二十二頃四十三畝八分六釐六毫，馬九百十六，荒百九十四頃十四畝七分四釐七毫五絲，減馬三百七十六，例減九十九，實四百四十一户，每馬編地三頃二十一畝二釐八毫，草場十四頃九畝七分七釐，征銀四十九兩九錢一分四釐凡征皆計年。

良鄉縣養馬地千四百八十六頃，馬千四百八十六，荒二百二十頃九十三畝三分七釐，減馬二百八十六，例減五百，實七百户，每馬編地一頃八十畝七分二釐五毫二絲，草場十二頃八十畝，不堪種五頃三十畝，堪種七頃五十畝，征銀三十兩。

固安縣養馬地四千三十七頃七十六畝，馬二千四百二十二，荒四百三頃三十五畝一分六釐七毫，減馬三百四十二，例減七百六十，實二千三百四十户，每馬編地一頃五十六畝六分六釐四毫一絲七忽六微八纖。三千營草場百四十頃四十三畝一分一釐五毫，征銀四百二十一兩二錢九分五釐四毫五絲，增子粒銀四十兩五錢八釐四毫九絲，征三千營牧馬子粒銀四百二十一兩二錢九分三釐四毫五絲解兵部。

永清縣養馬地千九百九十六頃一畝四分四釐，馬千七百一十六，荒千二百二十四頃一十五畝四分五釐三毫，減馬千五十二，例減二百十四，實四百五十户，每馬編地四頃四十三畝四分四毫四絲，草場十八頃八十八畝二分，不堪種一頃九十八畝二分，堪種十六頃九十畝。征銀六十七兩六錢，京營子粒征銀二百一兩三錢，牧馬子粒征銀六十八兩四錢解兵部，子粒銀三十六兩六錢七分五釐五毫解户部，敢勇等營上中下地銀二百六十六兩二錢四分四釐二毫四絲一忽五纖，新認荒地十六兩二錢解兵部。

東安縣養馬地三千二百三十四頃八十一畝四分六釐七毫，馬二千四百三十八，荒八百六頃七十一畝七分九釐，減馬六百八，例減九百九十，實八百四十户，每馬編地三頃八十四畝二分三釐八毫。

香河縣養馬地三百四十五頃，馬六百九十，荒二十頃，減馬四十，例減百二十，實五百三十户，每馬編地六十五畝，神機營地三百十頃三十三畝二分五釐五毫。征銀八百六十六兩二分六釐五絲，丈出草場銀百二十八兩八錢八分五釐，嘉靖三十五年草場租銀六十四兩九錢七分七釐，神機營牧馬子粒銀千一百四十五兩四錢九分二釐六毫七絲九忽五微解兵部。

通州養馬地八百七十七頃五十畝，馬千七百五十五，荒四十七頃五十畝，減馬九十五，例減六百五十八，實千二户，每馬編地八十二畝八分。

三河縣養馬地千七十四頃七十畝，馬二千一百四十九，荒九十六頃，減馬百九十二，例減千八十四，實八百七十三户，每馬編地一頃二十三畝。京營草場五頃八十七畝，征銀十五兩九錢，伍軍營牧馬子粒銀十五兩九錢解兵部，牧馬子粒銀五兩一錢四分解户部。

武清縣養馬地千二百二十一頃五十畝，馬千七百四十五，荒五百四頃，減馬七百二十，例減四百八十五，實編五百四十户，每馬編地一頃三十二畝八分七釐。

寶坻縣養馬地千二百三十七頃二十畝，馬二千四十九，荒七十頃二十三畝六分，減馬百十六，例減八百九十，實千四十三户，每馬編地一頃一十一畝八分七釐五毫七絲。草場二十一頃七十畝，征銀百四兩三錢六分二毫，焦坨兒歇馬臺子粒銀八十六兩八錢解兵部，又子粒銀四十三兩一分七釐二毫四絲解户部。

漷縣養馬地六百七十七頃四十四畝三分七釐五毫，馬七百八十三，荒三十九頃四十八畝三分六釐五毫五絲，減馬四十六，例減三百七十五，實三百六十二户，每馬編地一頃五十六畝一分。草場地十九頃，不堪種十四頃十七畝，堪種四頃八十三畝，征銀十九兩三錢六分。

昌平州養馬地九百七十六頃五十畝，馬六百五十一，嘉靖二十九年虜殘，休息二十年，隆慶四年復養半。

密雲縣養馬地千七百一十頃，馬千七百一十，例減六百八十，實七百九十八户，每馬編地一頃八十四畝。

順義縣養馬地千九百二十三頃，馬千九百二十三，荒百五十頃。減馬百五十例減七百六十五，實千八户，每馬編地一頃七十五畝九分。草場三十頃九十九畝，不堪種十五頃五十畝，堪種十五頃四十九畝。征銀六十一兩六錢八分，牧馬子粒銀六十一兩六錢八分解兵部。

懷柔縣養馬地千三百六十九頃六十一畝五分五釐，馬千一百九，荒二百五十六頃五十四畝四分七釐九毫，減馬二百，例減三百三，實六百六户，每馬編地一頃八十三畝五分。

涿州養馬地千八百六十五頃九十五畝八分，馬二千六百四十三，荒百五十三頃三畝四分，減馬二百七十七，例減九百九十四，實千三百七十二户，每馬編地一頃十九畝四分二釐二毫七絲。草場五十九頃，征銀百七十九兩一錢九分，牧馬子粒銀二十九兩四分九釐解兵部。

房山縣養馬地七百九十二頃三十五畝，馬千二百十九，荒八十頃四十八畝一分三釐，減馬百二十四，例減四百四十，實六百五十五户，每馬編地一頃八畝六分六釐二毫二絲四忽五微。草場百九十一頃七十八畝六分六釐，不堪種百七十六頃五十二畝一分五釐，堪種十五頃二十六畝四分八釐，征銀六十一兩五分九釐二毫。牧馬子粒銀十九兩七錢一分六釐六毫五絲四忽八纖解兵部。

霸州養馬地二千七百七十四頃三十八畝，馬千八百六十二，荒二百五頃五畝九釐，減馬百三十八，例減六百十七，實千一百七户，每馬編地二頃五十畝六分二釐一毫四絲九忽。草場三十頃十六畝，征銀百七十三兩三錢六分六釐九毫，並神武三千等營草場七百九十頃五十四畝九釐一毫，征銀千二百十一兩五錢七分八釐七毫三絲，苑家等里京營子粒銀千五百兩四錢三分七釐八毫七絲八忽，蒼兒淀牧馬子粒銀十九兩四錢三分六釐七毫四絲五忽，黑洋淀牧馬子粒銀八十六兩九錢五分八釐三毫解兵部。

文安縣養馬地萬八百頃六十九畝七分，馬二千六百九十三，荒四千一百八十頃，減馬千四十二，例減四百五十一，實千二百户，每馬編地小畝九頃五釐八毫，折大畝三頃十三畝八分六釐八毫。草場三十七頃五十二畝九分，不堪種二十一頃六十九畝九分，堪種十五頃八十三畝，征銀六十九兩二錢六釐八毫，効勇等三營牧馬子粒銀六百三十六兩一分一釐八毫七絲二忽五微，大甯橋牧馬子粒銀四兩五錢九分九釐解兵部。

大成［城］縣養馬地千七百三十五頃三十畝五分，馬千六百十八，荒四百七十二頃三十八畝四分，減馬四百四十一，例減三百四十八，實八百二十九户，每馬編地一頃五十二畝三分四釐。

保定縣養馬地六百六十九頃七十三畝，馬五百一十，荒百九十四頃九畝四分，減馬百一十二，例減二百十八，實八十户，每馬編地六頃五十五畝五分。

薊州養馬地六百七十五頃五十畝，馬千三百五十一，荒五十頃五十畝，減馬百一十一，例減四百一十，實八百三十户，每馬編地七十四畝七分。奮武等十二團營子粒銀六千一百三十三兩二錢四分四釐七毫四絲二忽一微解兵部。

平谷縣養馬地三百七十四頃五十畝，馬七百四十九，荒十八頃五十畝，減馬三十七，例減百七十七，實五百三十户，每馬編地七十畝據萬曆沈《志》，參各縣志册。

順天府明徭役考

明順天府頭役有差。其題編二千四百五項自萬曆二十一年府尹謝杰始，凡銀十四萬五千一百六十三兩五分二釐六毫五絲一忽一微二纖編頭大興百七項，銀二千九百三十二兩二錢。宛平百五十四項，銀三千九百四十兩三錢九分三釐。良鄉五十八項，銀二千六百三十五兩四錢二分七釐一毫。固安百十項，銀八千二百五十二兩三錢九分二釐八毫九絲四忽。永清七十八項，銀四千八百三兩八錢三分五釐六毫一絲。東安八十七項，銀六千七十六兩六錢八分三毫一絲一忽。香河百二項，銀五千七百一兩二錢六分七釐一毫五絲。通八十七項，銀六千二百十六兩八錢三釐五毫。三河百九項，銀五千八百六十八兩一錢六分九釐。武清百八項，銀七千九百十九兩三錢六分二釐。寶坻七十九項，銀九千十一兩一錢五分七釐六毫八絲。漷五十三項，銀二千三百八兩九錢六分四釐一毫。昌平百七項，銀四千五十兩二錢九分五釐五毫。密雲八十六項，銀四千九百四十四兩三錢四分五釐八毫四絲。順義八十八項，銀六千四百六十九兩四錢七分一釐七毫。

懷柔五十六項，銀三千二百四十四兩一錢八分七釐七毫三絲三忽。涿百七項，銀萬一千二百四十九兩二錢八分七釐九毫二絲三忽。房山九十五項，銀四千二百六十五兩五錢六分四釐。霸九十六項，銀八千七百七兩五錢五分七釐五毫七絲五忽。文安九十六項，銀六千八十五兩三錢二分二釐二毫五絲。大城八十二項，銀四千三百五十五兩七錢九分六釐六毫五絲。保定三十六項，銀九百四十三兩七錢。薊百六項，銀七千五百四十六兩七錢三分七釐七毫七絲。平谷七十一項，銀二千七百二十七兩八錢五分三釐四毫。大興、宛平、良鄉、固安、永清、東安、香河、通、武清、漷、昌平、密雲、順義、懷柔、涿、房山、霸、文安、大城、保定、薊、平谷，編頭役目有門子、書辦、皂隸、禁子、庫子、庫秤、庫夫、斗級、弓兵、快手、馬快、步快、民壯、鋪兵、驛頭、館夫、槽頭、馬頭、驢頭、老人、醫生、陰陽生、壇户、陵户、廟户、墳户、廠夫、管支夫、管支、寫字、辦送夫、遞解夫、擡運夫、脚夫、巡攔、轎夫、橋夫、閘夫、桶子夫、艪夫、更夫、燈夫、齋夫、膳夫、吹鼓手、雜夫縣志、府册。

姓氏源流考

姓歷久不易，氏隨時可變。三代上男稱氏，女稱姓。秦後以氏爲姓而姓氏淆，祖宗之所自出，子孫之所繇分，源異而同，流同而異，可勿考與？

吾宗氏傅自雲溪公諱銓始。先世氏范，出自祁姓《史記索隱》曰姓伊，祁氏。皇甫謐云堯初生，母寄伊長孺家，從母所居爲姓。虞以上爲陶唐氏，其裔生子有文在手，曰劉累，因以爲名。夏爲御龍氏，商爲豕韋氏，周封杜伯，稱唐杜氏。宣王滅其國，杜伯子隰叔奔晉爲士。師生士蔿，蔿生成伯缺，缺生士會，食采于范，其地濮州范縣，子孫遂爲范氏據《史記·五帝本記》、《唐·宰相世系表》。我始祖雲溪公之易傅氏在明嘉靖間。殷相苗裔，難可强同。或曰姬、祁之先皆公孫姓，誰非有能嗣續？雖然，聞之軒轅二十五子，得姓者十四，同姓二，凡十二姓，其一曰姬，即傅氏之姓，其三曰祁，即范氏之姓據《史記索隱》，謂同出公孫姓則可，謂同爲傅説後則不可。况以之爲子，與爲人後異。憶溪公自有後，欲安憶溪公後，乃權易雲溪公氏。易氏非雲溪公志，不復范氏愈非雲溪公志。歷數百年，與傅氏始遷祖南洋公子孫塋同埽、祠同祀矣，氏難遽復。不復之氏難歷久，而罔或淆，然則如何而可？曰氏同姓異者，流合源分，爲後非宜。儻藉雲溪公爲口實，非善體先意也，此宗法也。氏異姓同者，流分源合，昏姻不可通，周道然，百世莫不當然，此女坊也，亦宗法也。世世子孫執兩勿失，是謂以不復參異氏之恩義，是謂以不復之復，存同氏之宗支或曰盍氏傅范？曰國朝有爲之者，姑備一説。

附：同姓考

同出祁姓有唐氏、杜氏、劉氏。初唐封唐侯，其地中山唐縣，舜封堯子丹朱爲唐侯。夏時裔孫劉累遷魯縣，周改爲唐公。成王滅唐，封弟叔虞，改封唐氏子孫于杜城，爲杜伯，京兆杜陵縣是也，更封劉累裔孫在魯縣者爲唐侯，其地唐州方城。杜伯入爲宣王大夫，無辜被殺，子孫居杜城爲杜氏。杜伯子隰叔奔晉，隰叔曾孫士會適秦歸晉，有子留秦爲劉氏。魯定公五年楚滅唐，子孫又以唐爲氏據《唐・宰相世系表》。此三氏者固難與范並論，然亦考同姓者所當知按：古者女嫁稱姓，冠以所適之氏，趙姬盧、蒲姜之類是也。今並以氏俗尚地望，如適傅則曰歸清河。雲龍以爲，與其用附會之地望，曷若實舉其籍望，雖有待地則非虛，吾宗盍曰德清乎？

簣喜廬文初集卷十

行省緑營兵表

昔者諸葛武侯以減兵勝，岳忠武以五百兵而破金兵，豈非兵務精不務多之左證歟！今緑營兵功不勇，若或議廢兵，或議減餉，不知兵可減不可廢，餉可增不可減。何也？練之無法則勇與兵等一，轉移之寓勇於兵，而以減兵之餉增之不負餉之兵，斷未有功不勇若者。檢兵部武庫司簿，今存兵四十一萬八千四百三十有六，而東三省尚不在其内。述行省緑營兵表：

省	兵	減兵	省	兵	減兵
直隸	四四〇六二		甘肅	三九九三九	一七七七八
江南	二五一五九		四川	三三〇八一	
安徽	一〇二四二		貴州	三三一三四	
江西	一一九八四		陝西	二七八七七	八二一五
福建	三一四八二		山西	一五四七三	
浙江	一一九六九		河南	一四〇五八	
廣東	四七六一四		山東	一七六六七	
廣西	一二三八五		雲南	二七一一二	
湖南	二二八二三		總數	四四四四二九	二五九九三
湖北	一八三四八		**存**	四一八四三六	

輪船表

造輪船，工部政也，若馬力，若管駕，若支銷，則兵部車駕司實司之。光緒十一年冬，雲龍直宿車駕司，纂自簿册按火輪自咸豐季年南洋天平船始，今存機器，然置自商，取其緝私也，越年，廣東造廣元、廣亨、廣利、廣貞四兵船竣，據内閣鈔補之兩廣總督張之洞、廣東巡撫倪文蔚奏：省河黄埔廠造淺水兵輪四，曰廣元、廣亨、廣利、廣貞，長百一十尺，闊十八尺，艙深八尺半，喫水七尺半，以英尺計，元、貞速率四刻行英里十，亨、利行英里九，皆雙輪暗螺康邦卧機，鐵脅，鋼板，頭安四頓半後膛鋼礮一，尾安九生口徑克虜伯鋼礮一，腰配一諸特飛連珠礮，共銀十二萬五千一百餘兩。又越二年，據海軍章程斠補部簿少異。

海軍著効，北洋其首也。論戰艦，鐵甲爲最，快船次之，蚊礮船利守，魚雷艇則戰守互資。先是北洋有定遠、鎮遠、濟遠鐵甲三，超勇、揚威快船二，醇賢親王與合肥肅毅伯極意裒益，已得二十五艦，小輪如快馬諸舟不在此數按諸鎮中、鎮邊二船購自山東六鎮，礮船平時守口者二，餘四入隖，年一迭更，其它增改因時。兹録所知光緒十四年備考云爾。述輪船表商船未報部者未載。附表另見：

	輪船	船質	機器馬力	官兵匠役	月支銀	公費銀	歲支醫藥銀
奉天（一）	湄雲（曾調浙江）		八十	六十七	千百七十八兩	二百四十兩	
北洋（戰船九、砲船六、魚雷艇六、練船三、運船一，凡二十五，坿一。按：鎮遠、定遠亦稱鐵甲艦，濟遠亦稱鋼甲快船，餘六亦稱快船，又礮船亦稱守船，）	鎮遠（戰船，下八同）	鋼面鐵甲，厚十四寸	六千	三百廿九	五千三百八十七兩	八百五十兩	三百兩
	定遠	同	同	同	同	同	同
	致遠	鋼板快船，穹面厚二四寸	七千五百	二百有二	三千二百四十六兩	五百五十兩	二百兩
	濟遠	快船，穹面鐵甲厚十寸	二千八百	同	同	同	同
	靖遠	同致遠	七千五百	二百有二	同	同	同
	經遠	鋼板快船，穹面厚二寸，鐵甲九寸半	五千	同	同	同	同
	來遠	同	同	同	同	同	同
	超勇	快船，木身包鋼板	二千四百	百三十七	二千六十四兩	三百廿兩	同
	揚威	同	同	同	同	同	同
	鎮中（砲船，下五同）	蚊礮船，木身包鋼板	四百	五十五	八百六十六兩	百五十兩	百兩
	鎮邊	同	同	五十四	八百四十六兩	同	同
	鎮東	同	三百五十	五十五	八百六十六兩	同	同
	鎮西	同	同	五十四	八百四十六兩	同	同
	鎮南	同	同	同	同	同	同
	鎮北	同	同	五十五	八百六十六兩	同	同
	左隊一號魚雷艇		千	廿九	五百八十二兩		

部册有利順、永雷、守雷、下雷，皆昔日小輪，而遜快馬，今有仙航等船。	左隊二號魚雷艇		六百	廿八	四百八十四兩		
	左隊三號魚雷艇		同	同	同		
	右隊一號魚雷艇		九百	同	同		
	右隊二號魚雷艇		五百九十七	同	同		
	右隊三號魚雷艇		同	同	同		
	威遠（練船，下二同）	梢木身，鐵脅	八百四十	百廿四	千七百五十六兩	三百兩	二百兩
	康濟	同	七百五十	同	同	三百兩	同
	敏捷	夾板		六十	九百九十四兩	百五十兩	同
	利運（運船）	鐵	百一十	五十七	千七十八兩	二百兩	百兩
	快馬（小）			廿五	三百八十二兩		
南洋	海安		五百	二百九十七	三千六十四兩七錢		
	馭遠		百五十	百十六	千五百八十九兩三錢		
	威靖		同	同	同		
	惠吉		同	九十三	千一百五十兩四錢		
	測海		百廿五	同	千三百六十一兩一錢		
	操江		八十	九十五	千四百五十兩三錢九分五釐		
	登瀛洲						
	靖遠		八十	六十七	千百七十八兩	二百四十兩	
	澂慶（練）		百八十	八十四	千四百七十一兩	三百兩	
	龍驤（蚊船，下三同）		六十	四十七	六百九十八兩	百廿兩	百兩

	虎威		六十六	同	七百廿八兩	百五十兩	同
	飛霆		同	同	同	同	同
	策雷		同	同	同	同	同
	開濟		二千四百	百八十三	二千六百廿八兩	三百六十兩	
	南琛（快船，下一同）		二千八百	二百十七	三千五兩	四百廿兩	
	南瑞		同	同	同	同	
	福安		六十	四十九	六百五十一兩	三十兩	
	金甌		四十	三十八	五十兩	八十兩	
	江安（小）		二十	十六	二百十八兩四錢八分，油燭銀三兩一錢二分二		
	澂波（小）		同	同	同		
	安定（挖泥）						
	長龍		九	十二	六十六兩八錢		
	一壺		八	同	同	同	
山東（一）	泰安		百五十	九十八	千六百一十兩五錢	三百兩	
淮軍（一）	流馬（小）		八	七	洋銀八十圓		
徽慶	定海		百四十五		千五百六兩一錢二		
湖北（前三今一）	小鐵殼			四十五	六百一兩四錢四分		
	大鐵殼（改招商局）						
	平波（小，改招商局）			十	洋銀百有四圓		

浙江（四）	元凱		百五十	九十八	千六百九十兩五錢	三百兩	
	伏波		同	九十七	千六百七十七兩五錢		
	趙武		同	八十四	千四百七十兩	三百兩	
	惠濟（小）		四十	三十四	三百六十兩六錢二分	百九兩五錢	
福建（廿一）	海東雲		八十	四十七	百七十兩五錢	二百四十兩	
	靖海		七十	三十七	四百廿五兩五錢二分		
	長勝		五十	四十	五百八十六兩五錢		
	福星		八十	六十七	千一百七十八兩	二百四十兩	
	揚武		二百五十	百八十	二千八百五十兩	四百兩	
	飛雲		百五十	九十八	千六百九十兩五錢		
	萬年清		同	同	同		
	靖遠		八十	六十五	千一百五十二兩	二百四十兩	
	振威		同	同	同	同	
	濟安		百五十	九十八	千六百九十兩五錢	三百兩	
	琛航		同	五十四	千廿六兩	同	
	蓺新		同	五十五	六百五十五兩	百廿兩	
	威遠（練）		七百五十	百三十八	二千一十兩五錢	三百兩	
	建威（練）	夾板		四十二	四百六十七兩	百兩	
	福勝（蚊）	鐵甲	二百	三十一	三百九十二兩	六十兩	
	建勝（蚊）	同	同	同	同	同	
	永保（商）		百五十	五十五	千七十六兩	三百兩	

	海鏡（商）		同	五十三	千十六兩	同	
	大雅（商）		同	五十五	千七十六兩	同	
	威鳳（小）		十六	十二	六十六兩八錢	廿兩	
	祥麟（小）		八	同	同	十五兩	
廣東（四十一）	飛龍		七十	三十九	八百四十六兩九錢	二百八十兩	
	安瀾		百	六十六	千三百廿七兩二錢	同	
	鎮濤		同	同	同	同	
	鎮海		八十	三十四	九百廿二兩一錢二分	二百兩	
	澄清		同	同	同	同	
	靜波		同	同	同	二百四十兩	
	綏靖		八十五	三十五	九百四十兩九錢二	同	
	大安瀾		百五十	九十八	千六百九十兩五錢	三百兩	
	靖安		五十	三十七	四百五十兩一錢二分	七十兩	
	靖氛		同	同	同	同	
	廣安		同	同	同	同	
	澂波		三十二	廿六	二百五十八兩八錢	四十兩	
	靖江		同	同	同	同	
	橫海		同	同	同	同	
	宣威		同	同	同	同	
	揚武		同	同	同	同	
	翔雲		同	同	同	同	

永湰		十二	十五	九十三兩六錢	廿兩
康湰		同	同	同	同
安濤		同	同	同	同
湰川		同	同	同	同
廣湰		同	同	同	同
利湰		同	同	同	同
小廣安		同	同	同	同
海長清		六十	五十一	五百七兩三錢二分	百兩
海鏡清		四百(實七十)	六十五	七百六十三兩	百六十兩
海東雄		二百	六十四	七百三十二兩八錢	百四十五兩二錢
肇安		三十二	廿六	二百五十八兩八錢	四十八兩
南圖		同	同	同	同
廣元	鋼板鐵脅	七十八			
廣亨	同	六十五			
廣利	同	同			
廣貞	同	七十八			
緝私五號					
出洋緝私三號					

北洋水師官制表

北洋海軍練將儲材爲途三：曰戰官，曰藝官，曰弁目，而水師提督創設也，節制於北洋大臣。其戰船分中軍、左右翼三路，路各三船，一船即一營。蚊礮諸船，守艦也，目爲後軍。若魚雷練船，若魚雷艇，若練運諸船，命名不與中軍、左右翼混。官等十：提督一、總兵二、副將五、參將四、游擊九、都司二十七、守備六十、千總六十五、把總九十九、經制外委四十三，凡三百一十有五。述北洋水師官制表：

提督一：全軍操防，歸北洋大臣節制。

總兵：左翼一，兼管中營事帶鎮遠。右翼一，兼管中營事帶定遠。

副將：中軍中營一帶致遠，中軍左營一帶濟遠，中軍右營一帶靖遠，左翼左營一帶經遠，右翼右營一帶來遠。凡管帶五。

參將：提標中軍一兼理軍餉，提標管輪一稽全軍輪機，左翼右營一帶超勇，右翼右營一帶揚威。凡提標二，管帶二。

游擊：提標一稽全軍軍械，左翼中軍二鎮遠副管駕、總管輪，左翼中營二定遠副管駕、總管輪，精練營三前、左、右營各一，分威遠、康濟、敏捷，督運中營一利運。凡提標一，管帶四，副管駕二，總管輪二。

都司：提標一督隊船大副，中軍六中營二、致遠左營二、濟遠右營二、靖遠，左翼六中營三、鎮遠左營二、經遠右營一、超勇，右翼六中營三、定遠左營二、來遠右營一、揚威，後軍六中副中、左、右前後各一，分帶鎮中、鎮遠、鎮東、鎮西、鎮南、鎮北，魚雷左營一帶左一號，精練後營一練勇學堂督操。凡提標一，管帶七，大副七，管輪十一，督操一。

守備：提標二督隊船二副，幫查軍械，中軍十五中營五、致遠左營五、濟遠右營五、靖遠，左翼十四中營七、鎮遠左營五、經遠右營二、超勇，右翼十四中營七、定遠左營五、來遠右營二、揚威，魚雷營五左二營一帶左二號、左三營一帶左三號、右一營一帶右一號、右二營一帶右二號、右三營一帶右三號，精練前營三威遠。凡提標二，管帶五，大二副三十四，管輪十九。

千總：提標二督隊船委官，中軍十二中、左、右營各四，分致遠、濟遠、靖遠，左翼十二中營五、鎮遠左營四、經遠右營三、超勇，右翼十二中營五、定遠左營四、來遠右營三、揚威，後軍十二中副中、左、右前後各二，分鎮中、鎮邊、鎮東、鎮西、鎮南、鎮北，魚雷營七左一營二、在左一隊左二三，右一二三等營各一，在左二三、右一二三等號，精練營六，左營二、康濟右營一、敏捷前營二、威遠後營一、練勇學堂，督運中營二利運。凡提標二，大二三副廿八，管輪三十五。

把總：提標六督隊船委官，中軍十二中、左、右營各四，分致遠、濟遠、靖遠，左翼十五中營八、鎮遠左營四、經遠右營三、超勇，右翼十五中營八、定遠左營四、來遠右營三、揚威，後軍十八中副中、左、右、前、後營各三，分鎮中、鎮邊、鎮東、鎮南、鎮西、鎮北，魚雷營十八左一二三、右一二三等營各三，分左一二三、右一二三等號，精練營十二左營四、康濟右營二、敏捷前營四、威遠後營二、練勇學堂，督運中營三利運。凡提標六，大二三副十八，管輪四十九，弁目廿六。

經制外委：中軍十二中、左、右營各四，分致遠、濟遠、靖遠，左翼十中營五、鎮遠左營四、經遠右營

一、超勇，右翼十中營五、定遠左營四、來遠右營一、揚威，後軍六中副中、左、右、前、後營各一，分鎮中、鎮邊、鎮東、鎮西、鎮南、鎮北，精練營[四]左、右、前、後營各一，分康濟、敏捷、威遠、練勇學堂，督運中營一利運。凡弁目四十三，又差缺文案一等二、二等四、三等廿，醫官一等不常置，二等二、三等十八。

北洋海防津要表

海而節節設防與不防等，無它，一懈受創，全防累矣。然使海口一有不知，恐防所不必防而不防所必防矣，况地有定敵無定，平昔次險，安知不爲警時衝要耶？天津居帝京東南，而《海防私議》謂之東北，北塘海口爲甯河境，大沽海口爲天津境，而《洋防輯要》一則曰文安，再則曰静海，方向不移者也，而迷治境足徵者也，而誤何歟！直隸、奉天、山東三省濱海里數言人人殊，一繇淤沖時異，一繇中邊地異，一繇鳥道人行以紆直異，一繇圖略説繁以分合異，欲貫所聞，莫表若矣。首帝京，則順天府甯河縣之北塘爲海口最，繇甯河海岸東北行，而直隸遵化州之豐潤，而永平府之灤州、樂亭縣、昌黎縣、撫甯縣、臨榆縣，而奉天錦州府之甯遠州、錦縣、廣甯縣，而奉天府之海城縣、蓋平縣、復州、金州廳，而鳳凰直隸廳之岫巖州，而鳳凰廳，以鴨緑江口朝鮮界爲斷，是爲京東北直隸、奉天二省海岸。又北塘東南海口則直隸天津府天津縣大沽爲最，繇天津東南行，而天津府之滄州鹽山縣，而山東武定府之海豐縣、霑化縣、利津縣，而青州府之樂安縣、壽光縣，而萊州府之昌邑縣、掖縣，登州府之招遠縣、黄縣、蓬萊縣、福山縣、甯海州北岸、文登縣北岸、榮城縣、文登縣南岸、甯海州南岸、海陽縣、萊陽縣，而萊州府之即墨縣、膠州，而青州府之諸城縣，而沂州府之日照縣，而青州府之安東衛，與江南海州之贛榆縣接界，北洋之嵐山與南洋孫家島對峙如門，是爲京東南直隸、山東二省海岸，凡長一千八百里有奇，以鳳凰廳之鴨緑江口與城［成］縣之成山頭爲帝京第三重門，成山頭在鴨緑江口西南六百里有奇。又登州諸島與金州廳之旅順爲帝京第二重門。蓬萊縣之城隍島與金州廳之鐵山島相距百八十里，奉天、山東各巡厥半。城隍島東二百餘里爲文登縣之威海衛，亦要之要者也，洋面南北一東，如左右臂，而大沽北塘則咽喉也，是爲帝京第一重門。有攔港沙起海城縣營口西南行，初爲三道，至樂亭縣之月坨止，其一至石臼坨又止，其一而近岸一沙蜿蜒，引伸於北塘大沽，論者謂之天險而未可專恃。今旅順威海兵輪星棊矣，然成山、鴨緑間與夫嵐山、孫家島宜增鐵甲環巡以熟趨避，即以易攻守也，而三省海岸津要孰最孰次，因地亦因時。

是表于分見合，于斷見連，凡非濱海而要者述距海里，凡海中島述距岸里，而沿海則以岸言，欲其如指掌如列眉也。述北洋海防津要表：

表一上 北洋海防京東直隸津要

順天

甯河縣

北塘海口避風嘴南外三百餘丈，内九十餘丈

南北礮臺南近大沽，東北近蟶頭沽、蔡家鋪

北塘營北塘口西八里，游擊

新河汛北塘口西南四十里，把總

塌淘莊北塘口北二十里，礮臺二，夾薊運河

營城汛北塘口北二十里，把總，北爲鹽埠，又東南爲鹽田

蘆臺鎮北塘口北六十里，總兵

直隸

豐潤縣

澗河口北塘口東北百里，寬四丈，深三四尺，潮五六尺，或丈。礮臺二。初東自神堂，西至黑沿子。礮臺四，今淪水南三百里洋面，南岸海豐狼坨、大河口

白馬崗攔港沙土名也。海中，澗河口南四十餘里，深漲同上

黑沿子汛澗河口岸東十里。千總

黑洋河口黑沿子岸東十餘里

灤州

西魚岡即曹妃殿，海中，黑洋河口東南四十餘里

小兒廒黑洋河口東八十里，雖非海岸，然濱海

灘荒地。礮臺

艾家莊小兒廒東五里，礮臺

巷子上艾家莊東八里，礮臺

常坨莊巷子上東八里，礮臺

崔各莊常坨莊東九里，礮臺

邊莊崔各莊東九里，礮臺

蠶沙口一名郙裏河，一名交流河。邊莊東二十餘里，礮臺。海運避風，今淤

劉家河口一名大清河口。蠶沙口東十餘里，寬七八尺，深三四尺，潮倍

樂亭縣

清河舊口舊河口也。劉家河口岸東三十餘里，寬六七丈，深三四尺，潮倍。礮臺。把總移馬頭營

石臼坨海中，清河舊口南四十餘里，攔港沙三道，其一止月坨，其二合此爲一

月坨海中，石臼坨東二十餘里

新開口清河舊口岸東十餘里，礮臺西
劉家墩新開口東北二十餘里
臭水溝口新開口岸東北四十餘里，寬八丈，道
光二十四年淤，有潮溝
老米溝口臭水溝口岸東十餘里，寬二十丈，深
四五尺，漲十倍，糧舟道
昌黎縣
浪窩口老米溝口岸東北二十里，淤，千把總移
姜各莊
甜水溝浪窩口岸東北十五里，灤河支流入海
七里海灘甜水溝北二十餘里，灘漲東北流三
十餘里入蒲河。東西岸皆沙岡
蒲河口甜水溝岸北六十里，東四里蒲河營，千
把，營北礮臺一。口寬十餘丈，深三尺，潮倍。蒲河
即蒲泊上流，名飲馬河
撫甯縣
故洋河口『洋』或作『暘』，蒲河口岸東三十
里。河口徙自東二里，康熙二年復東。其西礮臺
洋河口一名黑洋河，故洋河口岸東二里，淺狹
難舟
戴家河口洋河口岸東三里，淺狹，二口間潮
六尺
臨榆縣
金山嘴戴家河口岸東二十餘里
湯河口金山嘴岸北十三里，淺狹。《永平志》
云三十里，非
秦王島一名秦皇島，湯河口岸東九里。亂石
環角，北灘水出，隘則寬十餘丈，深三四尺，潮倍，通
小舟
石河海口秦王島東二十餘里，寬十餘丈，深五
六尺，潮倍
潮河口石河口岸東六里，淺狹
南翼潮河口東四里，關南
甯海城潮河口岸東五里，高二丈餘，門二，有

澄海樓，亦曰知聖，有把總
老龍頭寗海城海岸東三里，岸前三里亂石
難泊
山海關即縣東門，初名榆關，關下榆水通海。
老龍頭北十里，東北道才通一軌。明名山海。今副
都統
姜女墳海中，老龍頭東八里
芝麻灣姜女墳東五里，紅墻南交寗遠界

表一下 北洋海防京東北奉天津要

奉天
寗遠州
西林口芝麻灣東二十餘里
東沙河口西林口岸東北九里
涼水河口東沙河口岸東北十五里
沙河口涼水河口岸東北十餘里
六州河口沙河口岸東北十餘里
東關口六州河口岸東北十三里
望海店口東關口岸東北十餘里
沙河口望海店口岸東北十餘里
小海山海中，沙河口南十里
張家山海中，沙河口東六里
石塔山一名小塔山，海中，沙河口東北十里
菊花島一名覺華島，海中。沙河口東北二十
餘里，高二百尺，面海陡石，四周南澳緯度赤道北四
十度二十四分二十二秒。明季水寨餉遼師
桃花島海中，菊花島東十里。明海運泊此，然
里半石坡，宜避
寗遠口沙河口岸東北二十八里
錦縣
長嶺河口寗遠口岸東北二十餘里
連山河口長嶺河口岸東北四里
壺盧島海中，連山河口東數里。近島里許避

小筆架山海中，連山河口岸東北二十里。潮退見天橋三里，通車馬

高橋河口連山河口岸東北二十五里

大筆架山海中，高橋河口東南十餘里。潮退見天橋，寬八丈，長四里。避兵，多颶

杏山口高橋河口岸東北十里

松山口杏山口岸東北十里

小淩河口松山口岸東北七里

枯淩河口小淩河口岸東二十餘里

大淩河口枯淩河口岸東北十餘里

廣甯縣

西沙河口大淩河口岸東北十餘里

東沙河口西沙河口岸東十餘里

南沙河口東沙河口岸東南十餘里

海城縣

遼河口一名巨流河口。南沙河口岸東南五十餘里，黑龍江陸路南百里，吉林、甯古塔、三姓黑龍江均有水道，左近銀瓜鎮西舟常淺

牛莊遼河口東北四十里，非海岸也，莊南臨海州河，亦西入遼河

營口一名没溝營，遼河口岸東四里，通直隸、山東、福建、廣東、江南、浙江衝要也。攔港沙起此西北，訖天津

蓋平縣

縣治海東八里

連云島海中，縣西十餘里置關

蓋州河口一名州南河口，營口岸南五十餘里

南套一名葦子套。海中，蓋州河口西十餘里，難舟

歸州海中，南套西十里

熊岳河口蓋平河口岸西南四十里

兔兒島海中，熊岳河口西七里

李官屯河口一名浮渡河口，一名鐵場河口，

熊岳口岸西南三十里
永甯監口李河屯口岸西南三十里
老瓜島海中，永甯監口四十餘里
復州
屏風島海中，永甯監口西南三十餘里
復州河口永甯監口岸西南五十餘里
欒古河口一名麻河口，復州河口岸南五里
長興島興一作生，海中，復州河口西十里，容五軍，州糧二千，此輸其七。距菊花島二百餘里，宜聯絡
白沙洲白一作魚，海中，復州口西南二十餘里，北爲北信口，南爲南信口，最要
宗島海中，長興島西南三十餘里，白沙洲西三十里
茶河島海中，長興島東北三十餘里
金州廳
索蘭島即博羅島，海中，欒古河口東南五十里
萬灘島海中，索蘭島西二十餘里
石頭驛城海東二里，欒古河口岸東南九十餘里
四十里鋪海東二里，石頭驛東南十餘里
鹿島海中，四十里鋪西二十里
松木島海中，鹿島西二十里
羊頭凹海中，松木島西五十里
鹽場島海中，鹿島西南二十里
杏園島海中，鹽場島南十里
廳治海東六里
雙島海中，治西七十里。明袁崇焕殺毛文龍[於此]
牛羊奥[嶴]海中，治西南五十里
老貓圈海中，牛羊(奥)[嶴]西三十里
牛島海中，牛羊島西南二十里
鐵山島海中，牛島南十里，距山東隍城島百八

十里，轄半

楚島海中，鐵山西二十里

旅順金州廳治西南百十餘里，明漕金州衛登

此，今泊兵輪

海毛島海中，鐵山南二十里

和尚島海中，鐵山西南三十里

旅順山海中，旅順城東南二十里

平島海中，旅順山西二十餘里

小平島海中，旅順山南十里

御林山海中，旅順山西南三十里

老虎灘海中，小平島南三十里

黃洋川海中，老虎灘西三十里

故旅順城旅順東十餘里

少秉頭海中，故旅順城南十里

南關島海中，故旅順城東北六十餘里。《方輿

紀要》：天啟中將議開河，斷南關島守衛城

望海嵎海中，南關島南二十餘里，可兵千。明

耿忠築堡備倭，永樂十七年劉江增築，後設伏殲倭

寇，嵎瞭二百里

長行島海中，望海嵎南十餘里，明天啟中毛文

龍使朱茂昌戍

莫邪島海中，長行島南五十里

海青島海中，南關島東南二十里

黿欽島海中，海青島南八十里

蓮花島南關島岸東二十餘里

澄沙南口蓮花島東北十五里

大沙河口澄沙河口岸東北三十餘里

古婁島海中，大沙河口岸南三十餘里

青水河口大沙河口岸東北二十里

望簪河口即王贊子河口，(清)[青]水河口岸

東北二十里

馬鞍島海中，望簪河口岸南二十餘里

青山島口望簪河口岸東北二十餘里
瓜皮島海中，青山島口南三十餘里
葛藤島海中，瓜皮島南二十里
馬雄島海中，葛藤島南四十里
淤島海中，馬雄島南二十里

岫巖州

畢里河口青山島口岸東北二十里
大長山島海中，畢里河口南二十餘里
光頭島海中，大長山島南四十里
三山島海中，光頭島南五十里
光禄島海中，大長山島東南二十里
官家山口畢里河口東北四十里
搭連島海中，官家山口南二十餘里
海仙島海中，搭連島西南二十餘里
長子島海中，海仙島南二十餘里
漠島海中。長子島南二十餘里

大莊河口官家山口岸東北三十餘里
無名島海中，大莊河口南三十里
小長山島海中，無名島南三十里
舍利島海中，大莊河口南六十里
駒兒河口大莊兒口岸東北三十里
大鶴子島海中，駒兒河口南四十里
義圈口駒兒河口岸東六里
石城島海中，義圈口南二十里
沙河口義圈口岸東北十五里
王家島海中，沙河口南十里
八岔島［海］中，王家［島］南二十里
海洋島海中，八岔島東南二十里
黑河口沙河口岸東北二十里
烏湖島海中，黑河口南百四十里
大沽山口黑河口岸東北二十餘里
小鶴子島大沽山口岸南七十里

大洋河口大沽山口岸東二十餘里

麗島海中，大洋河口南三十里

鳳凰廳

黄龍島海中，麗島東南三十餘里

皮島海中，黄龍島南四十餘里

西彌島海中，麗島東北四十里

鴨緑江口大洋河口岸東七十里。朝鮮恃江爲天塹

表二上 北洋海防京東南直隸、山東津要

直隸

天津縣

大沽海口北塘口岸南二十餘里，寬百二十丈，深丈五尺

大沽鎮副將、同知

海口營守備、千把總

滄州

祁口營大沽口岸南百餘里，寬百餘丈，深六七尺，落則半。祁一作歧。守備

趙家溝祁口［營］岸東南三十餘里，礮臺前寬十餘丈，深五六尺，［潮］落則半

徐家溝趙家溝岸東南二十里

鹽山縣

狼坨子徐家溝岸東南二十餘里。千總。東距大口河口十餘里，山東海豐界

山東

海豐縣

大沽河口一名大口河口，古黄河

大溝河大沽河東南二十里

霑化縣

馬頰河口一云絳河口，或云沙土河口，或云套兒河口，大溝河東南三十里

利津縣

牡蠣口即大清河口，一名大沙河口，一名利津河口，其水黄河也，豐國鎮巡檢在西南

樂安縣

新河口一名淄河門，一名小清河口，牡（礪）〔蠣〕口東南八十里

壽光縣

瀰河口一名唐渡河，新河口東南三十里

表二中 北洋海防京東南山東津要

山東

昌邑縣

下營口一名濰河口，一名淮河口，又名魚兒浦，瀰河口岸東南四十里，下營鎮北十里

掖縣

海倉口下營口岸東三十里，有巡檢

海廟口海倉口岸東北四十餘里

黑港口海廟口岸東北三十餘里

芙蓉島一名蜉蝣島，黑港口西北三十里

小石島海中，芙蓉島東北十餘里，東曰萬里沙

三山島海廟口岸東北六十里，沙灘角西北如舌，入海衝汛也，舟以島爲標識，島下容舟五百，爲東旅順西天津要道，易守

招遠縣

東良口一名界河口，河即東良河三山島東北十餘里

黄縣

王徐口東良口東北十里

㟃屺島『屺』一作『㟃』。王徐口岸東北四十里，島高三百五十尺，沙頸西出四里，面海石崖，西角石列行，潮落石出，三面礁險

桑島海中，㟃屺島東北二十里，高三丈，寬一里，亂石四周，潮退石出，容舟五六

蓬萊縣

黄水河口㟃屺島岸東二十餘里

大黑山島海中，岸北十餘里，桑島東

小黑山島海中，大黑山島東五里

侯鷄島海中，小黑山島北十餘里

廟島即沙門島，海中，小黑山島東六里

高山島海中，侯鷄島東北十里

鼉磯島海中，高山島東北十里

大欽島海中，鼉磯島東北十里

小欽島海中，即羊駝島，大欽島北

長山島海中，廟島東北十餘里

天橋口黄水河口岸東四十餘里，礮臺在府城北十里，北城即蓬萊島，爲會汛

抹直口天橋口岸東三里

灣子口抹直口岸東四十里

劉家旺口灣子口岸東十五里

白石墩口劉家旺東十里

南隍城島海中，府城北五十餘里

北隍城島海中，一名漠島，東隍城島東北二十里，又東北四十里旅順山

沙磯島海中，灣子口三十里

小竹島海中，灣子口二十餘里

大竹島小竹島東十里

盧羊口白石墩口岸東南三十里

福山縣

八角口盧羊口岸南十餘里，口北礮臺

流子河口八角口岸東南三十里，縣北

清洋河口流子河口岸東十里

大河口清洋河口岸東九里

之罘島大河口岸東十六里，有礮臺，之罘港一名煙臺港，沙頸東北出如丁字，横畫東西五里，高九百八十尺，南角爲鎮澳，東風舟難出，澳北風浪大，亦衝汛

煙臺之罘島岸西北折東南三十餘里，無火輪

馬頭

寗海州北岸

清泉寨煙臺岸東南二十餘里

栲栳島『栲』或譌『栳』，海中，清泉寨北十里

小崆峒島海中，栲栳島北六里

崆峒島海中，小崆峒島東北五里

櫳子島海中，崆峒島東北十里

龍門港口即辛安河口，清泉寨岸東二十餘里，州南八里

養馬島龍門港口岸東二十里

戲山口養馬島岸東南十餘里

金山砦口戲山口東五里

祭祀臺金山砦口岸東北十餘里，礮臺

文登縣北岸

威海衛祭祀臺岸東北三十餘里，劉公島東西爲港二口，島西深七拓，便泊船泥受錨並避東北風，今戍兵輪

雙島海中，威海衛城北十里

劉公島海中，威海衛東二十里，長二十里，容百舟，自成山百四十餘里泊此

長峰口威海衛城東南三十餘里

衣島海中，長峰口東北八里

榮城［成］縣

朝陽口長峰口東六十餘里，口東南有不夜城

晴磯島海中，朝陽口南十里

駱駝圈口朝陽口岸東二十餘里

海驢島『驢』一作『螺』，一作『駝』，海中，駱駝圈口北八里

成山頭駱駝圈口東十餘里，險要衝汛也。東出如舌，近山水平，遠山礁伏，可航不可泊

龍崖口成山頭岸南轉西十餘里，礮臺

養魚池口龍崖口岸西二十里，礮臺

裏島口養魚池口岸南六里，礮臺

青魚灘口裏島口岸南六里　對，謂佘山爲南槎
倭島口青魚灘口岸南十里　蘇門島海中，靖海衛南五里
家鷄崖口倭島口崖南八里　望海島口靖海衛西南九里
桑溝口家鷄崖口岸南四十餘里　長會口望海口岸西北三十里
鏌鋣島海中，石島口東北十餘里　姑嫂島海中，長會口西南五里
石島口桑溝口岸東南三十餘里　五壘島口長會島口岸二十里，礮臺
王家島海中，石島口南八里　琵琶島海中，五壘島西南五里
馬頭嘴石島口岸西南二十里　耳島海中，五壘島口南二十里
延真島海中，馬頭東南二十餘里，衝要汛也，　甯海州南岸
南舟輒泊，候風以過成山　浪㙈口五壘島口岸二十餘里，黄島口礮臺

表二下 北洋海防京東南山東津要　在西

山東　黄島海中，浪㙈口東南八里
　文登縣南岸　腰島海中，黄島東南十餘里
　朱家圈口馬頭嘴岸西十里　南洪口浪㙈口岸曲屈西南四十餘里
　靖海衛朱家圈口岸九里，西南爲靖海灣，東二　小竹島海中，南洪口西南八里
里鐵槎山，一名北槎，高千八百十九尺，與江南佘山　大竹島海中，小竹島西六里

棉花島海中，南洪口岸西二十里
西洪口棉花島岸西里許
小青島海中，西洪口西南七里
乳山口一名大河，即琵琶口，其水乳山河，乳山砦在口西北十餘里
草島嘴乳山口西四十餘里
海陽縣
徐家口草島嘴岸西二十里
千里島海中，徐家口南五十餘里
羊角盤口徐家口岸西南五里
朝裏口羊角盤口岸西南五里
古蘆島海中，朝裏口西六里
丁字嘴字一作家，朝裏口岸西十里，礮臺
土埠島海中，丁字嘴南十里
魯家口丁字嘴岸西二十里
行郵口魯家口岸西二十里
香島行郵口岸西六里
馬宦島『宦』一作『公』，島東出如蓮瓣，香島東五里，實一島也
羊圈口馬宦島岸折西二十里
萊陽縣
何家口羊圈口岸東三十里
即墨縣
金家口何家口岸西六十里
齊家口金家口南三十里
李家口齊家口岸北折東四十餘里
黃龍莊李家口岸東南七十里，礮臺
坡子口黃龍莊南二里
水島海中，坡子口東三里
長牙島海中，水島東八里
田橫島即橫島，海中，長牙島東十里，險衝汛也。方三十里，可耕，廣五里。北風泊南，東風泊北，

容舟百餘，東北麓水底三孤石，旁多礁

蘆島海中，田横島西二十里

馬龍島海中，坡子口南二十里

牛島海中，馬龍島東南十里

石島海中，馬龍島西五里

女島海中，石島西五里

皪山口坡子口岸西三十里，礮臺

臧郡口皪山口岸折北二十餘里

皪島海中，皪山口南十餘里

大管島海中，皪島西南八里

小管島海中，大管島西五里

鼈山衛臧郡口岸西南二十里

獅子島海中，鼈山衛南二十里

小女島海中，獅子島西九里

車門島『車』一作『石』，海中，獅子島南二十里

車公島海中，車門島西五里

登窑口鼈山衛岸南七十餘里

徐福島一名福島，海中，登窑口南二十里，距唐島百二十里，方三十里，泊舟可二百餘

勞公島海中，徐福島西五里

石島海中，勞公島西六里

董家灣登窑口四十餘里，礮臺

梅島海中，董家灣西十里

青島海中，梅島西七里

古蹟島海中，青島南十里

淮子口董家灣岸西北二十餘里

女姑口淮子口岸北八十餘里

陰島海中，女姑口西二十里

小河口女姑口岸西北四十餘里

大河口小河口岸西六里

營頭子口大河口岸南八里

洋河口營頭子口岸南十里
膠州
唐島口洋河口岸南六十餘里，礮臺
黃島海中，唐島東北三十餘里
竹槎島『槎』一作『岔』，海中，黃島東七里
陳家島海中，黃島南六里
薛島海中，陳家島南五里
劉家島一名牛島，海中，薛島南八里
顧家島海中，劉家島南五里
古鎮口唐島口岸八里，礮臺
古鎮島海中，古鎮口東六里
諸城縣
靈山衛古鎮口東四里，險要也，航溜此爲海運故道
龍灣口靈山衛南二十餘里。『灣』或『作旺』，誤
琅琊［玡］臺澳龍灣口岸西五里，難避南風
齋堂島海中，琅琊臺南十餘里
亭子攔琅琊臺西二十餘里，礮臺
董家口亭子攔西二十里
宋家口董家口岸西八十里
龍旺口宋家口岸西二十里
日照縣
夾倉口龍旺口西南七十八里
濤落口夾倉口南十七里
漲落口濤落口南二十里
青州府
安東縣
嵐山口漲落口西南二十餘里
鶯游山嵐山口東南數里爲江南海州贛榆縣，入山東第一程，與江南孫家島峙如門，曰應由門，海運正道。

順天府四至八到表

順天今境里數良足證古，如陰鄉縣，《一統志》、《地理韵編》并歸宛平，論者疑無所據，蓋以《寰宇記》陰鄉，漢舊縣，《舊·地理書》并失所在也。然考薊縣南界良鄉縣，東界固安縣，北界爲三縣交入之地，今宛平西南除城屬十五里至良鄉界三十里，南除城屬二十里，又大興境二十七里，至固安界五十五里，其西即良鄉東、其南即固安北，良鄉東至宛平界十二里，固安北至宛平界十八里，均未與大興毗連，其爲宛平地無疑，類此難可枚舉。就今境言，府東通州、三河、香河，南固安、霸州，西良鄉、房山，北昌平，東南武清，西南涿州，東北薊州，在固安東爲東安、永清，在霸州南爲保定、文安、大城，在昌平東爲懷柔密雲，在通州北爲順義，又其東南爲寶坻、甯河，在薊州北爲平谷。東西曰廣，南北曰袤，其方有四，合隅則八，凡計里皆由治起。爰仿唐《元和郡縣志》例述四至八到表作于《順天府志長編》時，與志略異，可互證之：

	順天	大興	宛平	良鄉	固安	永清	東安
廣	四百四十六里	十二里	百六十里	卅四里	卅五里	五十八里	廿四里
袤	四百八十八里	九十四里	六十里	六十五里	七十三里	六十里	百十里
東	二百十六里遵化州	廿里通州，内除城屬八里	大興	十二里宛平	廿五里永清	卅里東安	十二里武清

	西	南	北	東南	西南	東北	西北	廣	袤
香河	二百卅里宣化府保安州	三百十三里天津府青縣	百七十五里永平府灤平邊墻	二百里天津縣	百七十里保定府新城縣	四百廿里遵化州喜峰口	百卅里宣化府延慶州	四十八里	七十五里
通	宛平	九十五里東安，內除城屬廿四	四十五里昌平，內除城屬廿二里	八十七里東安，內除城屬卅七里	九十八里固安，內除城屬廿四里	四十五里順義，內除城屬十里	廿五里昌平，內除城屬十二里	四十三里	九十五里
三河	百九十里保安，內除城屬十五里	百二里固安，內除城屬廿里、大興廿七里	廿三里昌平，內除城屬十八里	大興	四十五里良鄉，內除城屬十五里	大興	二百廿里宣化府懷來，內除城屬十五里	七十五里	九十五里
武清	廿二里房山	五十里涿	十五里房山	卅五里宛平	五十里房山	十二里宛平	廿里房山	九十五里	百廿五里
寶坻	卅里涿	五十五里霸	十八里宛平	卅里永清	六十里新城	卅里東安	廿里宛平	八十里	百廿五里
甯河	十八里固安	卅里霸	卅里東安	五十里霸	廿五里霸	卅里東安	廿里固安	五十里	百卅五里
昌平	十二里永清	六十里天津府靜海	五十里大興	五十五里武清	四十里永清	卅里武清	五十里大興	百六十五里	百卅三里

東	卅里寶坻	廿五里三河	廿里薊	七十里寶坻	六十里遵化州玉田縣	廿里豐潤	五十里順義
西	十八里通	十八里大興	五十五里通	廿五里東安	廿里香河	卅里寶坻	百十五里懷柔
南	五十里武清	七十里武清	卅五里香河	九十里天津	百十里天津	百廿里天津	卅三里宛平
北	廿五里三河	廿五里順義	六十里懷柔	卅五里通	十五里薊	十五里寶坻	百里延慶州
東南	五十里寶坻	六十五里香河	卅里寶坻	百里寶坻	七十里遵化州豐潤縣	五十里豐潤	五十里大興
西南	卅五里武清	四十五里香河	卅里香河	百里天津	四十里武清	百五十里天津	四十五里宛平
東北	廿五里寶坻	四十五里三河	十五里平谷	四十里香河	四十里薊	四十五里豐潤	七十里懷柔
西北	十八里通	四十五里大興	七十里順義	廿五里通	四十里三河	卅里寶坻	廿五里延慶
	順義	**密雲**	**懷柔**	**涿**	**房山**	**霸**	**文安**
廣	六十里	百卅里	卅里	七十五里	二百十七里	九十五里	五十里
袤	五十五里	百卅五里	四十里	五十五里	八十五里	六十里	六十五里
東	卅里三河	九十里薊	廿五里密雲	卅里固安	十七里良鄉	七十里東安	廿五里大城
西	卅里昌平	四十里懷柔	五里昌平	卅五里易州淶水縣	二百里淶水	廿里新城	廿五里霸
南	廿五里大興	卅五里三河	十里順義	卅里新城	卅五里涿	卅五里文安	廿五里河間府任邱
北	卅里懷柔	百里灤平	四十里灤平	廿五里房山	五十里宛平	廿五里固安	四十里霸

東南	四十里通	九十里平谷	九十里平谷	卅里新城	卅里良鄉	廿里文安	卅二里大城
西南	五十五里昌平	十八里懷柔	十二里昌平	卅里新城	六十五里涿	廿五里保定	卅里任邱
東北	卅里懷柔	百廿里灤平	四十里密雲	五十里宛平	五十五里宛平	廿五里永清	卅里霸
西北	卅里昌平	卅里懷柔	四十里昌平	卅里房山	百八十里宛平	廿里固安	六十里霸
	大城	**保定**	**薊**	**平谷**			
廣	四十五里	廿二里	九十五里	四十五里			
袤	八十里	廿三里	百十里	卅五里			
東	廿里青	十三里文安	四十五里遵化	卅里薊			
西	廿五里任邱	九里保定府雄縣	五十里三河	十五里三河			
南	四十里河（澗）[間]府河間縣	十六里文安	六十五[里]寶坻	十五里薊			
北	四十里静海	七里霸	五十里黄崖關	廿里密雲			
東南	卅里青	廿里文安	六十五里玉田	十五里薊			
西南	廿里河間	廿里雄	七十里寶坻	十五里三河			
東北	九十里霸	七里霸	五十里遵化	卅里薊			
西北	廿里文安	十里新城	六十里平谷	廿五里懷柔			

土官表

在昔會周師者有庸、蜀、羌、髳、微、盧、彭、濮八國，曰人不曰友邦。《通典》以爲梁州當夏殷間，所謂巴、賨、彭、濮之人是也。秦惠王以蠻夷君尚女據樊綽《蠻書》，漢置太守都尉據《漢·南蠻傳》、《後漢·蠻夷傳》，其即後世土司權輿歟？流官土官參治之法昉之漢夷邑長據《後漢·傳》，不然青衣道屬蜀郡，何爲別置長也？納貢昉之漢徼賨布義錢據上同，晉宋梁陳魏有蠻夷刺史，唐宋有羈縻州，元置宣慰使等官，參用土人，然土官目自明始，我朝因之，金川平後納土改流往往而有。光緒十二年，雲龍承乏兵部則例館纂修，明年春檢土司簿，甘肅、四川、廣西、雲南、貴州凡五百七十七青海、西藏坿，視《會典事例》、《歷代職官表》、《中樞政考》諸書又異矣。簿有詳略，就可稽者述土官表：

土司　品數

指揮使正三品　十

甘肅

連城○寄彦才溝順治五年設、北川八年設、大營灣九年設、南川十二年設指揮僉事，雍正八年改、臨洮衛順治十六年設、古城康熙十八年設指揮，同治十九年改、韓家集乾隆六年設。

雲南

孟良乾隆三十一年設、整欠三十一年設

宣慰使司宣慰使從三品　八

四川

雜谷寨加渴瓦寺順治九年安撫使，嘉慶九年改宣慰使、本坪康熙元年設、明正五年設、布拉克底三十年把底安撫使，乾隆三十九年改布拉克底宣慰使、梭磨雍正元年雜谷土谷囊長官，七年改副長官，乾隆十四年改梭磨，設安撫使，四十年改宣慰使、德爾格忒雍正七年疉爾格宣撫使，十一年改德爾格忒宣慰使、巴旺乾隆三十九年設○按雜谷腦宣慰使改松岡長官，又河東宣慰使改長官。

雲南

車里乾隆三十八年裁，四十二年復。

指揮同知從三品　八

甘肅

趙家灣、老鴉堡順治二年設、上川口五年設、勝番溝九年設、西大通硤石九年設、河州衛十年設、

起塔鎮十年設○按古城指揮同知改指揮使

雲南

猛龍乾隆三十一年設

指揮僉事正四品　八

甘肅

西川初外委土司，康熙四十二年改、資卜紅山堡順治二年設、self迭溝十二年設、卓泥十八年外委土司，康熙四十五年改、美都溝三十七年設。按舊有南川指揮僉事改指揮使

宣慰使司副使從四品

甘肅

按《歷代職官表》：甘肅有德爾格忒宣慰使副使一，今册無。

宣撫使司宣撫使從四品　十二

四川

綽斯甲康熙四十年（按）［安］撫使，乾隆四十年改宣撫使、邛部康熙四十二年設、沙罵四十九年設、巴

塘雍正七年設，下同、裹塘按舊有疊爾格宣撫使一，改德爾格忒宣慰使。

雲南

南甸、干崖、隴川、耿馬、整賣乾隆三十一年設，下同、景線、孟連雍正七年長官，乾隆二十九年裁，三十九年改宣撫使。

正千户正五品，亦曰土千户　四十九

甘肅

撒拉爾初外委土官，雍正七年改土千户、古城渠康熙十六年設、武威番乾隆元年設，下二同、西山流水溝寺、大通川、古浪番二年設，下同、平番。青海坩：西甯巴彦南稱族雍正十三年設〇按《歷代職官表》稱青海千户

四川

咱理康熙四十年設、煖常三十二年設，下十六同、包子寺寨、峨眉喜寨、七布徐之河寨、阿思洞寨、寒盼寨、商巴寨、祈命寨、上包坐佘灣寨、下包坐竹當寨、川柘寨、谷爾壩那浪寨、雙則紅凹寨、丟骨寨、雲昌寺、呷竹寺、松坪、煖帶密四十八年設，下八同、松林地、黎溪州、迷易所、酥州、古柏樹、中所、左所、右所、麥雜蛇灣寨雍正二年設、毛革阿按寨四年設，下三同、上阿壩甲多寨、中阿壩墨倉寨、下阿壩阿强寨、班佑寨五年設、瓦述寫達七年設，下四同、上納奪、中瞻對峪納、中郭羅

克押落寨、中阿樹宗箇寨、瞻對撒墩乾隆十一年設。按：黎三十土千户改大田，正百户、副百户各一

雲南

檜溪呵興、木期古乾隆三十一年設

宣撫使司副使從五品　五

四川

巴塘雍正七年設、裹塘二〇[雍正]七年、乾隆十一年分設。

雲南

盞達、遮放、猛邨安撫使後改宣撫副使。

安撫使司安撫使從五品　十八

四川

鄂克什順治七年，阿日權項净慈好智國師，乾隆十五年改、長甯順治九年設、單東革什咱康熙四十年設，下同、喇滚、瓜别四十九年設、霍耳綽綏初名霍耳竹窩，雍正七年設，下八同、霍耳章谷、霍耳甘孜孔撒、霍耳甘孜麻書、霍甘咱、霍耳林葱、上納奪東科、春科、瓦述餘科、木理八年設、下瞻對乾隆十一年設〇按：雜谷寨加渴瓦寺安撫使改宣慰使，又雜谷腦安撫使改宣慰使，又綽斯甲安撫使改宣撫使，又把底

安撫使改布拉克底宣慰使，又谿雜谷土谷囊改梭磨安撫使改宣慰使。

雲南

潞江、芒市按：舊有猛卯安。

副千户從五品　二

甘肅

馬軍堡順治八年設、著遜康熙二十九年設。

長官司長官正六品　百

四川

九姓順治四年設、陽地隘口六年設、静州康熙五年設，下二同、岳希、隴木、松岡康熙十九年雜谷腦安撫使，乾隆十四年改宣慰使，十七年改松岡長官、泥溪二十一年設，下二同、平彝、蠻彝、沐川三十四年設、河東康熙四十九年宣慰使，雍正六年改長官、沈邊四十九年設，下四同、泠邊、威龍州、普濟州、昌州、瓦述更平雍正七年設，下十同、瓦述色他、瓦述毛了、瓦述崇喜、瓦述曲隆、霍耳納林葱、霍耳白利、霍耳東科、春科高日、上瞻對茹色、蒙葛結、呵都七年阿都土目，乾隆五年改長官、中瞻對茹色乾隆十一年設、卓克基十四年設、丹壩二十四年設、小姓黑水二十七年設、嘓隴嘉慶十三年設，下一同、麻里按：

馬喇長官改副長官，又雜谷土谷囊長官改副長官，又改梭磨宣慰使。

廣西

永定順治九年設，下同、永順。

雲南

户撒康熙五十一年裁，乾隆三十五年復、喈撒雍正二年裁，乾隆三十五年復○按：舊有孟連長官，已改宣撫使。

貴州

中曹順治十五年設，下五十七同，貴陽府屬、偏橋鎮遠府屬、程番定番州屬，下九同、小程番、盧番、羅番、方番、韋番、卧龍番、大龍番、小龍番、金石番、大谷龍龍里縣屬，下同、小谷龍、平伐貴定縣屬，下二同、大平伐、小平伐、豐甯上、獨山州屬，下同、豐甯下、頂營永甯州屬，下同、沙營、上馬橋定番州屬、中林驕洞黎平州屬、麻嚮定番州屬、羊場龍里縣屬、新添貴定縣屬、巖門黄平州屬、楊義平越直隸州屬、施溪思州府屬、龍里黎平府屬，下四同、亮寨、古州、八舟、新化、邦水都匀府屬、平定麻哈州屬，下同、樂平、爛土獨山州屬、都坪二○思州府屬，下二同、都素二、黄道溪二、潭溪黎平府屬、郎溪思南府屬、省溪銅仁府屬，下同、提溪、沿河祐溪思南府屬、洪州黎平府屬，下同、湖耳白納貴陽府屬、木瓜定番州屬、乖西開州屬、歐陽黎平府屬、都匀都匀府屬、烏羅松桃廳屬，下同、平頭著可、虎墜十六年設，下同○貴陽府屬、邛水鎮遠府屬、巒彝十七年設○思南府屬、養龍康熙八年設○貴陽府屬○按：思南府隨府辦事長官、底寨長官，并改六品土官，又慕役長官今無，此外不管邨寨土官六：貴陽府屬底寨一、正六品，鎮遠府屬偏橋左右各一、邛水一，皆正七品，思南府屬一、六品，石阡府屬石阡一、正七品。

百户正六品　二百有一

甘肅

麻竜里初外委土官，康熙二十一年改、攢都溝初設外委百户，乾隆九年改、宕昌順治元年設、西五渠順治九年設，下同、屹藏隸河州、九家港十二年設、林口堡順治十二年設外委百户，乾隆七年改、三川王家堡順治十三年設。青海坩：阿里克族二〇雍正十三年設，下二十三同、格爾吉族三、蒙果爾津族、邕希葉布族、玉樹族四、蘇魯克族、尼牙木錯族、庫固察族、稱多族、札武族二、下札武族、下阿拉克沙族、上隆壩族、下隆壩族、蘇爾莽族、多倫尼托克安都族。西藏坩：納克書貢把族雍正十三年設，下十三同、納克書色爾查族、納克書畢魯族、納克書奔頻族、納克書拉克什族、納克書達格魯克族、邛布納克魯族二、邛布巴爾查族二、依戎夥爾族、勒納夥爾族、夥爾遜提麻爾族、上岡噶嚕族

四川

大田正順治九年黎州土千户，乾隆十七年改、上渣壩卓泥康熙四十年設，下四十四同、上渣壩額壘、中渣壩熱錯、中渣壩渣泥、中渣壩業窪石、下渣壩莫藏石、上八義、下八義、上渡噶喇住索、中渡

亞出卡、魯密祖卜柏哈、魯密達媽、魯密結藏、魯密郭宗、魯密格桑、魯密東谷、魯密本滚、魯密長結杵尖、魯密長結松歸、魯密普共碟、魯密初把、魯密昌位、魯密堅貞、魯密白隅、額落、額拉、額熱、八里籠壩、八烏籠、扒桑、他咳、瓦七、呷那工弄、木轆、白桑、沙誤石、吉增卞桑阿籠、作蘇策、沙卡、格窪卡吧、樂壞、姆朱、本噶、索窩籠巴、拉里、松坪四十二年設，下五同、熱霧寨、拈佑喀亞寨、油石洞乞希、大姓、小姓、涼山明州樂四十三年設，下七同、涼山旁阿孤、涼山膩乃巢、涼山窪黑、涼山阿昭、大羊腸嚕噶、乾田壩、麻柳壩、前所四十九年設，下二十八同、後所、大邨、中邨、長邨、白石邨、老鴉漩、六翁、野豬塘、前後山、料林坪、大石頭、繼事田、普隆、紅卜苴、架州、苗出、糯白瓦、大鹽井、熱即哇、三大枝、窩卜土、虚郎、河西地、白路、阿得橋、魯密梭布、魯密達則、魯密卓籠、郎情安出寨雍正四年設，下七同、上撒路木路額寨、中撒路散安寨、下撒路竹弄寨、崇路谷漠寨、作路生納寨、上勒凹貢按寨、下勒凹卜頓寨、阿細拓弄寨五年設，下十同、巴細蛇任霸寨、合壩獨雜寨、轄幔寨、上作革寨、下作革寨、物藏寨、熱當寨、磨下寨、甲凹寨、阿革寨、雲多六年設，下同、儀蓋、上部［郭］羅克車木塘寨七年設，下十九同、下郭羅克納卡寨、上阿樹銀達寨、下阿樹郎達寨、小阿樹寨、霍耳孔撒科則、霍耳圖根滿碟、束署、革齏、上革齏、下革齏、雜竹瑪竹卡、雜竹卡、上納奪黎窩、籠壩、瓦述墨科、瓦述更平東撒、瓦述更平、瓦述色他、瓦述毛了、鵲箇寨十年設、上臨卡石乾隆二年設，下六同、下臨卡石、岡裏、桑隆石、上蘇阿、下蘇阿、郭布、疊溪大姓黑水十九年設○按：上羊峒塔藏寨、上羊峒阿按寨、上羊峒挖藥寨、上羊峒押頓寨、中羊峒即寨、中羊峒竹自寨、中羊峒藏咱寨、東丕五亞寨初名東拜旺亞寨、達弄額壩寨、香咱寨、咨罵寨、八頓寨、中岔寨，土百户并改土目，凡十三。

安撫使司副使從六品　一

四川

春科雍正七年設○按《歷代職官表》，下瞻對安撫副使一，今無。

長官司副長官正七品　二十一

四川

馬喇康熙二十三年設長官，後改副、呵都雍正七年設土目一，乾隆五年改長官一、副長官一○按：雜谷土谷囊副長官改自長官，後改梭磨安撫使，又改宣慰使。

廣西

永順順治九年設。

雲南

十二關按：舊有納樓茶甸副長官一，光緒九年改土舍，設土[官]。

貴州

西堡順治十五年設，下十五同○安順府郎岱廳屬、都坪思州府屬，下二同、都索、黄道溪、潭溪黎平府屬、朗溪思南府屬、省溪銅仁府屬，下同、提溪、沿河祐溪思南府屬、洪州思南府屬、湖耳同上、白納貴陽府屬、木瓜定番州屬、乖西開州屬、歐陽黎平府屬、都勻都勻府屬、烏羅松桃廳屬〇按：石阡副長官、底寨副長官、偏橋左副長官、偏橋右副長官、邛水副長官，均改七品土官，又都坪副長官、都索副長官、黃道溪副長官，均改長官，又康莊副長官順治十五年設，今無

副百户

甘肅

西六渠康熙十六年設。青海附：多倫尼托克葉爾吉族雍正十三年設，下二十五同、多倫尼托克阿薩克族、多倫尼托克列玉族、多倫尼托克阿永族、多倫尼托克克拉爾吉族、多倫尼托克丹巴族、綽夥爾族巴彥南稱界、桑博爾族、隆東族、洞巴族三、上隆壩族、下隆壩族三、阿拉克沙族四、噶爾布族玉樹族界、班右族札武族界、白利族、喀爾受族、吹泠多爾族、拉布庫克巴彥南稱界。西藏坿：納克書貢巴族雍正十三年設，下五十同、納克書巴爾查族二、納克書畢魯族三、納克書奔頻族二、納克書拉克什族二、納克書達格魯克族、邛布納克魯族四、邛布噶魯族八、邛布色爾查族六、依戎夥爾族、勒納夥爾族、下岡噶爾族、撲錯族、三查族、三納拉巴族、上多爾樹族、上阿查克族、下阿查克族、九麻爾族、彭楚克夥爾族、彭他嘛族、夥爾拉寨族三族百長一、甯克塔族、尼查爾族、忝嘛布馬族三族百長一、革巴族、嘛魯族、勒達克族、尼牙本查族、利松嘛巴族、多嘛巴

族、川目桑族、嘛弄族、只多娃拉二族二族百長一。

土守備一

貴州

黄平營興義縣屬。

土千總五十八

貴州

中曹司貴陽府屬、洪番定番州屬，下同、上馬司、羅斛本城羅斛同知屬，下七同、打拱、昂伍、羅化、羅惘、㞮羊、桑郎、長流、本枝安順府郎岱廳屬，下同、六枝、魯土營普安廳屬、天壩司八寨廳屬、養鵝司麻哈州屬、歸仁營都江廳屬，下同、順德營、鷄講丹江縣屬、烏壘、凱里巖頭清平縣屬，下同、臻硐、岑台古州廳屬，下六同、六百、滚縱、八開、八衛、樂鄉、高表、佳里下江廳屬、南市鎮遠府台拱廳屬，下二同、高坡、番柳、赤溪清江廳屬，下五同、南硐、柳利、格東、那磨、柳榜、郎城司黄平州屬、平州都勻府屬、上排八寨廳屬，下同、下排二、落榜清平縣屬、平江古州廳屬、平正下江廳屬、烏漏台拱廳屬，下四同、𨄮架、番隴、龍塘、容山、平下清江廳屬，下六同、旁硐、返迷、鷄擺、柳羅、番乾、返號。

土外委一

貴州

羅斛同知屬，下同、何往。

土目土舍頭目，貴州稱土舍　四十五

四川

上羊峒塔藏寨康熙四十二年設百户，今改土目，下十二同、上羊峒阿按寨、上羊峒挖藥寨、上羊峒押頓寨、中羊峒郎寨、中羊峒竹自寨、中羊峒藏咱寨、東丕五亞寨初名東拜旺亞寨、達弄額壩寨、香咱寨、洛罵寨、八頓寨、中岔寨○按阿都土目乾隆五年改長官副長官一。

雲南

納樓茶甸四○副長官光緒九年改土舍，設目四。

貴州

青巖貴陽府屬、牛路定番州屬，下三同、大華、盧山司、木官、丹平司大塘州判屬，下同、舟行司、龍里司上排龍里縣屬、西排貴定縣屬、播西永甯州屬，下五同、樂壩、樂運哨、八大、樂舉、打罕、阿破枝鎮甯州屬、西堡司安平縣屬、高坪平越直隸州屬，下同、中坪、六硐都匀府屬、三捧獨山州屬，下同、普安司、宣威營麻哈州屬，下三同、樂户西、舊司、麻哈司、黄茅丹江縣屬、三郎司黎平府屬。

副土舍

貴州

大華定番州縣。

土里五

貴州

通州大塘州判，下四同、隆隆、上克度、中克度、下克度。

中外約表

通商訂約，未始非春秋會盟載書意也。美利加洲人丁韙良謂中國自有公法，亦豈無見云然耶？雖然，居今斷難泥古，與其議和戰於臨時，孰若講交鄰互市於平日之爲愈！就目前言，與中國約者凡十六國，巴西最後，而俄羅斯爲最先，其約始康熙二十八年，距今二百有六年矣。未交而約，已約或更，海禁大開，梯航靡止。勿恃人之易約，而恃吾之可以立約於不敝，其庶乎！考時與人與事與地，述中外約表：

國	立約時	立約人	立約事	立約地
俄約一	康熙二十八年 西千六百八十九年	領侍衛内大臣索額圖等與俄使費約多等	黑龍江和約六條	尼布楚
二	雍正五年九月七日 西千七百二十八年	理藩院尚書圖禮與俄官伊立禮	恰克圖界約十一條	恰克圖
三	乾隆五十七年 西千七百九十二年	庫倫大臣與俄	恰克圖市約五條	
四	咸豐元年八月二十一日 西千八百五十一年	伊犁將軍奕山、參贊大臣布彦泰奏	伊犁塔爾巴哈臺通商章程十七條	
五	八年四月十六日 西千八百五十八年	黑龍江將軍奕山與俄東悉畢爾將軍岳福	愛琿和約三條	愛琿城
六	五月三日 西千八百五十八年伊云月一日		和約十二條	天津
七	十年十月二日 西千八百六十年諾雅卜爾月二日		續約十五條	京
八	十一年五月二十一日 西千八百六十一年	倉場侍郎成琦與俄大臣	勘分東界約記	黑龍江
九	同治元年二月四日 西千八百六十三年		陸路通商章程廿一款	京
十	二月十一日		續增税則	京
十一	三年九月七日 西千八百六十四年	勘辦西北界大臣明誼與俄大臣雜哈勞	勘分西北界約記十條	塔城
十二	八年三月十六日 西千八百六十九年四月十五日		改訂陸路通商章程廿二款	京
十三	年同	立界大臣奎昌與俄立界大臣巴布闊福	科布多界約三條	

十四	九年 西千八百七十年	立界大臣奎昌與俄大臣穆嚕木策傳	塔爾巴哈臺界約三條	
十五	同	烏里雅蘇臺大臣榮全與俄臣		
十六	光緒七年 西千八百八十一年		改訂條約廿條後附專條，又通商章程十七條附卡倫單	
英約一	道光廿二年七月廿四日 西千八百四十二年八月廿九日		舊立和約十三條	江甯
二	咸豐八年五月十六日 西千八百五十八年六月廿六日		新約五十六款附專條	天津
三	年同		稅則暨通商章程十款	上海
四	十年九月十一日 西千八百六十年十月廿四日		續約九款	京
五	光緒二年七月廿四日 西千八百七十六年		會議三款附專條	煙臺
瑞典、哪威約	道光廿七年二月四日 西千八百四十七年三月		和約三十三條	廣東
美約一	咸豐八年五月八日 西千八百五十八年六月十八日		和約三十款	天津
二	十月三日 西十一月八日		稅則暨通商章程十款	上海
三	同治七年六月九日 西千八百六十八年七月廿八日		續約八條	京、華盛頓
四	光緒六年十月十五日 西千八百八十年十一月十七日		續約四款附條四款	京
法約一	咸豐八年 西千八百五十八年		和約四十二款補章六款	天津

二	年同		税則暨通商章程十款附款	上海
三	十年九月十二日 西千八百六十年十月廿五日		續約十款	京
四	同治四年八月 西千八百六十五年十月		更定商船完納船鈔章程	
五	光緒十一年四月 西千八百八十五年六月		會訂越南新約十款	天津
布德約一	咸豐十一年七月廿八日 西千八百六十一年九月二日		通商税務公會和約四十二款，坿三漢謝城條，又税則通商章程十款附款	天津
德約二	光緒六年二月廿一日 西千八百八十年三月三十一日		德國續約十款、善後章程九款	京
德約三	七月十六日 西八月廿一日		德國換續約展限憑單一	
丹約	同治二年五月廿八日 西千八百六十三年七月三十日		和約五十五款，税則通商章程九款	
荷蘭約	同治二年八月廿四日 西千八百六十三年十月六日		和約十六款附另款	
日斯巴尼亞約一	同治三年九月十日 西千八百六十四年十月十日		和約五十二款附專款	
二	六年四月七日 西千八百六十七年五月初九日		換約文憑一	
三	光緒三年十月十三日 西千八百七十七年十一月十七日		古巴華工條款十六	
比約	同治四年九月十四日 西千八百六十五年十一月二日		和約四十七款，税則通商章程九款	

義約	同治五年九月十八日 西千八百六十六年十月廿六日		和約五十五款，稅則通商章程九款	
奥約	同治八年七月廿六日 西千八百六十九年九月二日		和約四十五款，稅則通商章程九款	
日本約一	同治十年七月廿九日 日本明治四年七月廿九日（誤，約是九月十三日）		修好條規十八條，通商三十三款，中國海關稅則，日本海關稅則	
二	光緒十一年三月 日本明治十八年四月		天津會議專款三條	天津
三	二十一年三月二十三日 日本明治廿八年四月十七日		十一款	馬關
秘魯約	同治十三年五月十三日 西千八百七十四年六月廿六日		會議專條暨和約十九款	
巴西約	光緒七年八月十一日 西千八百八十一年十月三日		和約十七款	天津
長江通商章程一	咸豐十一年九月 西千八百六十一年		通商各口章程五款	
二	同治元年九月 西千八百六十二年		通商統章七款	

日月行星全徑體積表

地，一行星也。天文家謂大等行星凡八，以日爲心，行各一道：一曰水星，不常見，近日也；二曰金星，行日地間而少遠於水；三即地也；四曰火星。四者在木星道内，故曰内行星。此外曰外行星：五曰木星，與地行軌道同心；六曰土星，金、木、水、火、土舊稱五緯；七曰天王星，測自乾隆四十六年二月十九日；八曰海王星，測自道光二十六年八月四日。小於地者水、金、火也，餘大於地，而罔非小於日也，皆繞日非繞地也。行皆有光，而皆借日光也。行星之月木四土八，天王測有六月，海王已測其一，而地之一月，非繞地，是與地繞日也。

日體不變大小，而冬至後十日視徑三十二分三十五秒六，夏至後十日視徑三十一分二十一秒。月小於日六千萬倍，月光居日三十萬之一，而人視月與日等，而大於月之行星轉若難於月等，非他，日遠則視小，星愈遠則視愈小，此謂之視差也。非曉視差，難言視徑，欲知視徑，先測實徑，測平圓之實徑易，測橢圓之實徑難。

測橢圓地者屢矣：白西勒取十一弧推赤道徑四千一百二十五萬二千九百六十一尺，即二萬二千九百十八里三一，其二極徑四千一百十一萬五千八十尺，即二萬二千八百四十一里七一。又愛里取十三弧推赤道徑四千一百二十五萬三千一百九十三尺，即二萬二千九百十八里四四，其二極徑四千一百十一萬五千三百七十二尺，即二萬二千八百四十一里八七，後測赤道長徑四千一百二十五萬八千五百五十三尺，二極短徑四千一百廿四萬八千九百二十四尺，長徑約大於短徑五里有半。其兩端一在西經二百有二度五分，一在東經七十七度五十五分，短徑兩端一在西經十二度五分，一在東經一百六十七度五十五分。南北極對徑四千一百一十一萬六千尺疇人算數互異，然無大差，此中數也，亦成數也，細算微弱。蓋地之實徑二萬三千里，居日徑一百十一有半之一，而月之實徑居地徑一萬之二千七百二十九。地之體積六兆三千三百三十九億一千五百九十九萬立方里兆億以萬進，小於日一百三十八萬四千四百七十二倍，大於月一千八百六十一萬五千五百二十八倍。

行星大小可比較也，述日月行星全徑體積表：

	實徑	視徑	體積
日	二百五十五萬里	大三十二分三十五秒，小三十一分三十一秒	大于地一百三十八萬四千四百七十二倍，大于月六千萬倍
月	六千二百五十里		小于日六千萬倍，小于地四十八倍(居地一萬之二百有四)
地	二萬三千里		六兆三千三百三十九億一千五百九十七萬立方里
木星	廿六萬六千里	大四十六秒，小三十秒	大于地一千二百九十九倍，居日一千一百之一
金星	二萬二千六百里	六十一秒	與地等而微弱
水星	九千二百里	大十二秒，小五秒	居地五之二
火星	一萬三千一百里	大十八秒，小四秒	居地二十之十一
土星	廿二萬五千里	距地適中十八秒	大于地千倍
天王星	十萬三千里	四秒	大于地八十二倍
海王星			小于天王

地日半徑距數表

凡言距數，大率指半徑言，亦曰心。地徑以二萬三千里爲中數，則半徑爲一萬一千五百里各説不同：李氏善蘭譯《談天》用此數，或曰四千英里弱。日之黄道亦非平圓，地居橢圓之心凡測橢道以長短徑或半長徑及兩心差定之，如橢圓長徑十、短徑八，則半長徑爲五，兩心差爲三，其橢率爲三之一，亦非在日道中心，是以地心日心距數有兩心差。譬如中距爲十萬里，則兩心差爲一千六百七十九，中距即半長徑也，兩心差約六十有半長徑之一兩心差與日地半徑比若〇〇一六七九與一〇〇〇〇比，日半徑較地半徑增一百十一倍，即增一百二十七萬六千五百里也，多於月地距四百倍。初測日地距約二億七千萬里有奇，後推爲二億六千萬里有奇。

諸行星金、木近地，水近日，距數可參較也，述地日半徑距數表《格致啟蒙》云火星距日百三十九兆英里，即一萬三千九百萬里，合數不若李説之確。他可類推：

	距地數		距日數
日	二萬三千九百八十四倍地（平）［半］徑，約二億六千餘里	月	
月	六十倍地半徑（與地赤道半徑若六十二五五與一比），約六十九萬四千五百六十里	地	二億七千三百萬里，九千一百萬英里
木星	與地道同心，最大爲二道半徑和，最小爲二道半徑	木星	十四億二千八百萬里微弱

金星	二億七千五百萬里,遠于日距地千萬之七百廿三萬三千三百一十六	金星	一億九千七百里
水星	遠於日距地千萬之三百八十七萬九百八十一	水星	八十四倍日半徑,一億有四百萬里
火星	一億四千四百萬里,遠于日距地千萬之五百廿三萬六千九百廿三	火星	一億三千九萬里微弱
土星		土星	廿六億一千六百萬里
天王星		天王星	二千有廿六倍日半徑,五十二億五千九百萬里
海王星		海王星	八十二億三千八百萬里

量法方積表

量法舊説不一。《左傳》齊舊四量:豆、區、鬴、鍾,四升曰豆,各自其四以登於鬴六斗四升,鬴十則鍾六十四斗。《論語注》:『十六斗曰庾,十六斛曰秉。』《漢志》:『起黄鐘之龠以子穀、秬、黍,中者千二百。實其龠,合龠爲合,十合爲升,十升爲斗,十斗爲斛,而五量嘉矣。』《孫子算術》:『六粟爲圭,十圭爲抄,十抄爲撮,十撮爲勺,十勺爲合。』漢應劭又以四圭爲撮,孟康以六十四黍爲圭,《小爾雅》:『一手之盛謂之溢,兩手謂之掬,掬四謂之豆,豆四謂之區,區四謂之釜,釜二有半謂之藪,藪二有半謂之缶,缶二謂之鍾,鍾二謂之秉,秉十六斛。』此難可概今量也。六粟爲圭,十圭爲撮,十撮爲抄,十抄爲勺,十勺爲合,十合爲升,十升爲斗,十斗爲石,《數理精藴》量法亦載此五者,而其方積有部頒法可按也。述量法方積表:

量	析數	方積	面方口方	底方	深
升	十合	三十一寸六百分	面四寸	四寸	一寸九分七釐五豪
斗	十升	三百一十六寸	面八寸	八寸	四寸九分三釐七豪五絲
斛	五斗	一千五百八十寸	口六寸六分	一尺六寸	一尺一寸七分
石	二斛	三千一百六十寸			

化學原質名稱歸一表

化學已考得之質不下百廿餘種，地産最多莫如鋁與鈣與鎂矣。西人謂古者爲銅世界，今爲鐵世界，雲龍則謂鋁與鈣與鎂將繼鐵而更爲一久遠之世界。鋁之體輕不銹，已駕銅、鐵之上，其合金大之爲機器鎗礮，小之日用器皿，而焊鋁資鎂則又斡旋造化之功，轉移世界之力也。中國舊譯化學諸書厥例未盡畫一，不獨原質之名難可執一以求，他若《化學指南》之O爲養，以O數示含養之倍數，省文例也，《化學初階》依之。既有O矣，復書養一、養二、養三字何歟？華西字異，難一。譯音人人異，難二。命名造字以爲簡法，古誼既違，而或依音，或會意，或望文生義，筆述又異，難三。有假字，如昔作錯，茲作鎡，名實易淆，難四。不董理之紛如歧如。雲龍欲纂『化學釋例釋名』而未遑也。輒攷原質名稱，權以一名爲主，次異名，次代字，次臘丁英德法名，次日本名，次新舊率數，次體積，次較水新重率，次較輕氣重率，次溶界，次沸界，次原熱，金屬第一，非金屬第二。述《化學原質名偁［稱］歸一表》表略。

度數圜數方數表

度長短曰度，度遠近曰里，里者，度之積也。二百里爲一度，三百六十度爲周天，即大周也，亦曰圜數，算學家度圜弧又謂之圜數，合四象限言也。象限云者，直角也，九十弧也，亦即九十度也。以三百六十度爲三百六十弧是之謂圜數。凡日行一度歷四分時，是六十分時行十五度，一千四百四十分時一日十二時，一時百二十分行一周天。天度即依地體而定，而地面方積有方數亦曰平方數。一行十方寸爲一尺，十行一百方寸爲一方尺，三百二十四萬方尺爲方里，即五百四十畝也。述度數圜數方數表：

度數		圜數		方數	
寸	十分	分	六十秒（每分三里三三三）	方尺	一百方寸
尺	十寸（百分）	度	六十分	方步	二十五方尺（二千五百方寸）
步	五尺（五十寸即五百分）	宮	三十度（六千里即一千有八十萬尺）	方丈	四方步（百方尺即萬方寸）
丈	二步（百寸即千分）	象限	九十度（一萬八千里即三千二百四十萬尺）	分	六方丈（六百方尺即六萬方寸）

里	百八十丈（三百六十步即千八百尺一萬八千寸）	大周	四象限、十二宮、三百六十度	畝	十分（二百四十方步即六千方尺亦六十萬方寸）
度	二百里（在地爲七萬二千步即三十六萬尺）			頃	百畝（二千四百方步即六萬方尺亦六千萬方寸）
赤道一周	三百六十度（赤道大圜凡七萬二千里）			方里	五百四十畝（一萬二千九百六十方步，即三百二十四萬方尺，亦三萬二千四百萬方寸）

曆法日法析數表

天算以日星爲度，而紀歲則以夏時爲正，若西年者，三百六十五日四分日之一，積四歲小餘而閏一日，非即《周髀》所謂三百六十五日者三、三百六十六日者一歟？其一月合朔以太陽躔斗四度會恒星之日爲定，而在冬至前後實無定也。十九年爲一章，二十八年爲一會，四章七十六年爲一蔀，七千九百八十年爲一總，九百年必差九日，謂之假歲實，而天算家改以恒星日爲平太陽年之根，以橢圓地自轉一周時爲恒星年之根，謂之真歲實，既仍不免於差，孰若以晦朔弦望易見之月爲月以成歲也，何差乎爾！東方日中則西夜半，南方日中則北夜半，是之謂里差。均分十二宮爲三百六十度曰天周，太陽一節氣三十度，起冬至訖來年冬至三百六十五日，二十四刻二十五分太陽行十二宮而一周天，此一歲二十四節氣之日非正朔，至除夕之日曰歲周者此也。實測日躔三百六十五日，中合平行者二日耳春分前三之日、秋分後三之日，餘皆有盈有縮夏至縮極，冬至盈極，中法極縮即西法最高也。太陽交宫不與中氣同日，日躔歲行三百六十度微弱，一歲差百分度之一有半，積七十年約差一度，是之謂歲差。

以歲差言，或謂西曆以差改法自漢初元四年冬至第一合朔始，遵中法者則以爲歲差達於何承天、祖沖之、劉焯、唐一行，而始於虞喜。

以里差言，或謂即視差也，自測北極爲南北差，測月食爲東西差，始學中法者則以爲自《周髀》晝夜易處、東西不同之説始，而皆非探源論也。求里差之定法，嵎夷、昧谷、南交、朔方之宅基之求歲，歲差之根數鳥、火、虚、昴之中星肇之。

然則曆法也，莫不自唐堯授時來也。日法者，曆法之大小餘也大餘日也，小餘時刻，積之之法曰氣策，曰朔實，曰旬周，曰章天，曰蔀，曰紀，曰元，又曰度，曰宫，曰歲周，曰天周，；析之則曰辰，曰刻，曰分，曰秒，曰微。回回、泰西以六十遞析，薛儀甫《天學會通》改以百析，於是萬分爲日，日有百刻，刻有百分，分有百秒，算學便之。爰撮淺顯，述曆法日法析數表：

數	曆法		日法（以六十析）		日法（以百析）	
	天周	十二宫三百六十度	歲	十二月	歲	十二月
	歲周	十二中氣、二十四節氣、日躔歲行三百六十度微弱	日	十二時（又曰二十四小時）	日	十二辰，亦曰十二時，即八刻三十三分三十三秒，亦即萬分

	宮	三十度（一千八百分）	時	八刻（一百二十分。半時爲一小時，即四刻，得六十分）	辰	即時也，八百三十三分三十三秒三十三微
	度	六十分	刻	十五分（九百秒）	刻	百分（萬秒）
同名	分	六十秒	分	六十秒（三千六百微）	分	百秒（萬微）
小數	秒微	以下皆六十析	秒微	以下皆六十析	秒微	以下皆百析
	纖忽		纖忽		纖忽	
	芒塵		芒塵		芒塵	

西年月日證異表

中國正朔與西年異。其異有三：曰天算家法，曰官法，曰公時。公時云者，分點時也。日出視地有差，以日之平經度推得平太陽年爲大地公時，以道光八年平春分爲千八百二十八分點年之始，即爲儒略元六千五百四十一分點年之始。其官法日起子正，而步天日起午正，太陽名年亦名日，以恒星日爲根，恒星名日亦名年，以地轉時爲根，天算家謂之真歲實，而官法爲假歲，實以三百五十四日爲年始。猶太土耳其以三百五十五日爲年始。羅馬之怒馬，其定四年一閏，三百六十六日始格勒哥里，後定日起午正，六十秒爲分，六十分爲點，二十四點爲日，七日一禮拜，十二月凡五十二禮拜日。凡日行周天爲三百六十五日四分日之一，於是以四年小餘爲閏一日於二月，其法本之《周髀》三百六十五日者三、三百六十六日者一也。述西年月日證異表：

月	常年三百六十五日	月朔積日	閏年三百六十六日	月朔積日
正	三十一日		三十一日	
二	二十八日	三十一	二十九日	三十一
三	三十一日	五十九	三十一日	六十
四	三十日	九十	三十日	九十一
五	三十一日	百二十	三十一日	百二十一
六	三十日	百五十一	三十日	百五十二
七	三十一日	百八十一	三十一日	百八十二
八	三十一日	二百十二	三十一日	二百十三
九	三十日	二百四十三	三十日	二百四十四
十	三十一日	二百七十三	三十一日	二百七十四
十一	三十日	三百有四	三十日	三百有五
十二	三十一日	三百三十四	三十一日	三百三十五

用小數同法表

算學分以上爲大數，由十而百，而千而萬，而億而兆，而京而垓，而秭而穰，而溝而澗，而正而載，而極而恒河沙，而阿僧祇，而那由他，而不可思議，而無量數。自億以上皆以萬進自億以上有以十進者，如十萬曰億、十億曰兆之類，有以萬進者，如萬萬曰億、萬億曰兆之類，有以自乘數進者，如萬萬曰億、億億曰兆之類。立法從中數。其小數曰分曰釐，曰豪曰絲，曰忽曰微，曰纖曰沙，曰塵曰埃，曰渺曰漠，曰模糊，曰逡巡，曰須臾，曰瞬息，曰彈指，曰刹那，曰六德，曰虚空，曰清净。此數理精藴法也。《孫子算經》十忽爲一絲、十絲爲一豪，而《隋書》引《孫子算術》『蠶所生吐絲爲忽，十忽爲秒，十秒爲豪，十豪爲釐，十釐爲分』，殆傳本異歟？

小數同者：

曰度，分以上十分爲寸，十寸爲尺，十尺爲丈，十丈爲引，下以十析。

曰里，分以上十寸爲尺，五尺爲步，二步爲丈，一百八十丈爲里，下以十析。

曰田，其法二：一則分以上二百四十步爲畝，百畝爲頃，下以二十四析；一則分以上五尺爲步，下以五析。

曰權，古法起黄鐘之重，一龠容千二百黍，重十二銖，兩之，二十四銖爲兩，十六兩爲斤，三十斤爲均，四均得二千五百寸爲石。今也分以上十分爲錢，十錢爲兩，十六兩爲斤，一百斤爲石亦作擔，二百斤爲引，一千六百斤爲頓，下以十析。

曰衡，分以上爲錢，爲兩，下亦以十析。其法異，其用同也。述用小數同法表：

小數	度法	里法	田法	田法	權法	衡法
分	十釐	十釐	二十四步	五寸	十釐	十釐
釐	十豪	十豪	二十四豪	五豪	十豪	十豪
豪	十絲	十絲	二十四絲	五絲	十絲	十絲
絲	十忽	十忽	二十四忽	五忽	十忽	十忽
忽	十微	十微	二十四微	五微	十微	十微
微	十纖	十纖	二十四纖	五纖	十纖	十纖
纖	十沙	十沙	二十四沙	五沙	十沙	十沙
沙	十塵	十塵	二十四塵	五塵	十塵	十塵
塵	十埃	十埃	二十四埃	五埃	十埃	十埃
埃	十渺	十渺	二十四渺	五渺	十渺	十渺
渺	十漠	十漠	二十四漠	五漠	十漠	十漠
漠	十模糊	十模糊	二十四模糊	五模糊	十模糊	十模糊
模糊	十逡巡	十逡巡	二十四逡巡	五逡巡	十逡巡	十逡巡
逡巡	十須臾	十須臾	二十四須臾	五須臾	十須臾	十須臾

須臾	十瞬息	十瞬息	二十四瞬息	五瞬息	十瞬息	十瞬息
瞬息	十彈指	十彈指	二十四彈指	五彈指	十彈指	十彈指
彈指	十剎那	十剎那	二十四剎那	五剎那	十剎那	十剎那
剎那	十六德	十六德	二十四六德	五六德	十六德	十六德
六德	十虛空	十虛空	二十四虛空	五虛空	十虛空	十虛空
虛空	十清淨	十清淨	二十四清淨	五清淨	十清淨	十清淨
清淨						

今古尺比較表　佚

寒暑表比較表　據手稿録入。

德意志人駱木生於□□□□□年即西□□□□□□年，於西□□□□□□年始制八十度寒暑表，即以其名名表。於康熙五十三年始制二百一十二度表，亦以其名名表，曰法倫海得。法郎西人舍爾西阿司，亦譯曰斯爾司愛斯，生於武周大足年間即西七百一年，於□□□□□□年西□□□□□□年始制百度表，亦以其名名表，曰舍爾西阿司表，又謂之百分表。按舍爾西阿司、駱木兩表，冰界無差，法倫海得表一度起冰界下三十二度，雖曰二百一十二度，而自冰界言止一百八十度。此一百八十度自三十二度起，非比較難如指掌，兹就其不齊步一以冰界齊之。述寒暑表比較表表佚：

翻譯附條：遵查英國法倫海表製造之人即名法倫海，生於一千六百八十六年，始作於一千七百一十四年。其百分表、六曆表，書中未經載明，無從查悉。今日爲禮拜六，各洋人照例放假之期，翻譯擬即函詢，俟查到再爲禀復。翻譯謝藹溪謹禀。

許學系表

桂子馥作《説文統系圖》，許汶長及江式、顔之推、李陽冰、徐鉉、徐鍇、張有、吾邱衍凡八人，其系邱衍者以有《説文續解》也，而翁子方綱僅云《學古編》，何歟？翁既論衍聞師説《倉頡》十五篇即《説文》目録五百四十字之誤，復作圖贊，未嘗決然易之。張子塤謂宜增賈逵、慎子沖、陽冰猶子騰、郭忠恕、顧野王，雲龍則謂統系之目近侈，即以學其學之系言，亦不敢謂有確然必不可增損之數。然如忠恕《汗簡》、野王《玉篇》之類，謂爲小學則可，謂即許學則不可。它如漢尹珍從許受五經據《華陽國志》，無受《説文解字》明文，後周黎廣從崔元伯受字義，頗與許氏有異據《後周書》，類此難可位置。聊就所見，起漢訖元，先得十有八人，輒爲敘曰：

前乎許者，其賈逵乎？《魏書》江式上表，曰後漢詔侍中賈逵修理舊文，殊埶異術，王教一端，苟有可以加於國者靡不悉集，逵即汝南許慎古文學之師也。後乎許者，則有若許沖、嚴峻、庾儼默、江式、顔之推、李陽冰、李騰、徐鉉、徐鍇、張有、李燾、吳淑、僧雲棫、錢承志、包希魯、吾邱衍，周伯琦，許學非歟？　其學即其系也，不絶如線，晚出彌精，不第唯是，是其綿蕞云。

漢 許慎(師賈逵)——慎子沖——魏 江式——隋 顔之推
　　　　　　　　└吴 嚴峻　└梁 庾儼默
唐 李陽冰——(陽冰猶子)騰——南唐 徐鍇
　　　　　　　　　　　　　├宋 徐鉉、張有、李燾、吴淑、僧雲棫、錢承志
　　　　　　　　　　　　　└元 包希魯、吾邱衍、周伯琦

許學藝文志表

學以聖論爲宗，不外好古、擇善、闕疑三者而已，獨許學云爾哉。《説文解字》兼形聲義，或分或合，既學許學，非不好矣，而自信或勇，轉乖古誼，無他，不闕疑故也。欲復古，非擇好古者之言之善不可，此雲龍所以欲述《説文解字正名》而不能自已也。其散見者既爲文徵，其書佚者存目，存者驟難畢集，况其目其卷轉述多異，過目易忘耶？　録目訪籍，不師己亦不坿聲，而非闕疑末繇濟擇善之窮，而非擇善末繇符好古之實。它如宋李從周之《字通》、元戴侗之《六書》、故楊恒之《六書》，統皆變《説文》例，類此非宋張有《復古編》之根據《説文》可同日語。此不甄録非扇也，輒就所知一百七十有四書，述許學藝文志表：

時代	書目	卷數	譔人	傳本	據書
漢	說文解字	十五	許慎（叔重　召陵），宋徐鉉校定附字	宋本　平津館小學　小學彙函　汲古閣未改本　四次剜改本　朱校本　藤花榭額刻　中字本　陳昌治一篆一行本	
梁	演說文	一	庾儼默		《隋・經籍志》雲龍按：《說文》注始此。
唐前	說文音隱	四			《隋・經籍志》
唐	刊定說文	三十	李陽冰（趙郡）		林罕《字源偏旁小說序》
	說文字源	一	李騰（陽冰從子）		《唐・藝文志》、《崇文總目》、《集古録》、《中興書目》
	說文偏旁小說	三	林罕		
南唐	說文繫傳	四十	徐鍇（楚金　廣陵）	祁刻　姚刻　汪刻　馬刻　小學彙函	
	說文解字篆韵譜	五	徐鍇		
宋	校定說文解字	三十	徐鉉（鼎臣）		
	說文質議論	二	徐鉉		
	復古編	二	張有（謙中　湖州）	明黎刻、張刻	
	說文解字五音韵譜	十	李燾（仁父　丹稜）	通行本	《玉海》云《五音譜》
	說文五義	三	吳淑（丹陽）		《玉海》
	引經字源	二	李行中		《中興書目》
	補說文解字	三十	僧雲棫		《宋・藝文志》
	說文正隸	三十	錢承志		《宋・藝文志》

元	説文解字補義	十二	包希魯(進賢)	至正刊　鈔本	
	説文續解	二	吾邱衍(子行　錢塘)		
	説文字原	一	周伯琦(伯温　饒州)		
明	説文續釋	十五	吴叡(杭州)		
	説文長箋	一百四	趙宧光(凡夫　吴)		
	説文韵譜	二	陳鉅(餘姚)		
	説文舉要		朱謀瑋(南州)		《小學考》
	説文質疑		朱謀瑋		《小學考》
	六書索隱	五	楊慎(升庵)		
	説文廣義	三	王夫之	船山遺書本	
	説文異同		陳		朱謀瑋《古文奇字自序》
	説文決疑		陳		同上
	説文貫玉		陳		同上
國朝	説文解字舊音	一	畢沅(秋帆　鎮洋)輯	經訓堂刻	
	説文引經考	二	吴玉搢(山夫　山陽)	咫進齋刻	
	説文引經補遺		程贊詠(儀徵)	咫進齋刻	
	説文引經考	四	程炎(後名際盛　歙)		
	説文理董	四十	吴穎芳(西林　仁和)		
	説文解字疏	三十	宋鑒(半塘　安邑)		
	説文五音韵譜説		王育(太倉)		《鈕非石日記》
	説文論正	三十	王育	刻	《非石日記》云《王氏字説文》二十五卷
	説文通正	十五	潘奕雋(蘇州)		
	説文廣義	十二	程德洽(學瀾　長州)		

說文字原集注	十二	蔣和(吴)		
說文字原考略	六	吴照(南城)		
說文易知録	十	許巽(華亭)		
說文繫傳考異	四	汪憲(魚亭 仁和)		
說文繫傳考異坿録	一	汪憲		
說文轉注緒言	二	萬光泰		
說文疑疑	二	孔廣居(千秋 江陰)	詩禮堂刻	
說文疑疑坿		孔昭孔		
說文述誼	二	毛際盛(申甫 寶山)		
說文新坿述誼	一	毛際盛		
說文字義廣注	一	馬宗槤		
小學考	五十	謝啟昆(蘊山 南康)		
說文答問	一	錢大昕(竹汀 嘉定)		
說文統釋	六十	錢大昭(可廬 嘉定)		
說文斠詮	十四	錢坫(獻之 嘉定)		
說文聲系考	二十	錢坫		
說文解字注	三十	段玉裁(懋堂 金壇)	原刻 蘇州補本 學海堂 武昌局	
汲古閣說文訂	一	段玉裁	武昌(昌)段注本 表刻單行	
古今音均表	八	段玉裁		
說文解字義證	五十	桂馥(未谷 曲阜)	連筠簃刻 武昌局重刻	
說文正義	三十	陳鱣(海寧)		
說文聲系	十五	陳鱣		
讀說文記	十五	惠棟(定宇 吴)	借月山房 指海	
說文質疑	一	蔡壽昌(爾昌 德清)		

説文字原韵表	一	胡重(菊圃 秀水)	刻	
説文辨字正俗	八	李富孫(香子 嘉興)	刻	
説文群經正字	二十五	邵瑛(餘姚)	原刻	
説文經字考	一	陳壽琪(恭甫 侯官)		
説文引經考證	七	陳瑑(嘉定)	武昌局本	
説文引經互異説	一	陳瑑	附前書爲第八卷	
説文舉例	一	陳瑑	許學叢刻	
説文解字引經考	十三	臧禮堂(和貴 陽湖)		翁方綱《復初集》
許氏説音	十二	許桂林	寫本	
説文後解	十	許桂林	寫本	
説文拈字	八	王樹玉	原刻	
説文引經考	十三	臧庸(在東 武進)		
説文引經考證		張澍(介侯 武威)	寫本	
説文測議	八	董詔(安康)		
説文釋例	二	江沅(元和)		
説文管見	三	胡秉虔(春喬 績谿)	家刻　滂喜齋本	
漢學諧聲	二十四	戚學標(鶴泉 太平)	原刻本補考即第廿四卷	
古音論	一	戚學標	附《漢學諧聲》	
附録	一	戚學標	附《古音論》	
説文新附考	六	鈕樹玉(匪石 吴)	原刻　武昌局本	
説文新附續考	一	鈕樹玉	同上	
説文段注訂	四	鈕樹玉	同上	
説文考異	二十九	鈕樹玉		
説文音韵表	五	錢侗(同人)		

說文重文小箋	二	錢侗		
說文孳乳表	二	錢侗		
說文讀若考	三	錢繹		
說文闕疑補	一	錢繹		
說文六書說	一	江聲(艮庭　吴)	琳琅秘室本	
說文轉注古義考	一	曹仁虎(嘉定)	藝海珠塵本　許學叢刻	
說文六書轉注說	一	夏炘		
說文五翼	八	王煦(上虞)		
說文古語考	二	程炎(後名際盛、東治長洲)	活字本	
說文聲類	二	嚴可均(鐵橋　烏程)	四録堂本	
說文翼	十五	嚴可均	歸安姚刻	
說文訂訂	一	嚴可均	許學叢刻	
說文長編		嚴可均	寫本	
說文聲系	十四	姚文田(謚文僖　歸安)	家刻　吴刻　粤雅堂本	
說文校異	三十	姚文田		
說文校議	三十	姚文田、嚴可均	原刻　半畝園叢書　姚氏重刻	
說文諧聲譜	五十	張惠言(武進)		
說文諧聲譜補		成孫		
說文繫傳考異	二十八	朱文藻(朗齋　仁和)	許學叢刊	
說文繫傳考異附録	一	朱文藻		
說文繫傳校録	三十	王筠(菉友　安邱)	自刻	
說文釋例	二十	王筠	自刻	
說文句讀	三十	王筠	自刻	

説文句讀補正	三十	王筠	自刻	
説文韵譜校	五	王筠		
説文蒙求	一	王筠	自刻	
説文通訓	十八	朱駿聲（元和）	原刻	
説文聲讀表	七	苗夔（仙篚　肅寧）	自刻　王氏天壤閣	
説文聲讀考	一	苗夔		
説文聲訂	二	苗夔	自刻　祁刻	
建首字讀	一	苗夔	自刻	
説文答問疏證	六	薛傳均（子韵　甘泉）	原刻　咫進齋	
説文段注匡謬	八	徐承慶（元和）	咫進齋	
説文繫傳刊誤	二	錢師慎		
説文段注考正	十六	馮桂芬（吴）		
説文韵譜補正	十	龔丙孫（吴）		
説文辨疑	一	顧廣圻（千里　仁和）	崇文局刻　許學叢刻	
説文注辨正		沈栗仲（湘鄉）		
説文檢字	二	毛謨（謂亭　歸安）	原刻，重刻	
説文通檢	十四	陳澧（蘭甫　番禺）	廣州刻	
説文新附攷	六	鄭珍（子尹　遵義）	寫本	六[卷]，一作四[卷]
説文逸字	二	鄭珍	刻　天壤閣	
説文逸字附録	一	鄭知同（珍子　伯更）	巢經巢刻本	
説文淺説	一	鄭知同	四川宏達堂刻	
説文正問		鄭知同		城南草堂劄記
説文聲類表		姚晏（聖常）		
説文三合字校正		姚晏		

說文無聲字校正		姚晏		
說文省聲字校正		姚晏		
說文象形字校正		姚晏		
說文闕字校正		姚晏		
說文古今異字校正		姚晏		
說文母字校正		姚晏		
說文引經考		臧壽恭（原名耀　梅谿　長興）		
說文說		孫濟世（惠安　福建）		
說文古本考	十四	沈濤（匏廬　嘉興）	滂喜齋刻	
讀說文記	十五	席世昌	借月山房　指海	
說文字通通譯			刻	
說文新附字誼		吳德青	傳寫	
說文匡謬正俗	八	吳惟德（德清）	傳寫	
說文識墨		于鬯（香草　江蘇）	傳寫	
說文蠡箋	四	潘	自刻	
許印林遺著	一	許瀚（印林　日照）	滂喜齋刻	
說文校勘記	一		廣州一篆一行本	
說文外編	十五	雷浚（深之　吴）	刻	
說文外編補遺	一	雷浚	刻	
說文雙聲	二	劉熙載（興化）		
說文迭韵	二	劉熙載		
仿唐寫本《說文解字》木部箋異	一	莫友芝（子偲　上虞）	曾刻	

説文五翼[46]	八	王煦（空侗　上虞）	音義四卷單行本　觀海樓足本	
説文古籀疏證	六	莊述祖（葆琛　武進）	潘刻	
説文索隱		張度（叔憲　長興）	寫本	
説文古本續考		張炳翔（叔鵬　長洲）		
説文段桂箋		張炳翔		
許學文鈔		張炳翔	未成	
説文題要	一		武昌局本	
説文正字	二		問經堂叢書	
説文解字注訂書目		姚凱元（子湘　歸安）		
轉注説	一	狩谷望之（日本）	日本刻	
説文翼證		朴　（朝鮮）		
狩谷轉注説訂譯	一	傅雲龍	據中島雄譯本訂正	
説文古語考補正	二	傅雲龍	紅餘籀室刻	
説文解字正名	三十	傅雲龍		
許學文徵	十	傅雲龍		
許學藝文志提要	二	傅范初（公輿）		
説文解字新附疑	四	傅汝礪（象予）		
説文通檢補正	一	傅范翔（君高）		

簑喜廬文初集卷十一

説文古語考補正敘

程氏輯《説文古語考》一卷。古語云者，許氏時之俗語也。二鄭、杜、賈諸家多以俗語證經，許氏爲漢經師之古文家，六書之象形主形，指事、會意主意，諸聲轉注、叚藉主聲，賴以存者不絶如線。其以俗語説解古義，大率從聲而起，引語之字，指事蓋寡。如齊魯謂之『乙』，乙象形，取其鳴自謼則兼聲，若『莽』，若『豰』，若『魝』，並會意兼聲也，諧聲以無意可會爲正例。『藟』畾聲、『鑲』襄聲是也。如『莒』吕聲、『葼』嵏聲，類皆兼意。『餉，饟也』，『饟』下云『周人謂餉曰饟』，『鏶，鍱也』，『鍱』下云『齊謂之鏶』，此以聲同聲近爲轉注，餘多義通聲轉，四者皆本義也。本義或窮，濟以叚藉。許謂本無其字，指制字言，用字之叚藉托事者鮮，依聲者多。兼事與聲往往而有，省增通俗，非本無厥字矣。如『盱，張目也，一曰朝鮮謂盧童子曰盱』，是『盱』爲『魝』。『篇，書也，一曰關西謂榜曰篇』，是叚『篇』爲『扁』。事或不託，聲罔不依，一曰或曰其例也一曰『或曰』中不無羼亂，然謂概非許文則難可據。引而申之，如『𩆘讀若春麥爲𩆘之𩆘』、『琦讀若畜牧之畜』按《説文》𩆘讀若春麥爲𩆘之𩆘琦讀若畜牧之畜、玖讀若芑、或曰若人句脊之句、搨讀若糗糧之糗，唉讀塵埃，㖃讀井級綆，趫讀若王子蹻，䠞讀若髽結之結，趧讀若小兒咳，趉讀若無尾之屈，過讀桑蟲之蠍，逴讀掉苕之掉，囪讀若三年導服之導，証讀若正月，詯讀若反目相睞，訇如求婦先訇叕之，該讀若心中滿該，𦨶讀[若]租𦨶，弮讀若書卷，鞊讀若聘蜃，鬭讀若三合繩糾，㕡讀若鏗鏘之鏗，睘讀若告之謂調，睒讀若白蓋謂之苫相似，眅讀若攜手，䁱讀若珥瑱之瑱，𦉼讀若書卷之卷，鼻讀若畜牲之畜，𠧢讀若蘖岸之蘖，瞿讀若章句之句，肤讀若決水之決，脙讀若休止，䖒讀若鄌縣，䓜讀若棘陵，俵讀若風溓溓，磬讀若箭，莩同鄏，讀若簿，引《易》，觖讀若拔物爲決引也，楈讀若芟刈之芟，棪讀若三年導服之導，模讀若嫫母之嫫，樿讀或如渾天之渾，櫓讀若枇杷之枇，櫑讀若驪駕，棳讀若指撝，森讀若曾參之參，鬵讀若鶩雉之鶩，郕讀若規榘，䜌讀若新城䜌中，邑讀窈窕之窈，㬎讀若唫唫，䬃讀若黽蛙之黽，穛讀若風廉之廉，㾘讀若溝洫之洫，帴讀[若]末殺之殺，幔讀若水温最，㑄讀若汝南㑄水，耇讀若耿介之介，歂讀若車輇，㪟讀若叫呼之叫，㷰讀若捶擊之捶，卸讀若汝南人寫書之寫，隋讀若相推落之㯐，㦛讀若薊蘖草之薊，㾪讀若偄弱之偄，𤝞讀若比目魚鰈之鰈，炪讀若巧拙之拙，烓讀若駒顙之駒，𨤲讀若桑葚之葚，黚讀若染繒中束緅黚，黨讀若以芥爲齏，名曰芥荃也，燎讀若䰋燎，扶讀若伴侶之伴，㳄讀若虙羲氏之虙，涸讀若狐貈之貈，淢讀若椒榝之榝，㡳讀若稗縣，䲡讀若綺襱，㓿讀若軍敶之敶，靡讀若洱水，撣讀若行遲驒驒，抧讀若抵掌之抵，抯讀若樝棃之樝，抌讀若告，言不正曰抌，嬛讀若蜀郡布名，婧讀若非菁，孎讀若人，不孫爲孎，妳讀若謹敕數數，妓讀若跂行，嫳讀若擊擎，妜讀若煙火炔炔，婼讀若竹皮箬，乙讀若捕鳥罬，匿讀如羊騶箠，瓬讀若抏破之抏，蝎讀若瘞葬，綰讀若雞卵，紴或讀若水波之波，㡈讀若阡陌之陌，㬉讀若蜀都布名，蚵讀若周天子赧，劭讀若舜樂韶，鋏讀若漁人莢魚之莢，銳讀若跛行，㿝讀若薿薿，皆渾引俗語也，然程書例不著録，今仍之。　又桉讀若小兒咳，咳今本作孩，段注本訂作咳。　大徐無𦨶讀租𦨶句，租當作組。小徐㕡讀若鏗鏘，下無『之鏗』二字，大徐無『讀若告之謂調』句，小徐無『讀若嫫母之嫫』句。　類皆渾引俗語以證文字之聲，非若『誶讀若行道遲遲』、『掔讀若鏗爾舍瑟而作』，引非俗語者比，亦非『𥘵讀若算』、『瓛讀若高』僅舉方言一字者。比而不之益，乃程例也，輯新坿中語亦程例，惟程未就俗語之合六書者考之，亦未就許氏引語以説解形義半由聲起者考之。齊謂炊爨，程以爲謂爨曰炊，氏、氐異部，程以解氏者證氐，如此之類，難可枚舉。誤齋爲齊，竄徐入許，此又不當有者也。

子范初輩學治《説文》，便珍程書，不理而董之。慮滋沿誤，凡删三，補十有八，正其奪與譌與略者一百六十有四，釐爲二卷，曰《説文古語考補正》，淺乎云爾，藉益僮笘。然由是進考通人之説、引經之文，以求達乎六經神恉，則未有字先有聲。聲者，形義之本也，獨古語乎哉！光緒六年，歲在上章執徐，冬十二月廿有一日，直兵部夜，敘於仰山堂。

炎加玉旁，程氏初名，東治其字也，避仁宗睿皇帝廟諱更名際盛，字奐若，乾隆庚子恩科成進士，官湖廣道御史。《説文古語考》不署際盛者，所得活字本署曰長洲程炎，蓋書爲未更名時作也，故仍之。此外著有《續方言補正》、《説文引經考》、《周禮故事考》、《儀禮古文今文考》、《禮記古訓考》、《稻香樓詩文集》。雲龍又跋。

續彙刻書目敘

目録之學尚矣，劉、班肇其規，陳、晁拓其體，分經史子集自唐四庫始，實自晉荀勗甲乙丙丁四部始。由斯以往，轉相祖述，叜纂目録，若宋殷淳《大四部目》、王儉《七志》、梁阮孝緒《七録》，其最著者，而未及我朝《四庫書目》之詳之精也。然自來簿録家鮮有著叢書子目者，如顧氏荼崖之《彙刻書目》，可不謂權輿與？夫彙刻叢書也，義有二：一曰叢積，不名一類。《説文》曰『叢，聚也，從丵從取』，韓昌黎詩曰『門以兩版，叢書其間』。一曰叢脞，猶瑣碎也，唐陸天隨詩名《笠澤叢書》，即此意也。薈爲一帙，復書各爲卷，則始於宋左圭之《百川學海》，莫富于元陶宗儀之《説郛》，《百川學海》百餘種耳，《説郛》正續近二千種，雖割裂譌脱，多非足本，而古書賴以存者，視類書塵佚文之單詞片語爲何如乎！厥後叢薈家考訂轉精，卷帙益夥，覽者心目迷晦，不綜不明。嗟虖！典簃逸篇淪落十九，後之人且珍重篇目，志之弗敢忘，矧叢書英華所萃，顧任漏譌殘蝕弗爲綜核計邪？此顧氏所以訪鄦氏《三禮》目録，意爲初編十簃也。雖然，異同文也，删補人也，分合旨也。以顧氏數十年之網羅，塵獲二百六十有一種，不僅舛錯弗免，巨帙如陶氏書，闕如也，惟挂漏之是悤，并補綴之功而亦弛之，可乎哉！

雲龍學苦過忘，涉獵之餘未嘗不撮目成帙，行篋散佚，難可復萃。爰就所存遵四庫目録分部例，以續顧氏書而小變其體，凡五百種，都爲一十有二卷，省多粃［紕］繆，願言就正。此外摭拾若干，名半信疑，卷頗參差，一紬借訂，以歸再續，請俟異日。讀《初編》自序云不欲以是自域，然則是編之續亦顧氏志也。光緒元年，歲在旃蒙大淵獻則如月己巳朔既望癸未識于味腴藪園，并書凡例于後。

順天府方言小敘

昔揚子雲以典莫正于《爾雅》，作《方言》，於此方人語采凡六十，外此散見它書，往往而有用。《靈壽志》、《雲南通志藁例》纂入志，言繫以方，方睎厥治，北人云云不著録，懼羼也，見之此方專書則録。所云北人，非異方人也，或今古殊言，或異同互見，次第略依《爾雅》例。鄭注《周禮》曰『今燕許名湯熱爲觀』，許氏《説文解字》曰『燕謂信爲諶』，猶本之揚，又曰『聿，燕謂之弗』，《初學記》引作拂，此則輶軒所未及矣。它如劉熙之《釋名》、郭璞之《爾雅注》、陸璣之《毛詩疏》與夫《廣韵》、《玉篇》、《集韵》、《類篇》諸書，其于此方俗言咸有取焉。言隨世轉，不無變譌，然古音今誼時有存者，豈直問異辨奇云！　志方言。

京師水道小敘

京師之水，海子其會歸也。來脈則玉泉爲大，故首玉河。南海子，南苑也，巴溝自萬泉莊入暢春園，均得志之京師。如鳳河、涼水河，厥流甚長，詳《河渠志》。御製詩文恭録記述事實之篇，用《日下舊聞考》例也。河工無幾，不自爲篇。前代工曰坿考，《河渠志》變例，實京師志通例。橋坿於後，尋其脈絡，觀其會通，亦泉水記之亞也。　志京師水道。

順天河渠志水道小敘

畿輔五大河，南運河外，逕順天府竟者凡四：一永定，一北運，一清，一子牙，它水分合，不下五百餘水。今以大水包小水，綱曰過，目曰逕，小水入大水曰注，大水納小水曰受，由來曰從，同流曰合，分流曰出，水穿山亦曰出，水有所止曰至，桑《經》、酈《注》例也。兩水敵曰會，小注大曰入，因水入水曰達，正絶流曰亂，順流而下曰沿，此則《禹貢》通例。

凡水先源，次詳逕竟分合里數，出界則舉厥歸宿。又次敘故道，而止水微涓無所委注者坿焉。若坿攷，若集證，悉入夾注。水以今爲主，互受之通稱、隨地之易目弗敢遺，懼淆也，故道則從其時之名。清河、子牙無專書，北運河明有吴仲、秦金之《通惠河志》，均未見。惟永定有志，其圖遠遜續志，蓋續志之圖，招錫恩用測量法繪也。今以光緒九年圖册爲斷，圖册或窮，目驗證之。志水道按《順天志》刊本詳略異此，出潤色手，此不敢掠美，依雲龍藁箸録。

順天河渠志河工小敘

《史記·河渠》塞決穿渠罔弗録，《漢書·溝洫》因而加詳，厥例不自班、馬始也。《書》言決川距海濬畎澮距川，其濫觴歟？《禹貢》奠川，因堯都而先冀州，今順天府即當日冀州地。營田繫之，漕運繫之，帝都之襟帶又繫之。

治有萬端，可兩言備：曰疏，曰築。雖然，隄高淤亦高，淤南則決北，淤北則決南，墻上築墻，厥譬可喻。莫若以濬爲疏，河深隄自高矣。乾隆三十六年，裘文達《日修董永定北運河工疏》有『築不如疏』一語，高宗純皇帝深韙之，誠治河金鑑也。疏之道三：宣下口其首務也，高灘老坎，弗治則決。濬中泓次之，枝津一瀆，弗容則溢。開支河又次之。就河言疏，北運河宜曲資蓄水也，永定、清河、子牙諸水宜直，免頂衝也，輔之以築，庶無枉功。埽也，樁也，皆以護隄，壩也，埝也，閘也，涵洞也，總之不離乎蓄洩者近是。志河工。

順天河渠志水利小敘

《周官》大司徒率遂人治野，夫間有遂，十夫有溝，百夫有洫，千夫有澮，萬夫有川。王畿之內，稻人設專官，蓋稻爲農本，畿內又天下本也，然則順天府之營稻田不其重與！夏禹粒民，亦盡力溝洫而已。明邱濬《大學衍義補》曰京畿地勢平衍，莫若少仿遂人之制，以河爲主，爲大溝廣一丈以上者達河，開小溝廣四尺以上者達大溝，又細溝廣二三尺以上者達小溝。國朝沈夢蘭《五省溝洫圖說》曰先視通河爲川，次視小水，每距二十里爲一澮，川縱則澮横。每距七百二十步爲一洫，横距八十步爲一遂，縱距二百四十步爲一溝。其說爲營田設，即爲治水設也，必水盡治而後營田，道光三年舉而復輟，職是之故。溯雍正年所營府屬州縣稻田凡十三萬三千畝有奇，中熟之歲畝出穀五石，爲米二石五斗，凡三十萬二千五百石，舉而不廢，年增一年，萬世根本之利在是矣。兹爲篇二，首成效，次集説。志水利。

順天河渠志津梁小敘

《爾雅》隄謂之梁，石杠謂之徛，《一切經音義》二引李巡曰『堤，防也』，然則積土防水，猶今土橋矣。《説文》：『梁，水橋也。』孫奭引《説文》曰：『石矼，石橋也。』《詩》造舟爲梁，即今通州東西浮橋、俗誶橋船者是。第曰經塗，淺矣，圯梁廢徛，溝洫之故迹往往而有，稽水道以復水利，不其重與！志津梁。

順天山川小敘

幽州以幽都山得名，今隸昌平州竟，山名古矣，餘則名不盡古，大率以今竟爲斷。隋《圖經》《太平寰宇記》引薊縣有笄頭山，《水經·濕水注》協陽關水東北歷笄頭山，闞駰曰笄頭山在潘城南，考潘縣漢隸幽州上谷郡，爲今保安州竟。郭石卿《碣石叢談》稱薊鎮三屯，城東北二十里有芹菜山，以遼御史馮唐卿于山前結廬種菜而名，按山在隋唐蘆龍縣地，爲今深州，非薊州竟矣。它如塞外之霧靈山、桃兒山，不隸密雲，玉田縣之燕山不隸薊州，類此從削。諸書所述，宛平之畫眉山今在昌平，密雲之隗山、天門山、螺山今在懷柔，密雲之桃花山即桃山今在薊州，懷柔之黍谷山、白檀山今在密雲，順義之兔耳山、密雲之華山、薊州之蔣福山，今在三河，今古異隸，類皆舉正。若峰若嶺，若岡若巖，皆山也，脈絡聯之，以方爲次，然其最者如房山之大防、薊州之盤，變例首及之。

川則河渠有志，詳道與工與利，兹復述出入大凡者，依《漢書》既志溝洫，復於《地理》述川之例也。山録異名，川則異名入注，略《河渠志》所詳也。登臨之記與詩非關左證者弗采。志山川。

順天郙鎮小敘

鎮，《廣雅》訓重，故鎮或統郙，郙或作村。《説文》無村有郙，從邑，屯聲。《增韵》：『郙，聚落也，從屯。』《一切經音義》引《字書》屯亦郙也，然則郙、屯聲諧誼通。順天人郙亦評屯，猶存古誼，非僅如家各一聲之轉，亦非因屯田之制，漢兵唐民取以名郙也。宋紹興間采石不辨東西，楊莫詳渡口，以諸州上萬年圖不載郙鎮故，顧可忽歟？今以治爲主，以境爲斷，方隅里數自邇而遥，名必據今，蹟則徵古，水道之分合、戰績之平險、户口田畝之盈歉，胥于是稽。然若固安之陽鄉城或言良鄉，順義之遼涼殿、五柳城，或言懷柔，密雲之漁陽城或言薊州，紻城之紻謁英，漁陽之漁謁狸，此當正者也。故安今易州之黄金臺非今固安，南河之故城實燕山、邵康節之故里，非今順義，海州之平曲故城非今文安，通潞非亭，空城非城，此當削者也。志郙鎮。

順天府選舉表小敘

鄉舉里選，古無專科。漢州郡辟署外有賢良方正、孝廉、茂才、直言、孝弟力田諸科。後魏徵儒儁，范陽盧元爲之首。隋大業二年試詩賦，設進士科按此本《王制》升諸司馬曰進士遺意，初與明經並行，後則以進士爲重。唐因爲經策甲乙第，明倣宋經義先試四書藝，鄉試中式曰舉人，宣德七年令衛所管舍軍餘俊秀附學聽鄉試據《明會典》，榜有副，會試榜初亦有副，拔貢自弘治始，優貢則昉於元。我朝選舉日新，順天則文化之始也，今仿古者賢書意爲表四，首薦辟次，進士以題名碑爲主，它書異同互參。補殿試者注中式科分次，舉人、副貢同榜，坿注父子兄弟、諸父從子相繼登科與字與官，得甲科者官注進士表次，拔貢以優貢坿，改歸它籍與寄籍、歸籍皆著録按畿輔唐《志》載，明永樂乙未進士張鵬飛，宛人，王翱，鹽山人，黄懋，元氏人，雷屯，永年人，成化丁未楊譚，新城人，而大興張《志》、宛平王《志》兩載之，又以乙未爲丙申。明房屬涿州，吴山鳳《涿州志》遂並房山録之，稱爲州人。如此之類不敢沿謬，采訪未周者闕之。述選舉表。

順天府官師表小敘

國朝官師廢置詳經制，官斯土者表凡十八。兼尹以下官第一，州縣官第二，州同第三，縣丞第四，州判第五，主簿第六，吏目典史第七，巡檢第八，總督分司第九，道第十，同知第十一，通判第十二，大使第十三，司獄第十四，驛丞第十五，閘官第十六，學官第十七，都統提鎮第十八。散見它書注出處采之，志箳不注省文也。述官師表。

順天府前代守土官表小敘

司馬遷表皆繫年，三代獨曰世表，所謂多闕不可録非邪？表前首述沿革，班固《百官公卿表》例也表目次第用《史記》表例。順天府前代官師曰郡守，曰國相内史，曰州刺史，曰知府，曰尹，京外體異，升降制殊，其治民一也。某也忠，某也佞，舊志闕如，居今曷鏡明？前姓氏尠矣，緯之以代，及明少詳，故以朝經，以職緯。厥官或分或合，亦《漢書》表同。治異竟同，與僑治者併及焉。述前代守土官表。

順天府前代治竟統部官表小敘

統部弗緣屬著録。統不第此也，源溯漢前，變例也。治竟則僑治亦輯，矧曰部治。述前代治竟統部官表。

順天府前代州縣官表小敘

州職斷以隋後，厥前牧、刺史，與今知州異。周地官之州長、畿内六鄉之州正適同。隋以州領縣，宋以朝臣權知州事，猶今直隸州也。隸府不領縣之州始金。《周官》縣正春秋時邑宰大夫，皆秦漢縣令長之權輿。權知縣令肇唐，去令稱知始宋，本非縣官也，後遂沿爲定稱。州縣稱尹始元，佐屬緣升改見焉。述前代州縣官表。

順天府前代學官表小敘

教設官始虞司徒，然皆非督一州也。周鄉大夫受法司徒，頒之鄉吏，各教所治。侯國之講學貢秀寓之長民。漢以來學官，郡先置，縣與州次之。州學斷自隋後，厥冑則統部學官也。述前代學官表。

順天府前代鹽鐵官表小敘

或司財，或統軍，或理獄，不盡治民，然皆治竟。有不類爲類，倣雜志例也。述鹽鐵等官表。

順天府明督撫部院分司表小敘

明總督、巡撫諸官大率爲軍與餉，增置之分司，或司河，或司糧，皆部使之開署者。述督［撫］部院分司表。

順天府明司道同知通判表小敘

永樂前，北平按察使入統部，厥後按察使姓氏猶有存者。布政司參政參議，分守道也。按察使副使僉事，分巡道也。北京建後巡備今竟者凡五，同知一，通判五。述明司道同知通判表。

順天府前代武職表小敘

武官亦志治竟者。薊鎮協守廛録其一，昌平參將不概以三，類此非奪也。明較前少詳，故自爲表。兵制所詳，此從略焉。述前代武職表。

光緒順天府志敘 代

光緒十一年春，秉成以特召入尹順天，適府志垂成，所未成者坊巷數門，因踵成之而爲之序曰：

順天之爲帝京始遼，然夏禹冀州之都即今順天也。周小史掌邦國之志，鄭司農謂爲周志，是京府之志之權輿。《燕京志》、《析津志》佚矣，明洪武《北平圖經》其書亦佚，僅見之《永樂大典》卷八千四百二十平字韵，《文淵閣書目》署字號《北平圖志》或即一書，又載舊志二册，又往字號載《順天府新志》一册，書皆不傳，傳者萬曆間謝杰、沈應文《志》六卷，非略即舛，殊難可徵。我朝宅京二百數十年來，志尚闕如。前尹彭芍亭創修志之議，尋以巡撫湖北去，今通政使周小棠爲尹，踵厥議，或者難之，通政則毅然商之直隸總督李，肅毅伯韙之，且爲籌費，繇是以修志聞，報可，遂於光緒五年十月二十八日開局。

草創凡例者，今兩廣總督張香濤也。簒《京師志》之城池、宫禁、風俗，《地理志》之風俗，《食貨志》之户口及《故事志》爲户科給事中洪右臣。《人物志》則洪與編修廖澤群、内閣鮑印亭分纂之，鮑又纂《經政志》之倉儲。其纂《地理志》之疆域、寺觀沿革，《經政志》之礦廠、錢法，《人物志》之鄉賢，《藝文》、《金石》二志，時則有編修繆小珊。其纂《河渠志》、《官師志》及《京師志》之兵制水道、《地理志》之方言、《經政志》之官吏漕運營制驛傳、《人物志》之選舉表，時則有兵部傅懋元。《食貨志》之田賦旗租，則傅與吏科給事中劉博泉同纂之。纂《京師志》之衙署、官學、倉庫、廠局、寺觀，《地理志》之山川、城池、治所、冢墓、邨鎮、邊關，《食貨志》之物産，《經政志》之典禮，爲國録蔡松夫。《京師志》之坊巷纂自編修朱蓉生。壇廟、祠祀、苑囿，纂自編修陳汝翼。關榷纂自兵部潘伯循，潘又纂《經政志》之鹽法、學校。纂晷度、氣候兩表者爲兵部席翰伯、庶吉士汪芝房、候選部寺司務胡叔藩陳心耕。覆纂則以繆君領其事而傅君佐之。

分門凡十，統名以志，用《華陽國志》、《臨安志》例也。子目九十有三，爲卷百三十，爲頁幾及六千，凡三百五十萬言有奇。

大凡修志者蕭規曹守，事半功倍，此則創纂也。蓋自群經箋注、地理專書、正史別史、諸子文集，與夫圖經志譜、公牘訪册，於古若今數十萬卷中探討而出，難一。修志之弊，非轉販即沿譌，此則徵引必注原書異同，力求一是，難二。畿輔五大河涉府竟者四，其分合諸水五百有餘，自來箸述貫串蓋寡，今則例綜《禹貢》，體合桑酈，沿流探源，脈絡畢見，難三。志爲史流，志有方言，又經之小學也，有本誼，有通叚，參之古語，證以殊音，難四。如人物，如官師，文學則所治何經，所箸何書，經濟則所興何利，所除何害，語語徵實，不取空文，難五。田賦準今，金石證古，類此誼各有當，例取其嚴，難六。綜此六難，都爲一志，纂志者之力也，實通政與肅毅伯之力也，否則幾何不畏難阻歟！

通政爲尹時，百廢具舉，志其一也，近年與肅毅伯濬薊運諸河十有四，築堤一千數百里，合土二百數十萬方，籌費至三十萬兩有奇，美哉績乎！秉成方惴惴焉於水利、漕運、教養、兵防數大端，懼難爲繼。今得數百年未有之志，藉鏡得失，其厚幸而加免者當如何也！內閣學士兼禮部侍郎銜署順天府府尹沈秉成。

宗譜統系圖小敘

雲溪公前不可得而知矣，自是厥後乃頗可著。系之言繫，總繫世緒之言統。旁行斜上，効

《周譜》也按：桓譚謂《史記・年表》旁行斜上，並效《周譜》，説見《南史・劉杳傳》、劉知幾《史通》。今考《史記・表》旁行有之，斜上則未，所後不系所生，所生詳世系表也，聯九世爲一圖，餘入坿圖，備續也。

宗譜世系表小敘

表以房分凡三，依韋氏《諸房譜》、李氏《房從譜》並見《唐・藝文志》例也。房又以支分，依楊氏《支分譜》例。枝古通支，用支北齊已然按：《詩》『本支百世』，《左・莊六年傳》引『支』作『枝』。《北齊・魏收傳》曰『譜牒遺逸』，是以具書支派。第一格列房與支，四世同表，上之高曾祖禰，下之子孫曾玄，宗法寓此矣。名冠某子，系也曰長，曰次，數多曰第幾。《唐書》兩表例書名，書字，而兼書號，著性情也，書選舉仕宦，古法也，生書年，子雲家牒例也《文選・王儉集序》注引《七略》，稱子雲家牒以甘露二年生，卒書月日，蘇氏譜例也。書時非古，然不忍略，故從今也。佚月日書曆年，《羊氏譜》『乎年四十二歲』，其例也，配視此，不別見也，書子女，著代也，有世緒無窮之思。坿《備續表》。

宗譜本支宗系圖小敘 坿忌日表小敘

圖本支宗系何也？曰非示族人各私其親也。正欲自親其親，以共親同始祖之親，而無忘乎千枝萬派出自一本一源也。而或一本一源猶茫然也，而乃欲于親盡不涂［塗］人視也。可乎哉？可乎哉！蘇氏洵《族譜敘》曰『譜，吾作也，情見乎親』，即此意也。後之續譜者，自圖本支，無不可也。不名，名已別見，此兼爲時祀計，不得名也。祀時從同，忌日則本支所重，故以《忌日表》坿。

忌日見《禮記·祭義》。生忌古無其說，入表不忍略也，不目舉所重也，于所不知闕如也。

宗譜族居圖記小敘

天下而盡族居，必無渙慮。何也？忠愛同生，維繫自固，族聚以天，非若鄉遂聚以人也。我始祖雲溪公遷自德清三墩，振振繩繩，居縣之尚博邨垂三百年矣，歷世十二，雖無大顯，而亦讀亦教，樹穀樹桑，同治初已不下百餘人。里烽一熾，非殉即散，井里難忘，時有歸者。丁丑雲龍歸治先塋，里居日淺，尚未就祭産族學之創自先大夫、而今失厥舊者次弟繼舉，微獨感離居已也。居俟族充，圖就居繪，坿居之親串、遷居之族人坿記于篇。

宗譜祠塋圖記小敘

祀者，祭也。吾族有合祠，尚無分祠。不曰墓而曰塋者，無墳謂之墓，有墳謂之塋按是說可徵之《檀弓》、《周官》注、揚子《方言》。《周官》墓大夫掌墓地域爲之圖，然則圖塋古法也。圖所未及入記，葬外竟者亦記。祭産坿箸于篇。

宗譜家傳小敘

對經曰傳，古無人自爲篇曰傳者，有之自《史記》始。譜家因之有傳。《釋名》曰『傳，傳也』，傳示後人也，非美弗傳，與史略異，然懼誣一也。

宗譜列女傳小敘

列女傳昉于劉向，非獨節烈已也，賢媛、孝婦、貞女並得傳，然得生傳，獨節行耳。守逾廿載，年届五十，例旌矣，生傳奚不可者？舉一事足包一生也，餘則蓋棺論定，後死責也。近頗可傳，而乾隆以前寂如，潛德遲闡，數典輒忘，可慨也夫！可戒也夫！

宗譜藝文志小敘

近世譜學家雜録篇什，目曰萟文，失四部之編名、《七略》之解題矣。又或盧牟群籍，傅會一家，識者齒冷，今並不取，義從謹嚴，書識存佚。其本注刊與鈔，亦目録學新例也。

宗譜文徵小敘

文難盡録，録足徵者曰誥諭，曰年譜，曰行狀，曰別傳家傳門不得有二傳，凡後作者入此，與彼互詳，非有軒輊，曰紀事逸事未傳者，曰奏，曰呈，曰書已有成書如先大夫家書者不贅録，曰碑文墓誌類從，曰祭文，曰誄，曰哀文，曰壽敘雖非古法，亦徵事跡，曰贈敘，曰書敘跋書後凡例，附見《藝文志》者不贅，曰詩敘録紀事語，曰詩成集不贅，曰雜纂事跡載它書者，此與文選同，而不同，文選選文，文徵則徵事也。

鄉賢先考商巖府君年譜敘

府君自咸豐五年棄養，至今光緒十二年，履露履霜，忽忽春秋三十有二矣。方棄養，雲龍年十有六，齒差長，然最無識，欲述不克，箸作散失，又未及搜録一二。偶有所記，又以饑驅寖佚。越十有一載同治五年，雲龍偕諸弟就先妣姚夫人所恒言，與夫戚友津津樂道者述行略，刊之四川。又六年，季弟不禄，又三年，先妣不起，又二年，仲弟以憂病卒，雲龍在里力疾營葬，時時聞七叔母姚夫人[及]同族長者鄉先生言府君往事，如在目前，輒泣涕志之不敢忘。復於同祖兄若弟雲嵩、雲安、同曾祖兄堃之書簏撿得府君家書若干，叕餘斷爛，舊蹟往往而見，繇是言行詳於行略十之七八。雖然，綜論生平，十才二三耳。叔弟雲夔遠在西蜀，雲龍靡自樹立，而學日以困，恐並此十之二三忘之，負疚當復何如！擬狀大要，先爲年譜一卷。實踐也，非禪學也，實政也，非巧宦也，不敢誣，雲龍志也，筆無以達，則雲龍罪也，唯有道正之。光緒十二年春正月六日晉封及補逸係光緒十九年追改。

先妣姚太夫人年譜敘

先妣以慈兼嚴者二十載。既卒十有一年，雲龍述府君年譜得自先妣遺言居多，而先妣行狀何獨略也。忘知年之懼，避架屋之譏，不思意思語思處思樂，以僾然見愾然聞者一一筆之，後雖欲慟絶復蘇之色之聲之志不忘目，不絶耳，並不忘心，其可得乎？其可得乎！況行狀近記事體，年譜出編年家，行世未嘗偏廢，豈藏家難可互詳耶？然古無子譜母年，有之，自翟忠宣孫文昌爲母陳太夫人年譜始，時康熙初年，踵之者尹君會一譜母李、陸君繼輅譜母林，雲龍依例譜所記憶，都爲一卷，起嘉慶二十一年，訖光緒元年，歷朝五，歷年六十。辭不取文，惟其質，美不敢溢，惟其真。十二年冬子雲龍識晉封係光緒十九年追改。

宗譜自敘

雲龍堅苦人也。方束髮，求先世事，苦無譜。聞有以格致積理，以誠正養氣，以古誼孶經，以時事證史者，未嘗不恥不若人。從吾所好，而苦無所得，然以讀爲快，自四歲受大學始，疑輒問，不通大誼不止。蕭君隆範曰『志自不凡』，書箑勉之。以夜補日，歲無一輟，先大夫曰『此子可學』，今則四十五十矣，而無聞。前三十七年學詩學文，尋讀史，而性於經近。年十六苦孤且苦窶，學幾曠，賴母姚太夫人力，得不曠者二年。入幕以養，兵刑皆濟世學，而性於兵家言又近。

咸豐十一年三月二十七日，滇寇李永和圍潼川府城，賊逾十萬，擁兵者觀望。阮知府祜，文達公子也，留雲龍堅，雲龍以爲守雉傳令宵不得停，曷若無燎且無聲，此出成法，微獨免憊。守且戰二十三日解，箸《守城記》。賊去兵來，争犒且獎，阮功雲龍，笑謝之，繆編修荃孫和紀事詩曰：『功成不膺天子賞。』

同治元年迎母入永甯道幕，説阮以團擊李寇于天洋坪，走石炭溪，禽厥母妻，尋繇八角寨遁龍孔場，劉布政蓉禽之。林自清勇驕，布腹心乃去，檄周兆歧解敘永圍。每畫一策，阮坐待，草未半，吏環濡筆，箸紀事詩二十首。阮言之駱文忠公曰：『解散脅從其意出己，餘皆傳力，而不自功。』駱允補庸，論復長甯縣績，而彙册者以不言而㞕末，不辭亦不居。方譚兵苦危，然暇輒獵兵事于史，不足則上而《司馬法》，次而戚繼光書，又次中外兵事，撮適用者。

明年移重慶，保民事省，得少理經，以仲弟雲萬文就正費先生嘉樹，代執弟子禮，孀姊迎自貴州，依母爲命；延師以甥同季弟雲昭學。四年，入成都府發審局幕，先是幕事多兵，此則百八州縣疑獄藪，篆印曰『我求其生』，然以非自鞫愓甚，苦繁輒不得寢，就緒，補學不補寢也，叔弟雲夔乃分厥苦。求益友，然學外無友。苦譖，孫知府濂曰：『傳無習氣，而事罔廢，奚禁學！』

越三年，母命爲郎應京兆試，曰『不然，恐失爾父遺意』。八年官兵部武選司，余總辦上華屬撮例餘，塞弊竇也。下不欲出，趣益急，余徙它司而止。明年仲弟亦官刑部，雲龍作《學銘》曰：『勿荒落，勿淺略，勿索隱而禪，勿易不易之雅言而近於鑿。』

時苦無師，師古。先目録學，繇目擇書，有棄而後有取，以慎所從入。繼以許學，萌芽六書，以求群經音詁所從出。《史通》論史，未若《雕龍》論文之平，然亦諍友。於史耆［嗜］地理，今五大州［洲］大小數十國，沿革不盡無稽，而或未遑。苦無書，善本難，借書尤難，速還易剽，否則難再。又苦不克廢時文。分歲月矣，復分精力，非此末繇用世，非用世末繇慰母，而試屢躓。十二年車駕司軍需績最，獲晉一階，亦無以慰母之慰云爾。

又苦多難且疾。先大夫卒後二十一年而母卒，第［弟］三弱二，子十殤七，家人之疾，積日經年。憂能傷人，身恙因之。同治十二年病熱，光緒四年病血，妻李端臨並剪股入藥，乃瘳。中間三年歸里營先人窆穸，病益苦，端臨則剪股籲天，數千里外，病減是夕。愈，學如初。

又苦教分學。時子女十歲，漸知自讀，前此受經，不易上口，端臨代授之。苦檢書，端臨及子范初、范冕、范翔力居多。

或曰：『子自苦耳，將毋悔。』曰吾悔時文，又悔弱而好弄，若詞若圖，若金石刻畫，小技兼爲，幸而不久即一力於經史，而苦窒，苦危，苦譖，苦無師，苦無書，苦家多難，皆堅之敵，而苦孤賴母，苦繁賴叔弟，苦疾苦教分學時賴妻，苦檢書賴子，皆堅之城。堅無悔則苦，苦無悔則堅。

或曰：『子良苦，然苦無知者。』曰否，曩評迂夫子中表以三不與：一酒，一煙，一博，評迂夫子、乳臭子，皆不知之知也。十二年秋落第，偶步書肆，一叟鞠躬曰：『子傅某耶？真屈士！』狀欲泣下。訝問何氏，曰：『王。』嘻，異矣！此知己耶？而知奚副？仍苦學，無多得而已。

十三年，總理各國事務衙門遵旨徵士出洋游歷，雲龍凛［稟］順德師命，應試第一。游歷之國六，假道之國五：繇日本國而美利加合衆國，而英屬地加納大，而日斯巴尼亞屬地古巴，而新加拉那大國，而埃瓜度國，而秘魯國，而智利國，而巴他峨尼國，而英屬地巴别突斯島，而丹屬地先塔盧斯，而巴西，而美利加，而日本，起十三年八月十六日，訖十五年十月十七日，歷程十二萬有八百四十四里，心險百倍風波詳游史，所苦在此不在彼。述《游歷日本圖經》三十卷、《美利加圖經》三十二卷、《秘魯圖經》四卷、《巴西圖經》十卷、《古巴圖經》二卷、《加納大圖經》八卷，進呈御覽，復述《［游歷］圖經餘紀》十五卷、《日本詩變》、《美利加詩權》、《加納大詩隅》、《古巴詩董》、《秘魯詩鑑》、《巴西詩志》若干卷《詩董》、《詩鑑》、《詩志》先印行，亦恭呈乙覽。

十六年夏，以堅苦耐勞登薦牘召見，天語重褒『著書詳細』，此後奮勉，當復何如。儻一忘苦，不以實事求是爲主，不以無益斯世爲恥，非通經致用初心也。

先是纂《全漢文》，注出處，斠異同，卷才五百。定藁惟詩、樂府、諺、碑文、銘數門，以光緒五年修《順天志》輟，凡饔《京師水道》一卷，《河渠志》十三卷，《京師兵制》、《州縣兵制》、《驛傳》、《前代田賦考》、《旗租》、《漕運官制》各一卷，《官師傳》三卷、《表》十六卷、《選舉表》四卷，《方言》二卷，又覆饔《蓺文》、《山川》、《郵鎮》若干卷。《河渠志》自有單行藁，表圖爲志所無，籑《方言》時，就程氏《説文古語攷》爲《補正》二卷。其他《漢石例補正》二卷、《補晉藝文志》二卷、《傅氏本支藝文志》一卷、《西陵躣程録》一卷、《北上里志》一卷、《水經注碑目》一卷、《隸續目》一卷、《北堂書鈔引書目》一卷、《續彙刻書目》較坊刊稿加密十六卷、《吴柳堂年譜》一卷、《籑喜廬文》初集二集、《駢體文初集》、《詩》初集，皆微乎其微。未定藁者有《軍禮通記》、《説文解字正名》、《許學文徵》、《籑喜廬經翼》、《史微》、《子衡》、《别録》、《金石集成》、《兩漢金石續記》、《古逸碑目》、《水經注釋例》、《戢兵要義》、《作述通例》、《德清備徵志》、《德清藝文志》、《籑喜廬訪經籍志》、《籑喜廬書目》、《籑喜廬文》三集、《詩》二集，尚待寫訂。

而必亟亟宗譜者，體先大夫做人從親親起意也。前不譜待訪也，明前譜佚，雲溪公後之鈔譜，昉於元晰公爾昭南洋公派，麗扶公朝旭繼之，其榜名與雲龍同，乾隆前世系賴以不紊。先大夫欲修未果，以屬雲龍，欽念哉，欽念哉！搜舊訪新，匡所未聞爲族舅堃，從舅弟雲嵩、雲安。道遠時移，顛末略具，儻曰有待，脱藁無期，豈第名字年月非舛則複，此所以堅於自修，不欲來者苦無譜也。始光緒十二年春，訖十三年秋，亦屬草矣。今又五載，藁凡三易，篇弟相承。輒爲敘曰：

孔子生周，而曰殷人，世家世系，得姓問津，氏異姓同，慎勿昏姻。依裴倖度《世譜源流考》，述《源流考》弟一。厥源匪隘，厥流萬派，一以貫之，勿紊勿懈。依《通志·錢氏慶系圖》，述《統系圖》第二。圖之者合，未見其分，存綱闕目，陳蹟奚聞，世經人緯，房各揚芬，其格則五，續亦云云。依《唐書・宰相世系表》，述《世系表》弟三。俯仰世殊，嗟親盡乎？出自一人，乃視爲涂，支務其本，情見乎吾，以享以祀，欽哉此圖。依《隋志・楊氏血脈譜》，述《本支圖》弟四。同宗而推，曰族亦宜，別井殊鄉，山谷感之，尚博一邨，居弗輕移，微獨相助，而相扶持，圖外懼涣，吾以紀隨。依紀文達公《家譜・族居記》，述《族居圖記》弟五『圖記』二字本裴矩《西域圖記》。生既靡違，死豈無歸，庶或饗之，能不依依。依《隋志・楊氏譜墓記》述《祀塋圖記》第六。無隱有揚，史筆塼長，有揚有隱，譜之舊章，吾今略古，非隱而忘，郭公夏五，一例茫茫。依《荀氏家傳》述《家傳》弟七。如聞徽音，如見堅心，其絜守玉，其精練金，女貞冬碧，霜不可侵，巾幗正氣，須眉愧深。依劉向《列女傳》，述《列女傳》弟八。學儻可規，族學名垂，派分有待，箸述在茲，編目解題，佚存列眉，書闕有間，徵足本支，彼哉坿益，非所敢知。依《漢・藝文志》述《藝文志》弟九。惟實惟質，文百徵一，一斑片羽，載性而出，詳表之略，存傳之逸。依《湖南通志》、《文徵》，述《文徵》弟十。文不在工，因俗易通，訓不在異，以親易功，義各有當，名則從同。依《顏氏家訓》，述《家訓》弟十一。史書敘言，首衍先系，以視譜家，複出非例，例撮大凡，無嫌坿麗，如曰憚煩，奚牖後世，依《史記・自序》，述《敘例》弟十二『敘例』二字本《史通》。

商巖公遺書後敘

此先大夫家書也。家書佚而此僅僅不佚，光緒三年得自族舅堃、從舅弟雲嵩、雲安，越九年，雲龍敬裝遺墨成箴，節要録之。或曰非箸述也，曰：先大夫見背十九年矣，言在耳耶？色在目耶？讀此而愾然聞、僾然見也。當録一。里黨老成，半傷雕謝，音塵旁諏，十不獲一，而出處之歲月、姻婭之姓字、悲歡聚散之骨肉，披是書也，得未曾聞。當録二。傳世之文，不無矜心作意於其間，此豈有爲而爲耶！見者靡不曰『真文，真文』。當録三。能言者多，能行則寡，聲稱廣衆而妻孥代慚景衾者曷可勝數！先大夫則庸言也即庸行也，無間非歟？生平未嘗假理學鳴高，而矜言程朱者隱媿，弗若孔門誠正修齊之學，於步趨間一以貫之，謂子孫言行之鵠可，謂凡爲子孫者言行之鵠亦無不可。當録四。知恩安縣時禁婦女禱寺，教曰：『舉頭三尺有神明，但求問心無媿。堂上雙親即佛祖，何必入廟燒香。』父老今猶誦之不置。教家然，教民亦然，惜箸述莫概甄録。偶獲《修開縣育嬰堂敘》並條規三十三則，坿録之，且冀續獲重編也。或又曰獲家書而節録，何也？曰：非關事實不録也，可節不可增，簒輯通例也。原書有遺墨在，我子孫勿弁髦視之，其可也。光緒十二年冬十二月。雲南通志局采訪册：先大夫昭通文昌廟楹聯云：『官禮重明禋，享祀在靈星壽星而上。雅詩傳聖德，孝友著山甫吉甫之間。』又驛亭殘聯云：『曉風楊柳送行人。』

也僧筆談敘

吾仲弟鼎性不喜釋老家而别號也僧『也』一作『野』，其前知耶？其有感然耶？方九歲能文，輒驚長者。長不屑屑括帖，而括帖駕國初諸老。丁卯舉於鄉，詩文愈莫或敵。非獨學毅，抑筆獨得其健，雜文隨手散佚，蓋志不局於文。其官刑部，雖靡劾所長而避津要，若浼學得無曠，誓不囿末學之藩而又恥不逮古。每有論譔，輒與雲龍互證師承，引繩至再，既愜則又互慰。見者謂起爲時棟，聲績隆然，意中事耳，而止此命也，非歟！如電如泡，如逝水，如隙駒，嗚呼慟已！雖然，萬之書榻、成都之譜霓文社、京之禮闈曹屬俯仰跡陳，筆談未及而不啻於筆談見之，恫乎有餘思矣。其事蹟見雲龍所爲傳，其所著尚存《憩雲小艇駢體文》一卷、《憩雲小艇詩存》一卷、《詩續》一卷，文之精者既不盡存，存又未必久傳，獨此孔懷耿耿，生死同之！鼎原名雲萬，字鵬秋。

妻李端臨女藝文志敘

雲龍補《晉藝文志》，妻李端臨曰：『古有述《女藝文志》者乎？』曰：『無有也。』曰：『請自端臨始。』輒依四庫書目四部例，簒輯三卷，屬雲龍敘。敘曰：

目録分經史子集自唐四庫始，稱藝文志自班固《漢書》始，而實本之劉向《七略》。劉《略》、班《志》惟載李夫人及辛貴人歌詩三篇、詔賜中山靖王子噲及孺子妾冰、未央材人歌詩四篇，是居四部之集，而經則無。夫伏生女傳經尚矣，而著書未聞，其見史莫先於《晉・列女傳・韋逞母宋氏傳》。《周官音義》以言乎史，《隋志》漢武帝禁中起居注其先焉者也，《玉海》云漢起居似在宮中爲女史之任，以言乎子莫前於曹大家《女誡》，《女誡》一書固女行之模範，亦婦學之師承矣。

《女藝文志》前代卷一，國朝卷二、卷三，棉蕞粗具，搜斠彌勤，前未嘗有，既非人云亦云，視它志或以詩文爲蓺文，於劉、班本恉得失又何如也？

更生行敘

爲妻李端臨作也。芝巖外舅自烏程徙永甯縣，在敘永廳城東而無城，同治元年四月十三日寇石達開近，論者謂虛驚如去年，端臨以爲昔虛今必實，獨與外姑沈計。十五日寇逼，乃徙城外。姑曰：『非三女，物洗矣！』明日圍城，越七日誤傳不守，外舅服毒，端臨兄鳳洲搗金魚吐之，端臨時與嫂陳梯石上樓對縊，兄兩解之。又五日圍解。端臨自號更生，藕青其字也。越二年歸雲龍，依外姑云賦此著有《紅餘籀室詩草》、《女藝文志》。

吳柳堂年譜敘

柳堂先生丈夫子之桓與雲龍同官兵部車駕司，先生既正命，之桓以赴後一啟難囿町畦，屬雲龍草，復以年譜屬，輒闕疑，述聞既竟，敘曰：

先生遺疏云願天下後世笑臣愚，其願償，其愚不可及已。以元良爲聖子，懿旨之意，繇遺疏而愈可共喻于天下臣民，既議恤之，又祠祀之，國家優容忠直，有加無已，先生艸疏仰藥時願不到此，而從容赴義，豈激烈比？ 跡其聞召起廢即有不復歸葬之言，蓋蓄志久矣。聞其先浙人也，倪文正、施忠愍之風猶有存焉者，而又皐蘭樺林，洮隴瀰流，數百年山川奇傑之氣蘊之久，鬱之又久，以發此一意孤行、百折不回之忠愛，夫豈偶然！ 而微盛朝無私，又安能成其死願也哉！

洪右臣古文尚書辨惑敘 光緒十七年活字本。此外三種曰《釋難》，曰《析疑》，曰《商是》，坿印於後。

洪子右臣箸《古文尚書辨惑》十八卷，以雲龍有從善之公心，屬敘大指。謹受而讀之曰：

居今而謂《古文尚書》不僞，尠弗誚其惑者。噫，孰惑乎？ 孰不惑乎？ 古文有難易，今文亦有難易，無足深辨。疑今文兼疑古文始吴棫，而朱子繼之，然未爲之也，吴澄以收拾無遺首發難端。梅鷟指爲蒐竊，閻、惠諸人遂斷爲采輯，襲其説者但云僞孔即託鄭學，問何以僞，無一顯證，雖毛氏奇齡箸之《冤詞》，翁氏方綱爲之髮指，阮氏元譏補綴之難，齊氏召南闢疑經之論，王氏植揭義理之精，張氏崇蘭、王氏劼、林氏春溥等先後箸書，議之較之，而攻之者如故。右臣非好辨者，亦就攻古文者所引之文考訂之而已，其要領可一言蔽，曰古文未嘗亡也。未亡則僞於何？ 傳而攻之者曰梅賾也，皇甫謐也，王肅也，豈不知永嘉之亡，賾之奏皆傳也，非經也，《隋·經藉[籍]志》非假借也，謐之無據，《四庫提要》曾辨之，而肅亦無僞據也。攻之者又曰：

鄭注《書》、趙歧注《孟子》、韋昭注《國語》，並稱逸書，毛氏沿宋《洪範》説以不立學官故，何晉立於學？而杜預注《左傳》、郭璞注《爾雅》，亦稱逸也。孔氏原通今文以説孔壁古文，而古文滋多，故謂之逸書，言今文所逸也。《史記》馬融書序無異稱也，況古文之不亡非僅據此，問其説者司馬遷，傳其説者庸生、何常、王璜、塗惲、賈徽，校其文者劉向也。後漢孔僖列《儒林傳》，稱自安國以下世傳《古文尚書》，子長彦好章句學，季彦守其家業，門徒數百，此漢時古文不亡確據也。諸葛亮、王粲、高堂隆皆引用古文語，此三國時古文不亡確據也。晉武帝立於學官，見《荀松傳》，傳其説者鄭沖、蘇愉、梁柳、臧曹、梅賾也，見《晉舊書》，此晉時古文不亡確據也。

雲龍亦非好辨者，就考據之文之要平心論之而已。光緒十三年敘。

杜棠邨假齋詩文集敘

光緒十三年强圉大淵獻，距柔兆執徐雲龍偕仲弟鵬秋讀書於萬縣，忽忽二十有二年矣。時夏五月二日戊午，爲雲龍應游歷試之後九日，直宿兵部武選司，同官陳君慎餘，萬人也，謂雲龍且行矣，以其同縣杜子棠邨《假齋集》屬敘。

其集凡詩、文各二卷，録之者棠邨子詩笠也。日夕吏散，假寐乍覺，且讀棠邨兄忱萱例言，有云『弟日程星象輿地、水利農田、禮制兵法讀書』，躍然起曰：『志同！志同！』即卒讀之，求如所云不少，概見意者志有餘年不足與？按之果然。其文近韓，其詩絶不襲杜而實出入之，論者以此多棠邨。雖然，韓杜今即復生，恐未必傳，何也？已有韓也，已有杜也。不見夫文莫大於孔子，所學之《易》、所斷之《書》、所定之《禮》、所修之《春秋》乎？又不見夫詩莫大於孔子所删三百十一篇乎？傳厥道者各有所至：顔子以好學，閔子以孝，子路以勇，子貢以智，冉有以藝，孟子以仁義，無一同者。老之道，其道莊之寓言、管之術、申商之法，又别出一涂［塗］。以名其文，亦無一同者：韓、柳、歐、蘇輩以文名而亦以詩，李、杜之詩即其文也，類此皆成一家言以傳，而傳或不盡，視所得，蓋亦有幸有不幸。不然，如道學家言未必出宋儒窠臼，而依傍考據門户者，又人人自以爲馬、鄭，繇是以傳，豈少也哉！而如棠邨者獨能以空譚性命爲深恥，睥睨括帖猶泥芥也，視墨守高頭講章，舍鄉會程藝別無繩尺者，同耶？異耶？傳不傳未可知，而可傳則無疑也。其文見道，其詩持志，而初不欲以此止而竟止，此命也！命也！然享大年而没齒無一字存者比比，藁或半寸子弗克讀，非飽鼠蠹即供覆瓿，如棠邨者可多得哉。

棠邨與仲弟詩文不同，跡其生死有同焉者：仲弟小名萬生，與棠邨生處同，一也。失怙悲同，仲弟方十四歲，棠邨則在八歲，二也。同秉母教，三也。少能詩文，又同四也。仲弟年二十七始博一第，棠邨十八入縣學，後食廩餼，然仲弟屢困禮，棠邨亦再躓鄉試，不同而同，五也。仲弟三十六而卒，棠邨年未三十，六也。同有子一，七也。同遺文若詩，八也。自敘於詩同有，於文同無，九也。雲龍爲仲弟敘《憩雲小艇》文若詩，棠邨之伯兄亦爲棠邨敘，十也。

雲龍去萬時在戊午，仲弟去萬後雲龍四年，棠邨詩文作於此時居多，而慳一面緣，何也？

讀其文，誦其詩，如見其人，雖同堂奚以過之！夫以未與劘切之文之詩猶不禁悵觸如此，儻昔見之而今敘之，重予連牀今昔之感，當復何如也！

陳遠青先生遺詩敘

陳遠青先生從先鄉賢公學，雲龍入小學籀經，又從先生學及經，今四十有四年。經籍邈矣，舊鈔先生雜體詩七十有奇，未蠹行篋。豐本園開，落紅如雨，坐石讀先生詩，猶見其人。《詠懷》云：『霜花颯颯青楓林，八月九月巫峽深，忍饑恥盜大田穀，西山元鶴知我心。』《旅懷》云：『依人終覺此心低。』《題畫蘭》云：『獨抱厓巒藏勁節，肯隨煙雨混凡叢。』其詩即其品也。《寄王芝亭》云：『別後鬚眉仍似舊，語從肝膽尚含酸。』《感懷》云：『瀝膽酬青眼，羈身奉白頭。』此其血性語。《漫興》云：『忙仍鄰家出嫁時。』《九日》云：『樹色經霜改，灘聲入户多。』又云：『深秋常足雨，客久自生寒。』《旅懷》云：『樓高容易著秋聲』。《望虛堂兄》云：『暮雨兼愁至，秋山帶瘦看。』《秋日》云：『夜雨長瓜蔓，秋風換客衣。』《登北門城樓》云：『春陰明白鷺，暮色點蒼鷹。』詩境非歟！全稿存佚，道阻難知。每於薊北誦先生遺吟，輒不啻巴山雨霽親炙於分題選韵時也。

先生名心慧，福建人。光緒十三年。

許學文徵敘

雲龍將爲《説文解字正名》，先爲《許學藝文志表》，欲薈萃群書，舍短取長，成一家言也。而散見經籍，摭拾爲難，非輯異同之説正或之解，欲擇善而存參其道，無繇往所寓目，悔未甄録，繼自今見輒付寫，雖單辭賸義之莫遺也。目曰《許學文徵》而養未已。

説文解字正名敘

許學十四篇，五百四十部，九千三百五十三文。籀謂史籀大篆九千字也，古謂壁經、鼎彝古文也，其重文一千一百六十三，其説解凡十三萬三千四百四十一字。欲正經學之義與音，舍許書安所從入歟？李陽冰既雜新説，徐鍇《繫傳》讀若之字多于鉉本，鉉又删落，輒增新附新修，厥後非羼亂即移省矣。國朝許學昌明，嚴、姚、錢、鈕、桂、王之儔正義正聲各有心得，求之唐宋元明未之有也，而段注諍徐功許，抉擇勇，而體大思深則又過之。小學家推絶學矣，然必墨守爲許書本來面目，其然，其盡然乎？雲龍勉薈群書，芟雜撮要而後是正，於近古之微言，就正于通人之博考：一曰正譌，二曰正脱，三曰正衍。而或形異義同，或義異聲同，諸書引説有略即有詳，未必皆淺人所增，存參可也，苟無依據則不敢强斷，有誣前不敢附和，有惑後愈不敢臆説，有私己俟考可也。繇前三説擇善非歟？繇後二説闕疑非歟？皆未敢違孔子言也。

《論語》鄭注『正名』，謂正書字也，古者曰名，今世曰字《儀禮》注：『名，書文也，今謂之字。』《周禮·大行人》注：『書名，書文字也。』《外史》注：『古曰名，今曰字。』雲龍輒取此誼，以目所述曰《説文解字正名》《敘例》後或增易，此其棉蕞也。

籑喜廬經翼敘

通經以致用也，而非識字無以通經。六書中形聲爲轉注、假借之用之本，而非通群經大義無以通一經，繇格致而誠正修，即爲齊治平之用之本。雲龍治經趣於識字之本義，以通經之大義，而已媿尠心得，何敢輕述？而竊慨夫空言説經者既失師法，屈經從解者又變古微，輒筆焉以求其是。既而自程，前學已經人道芟十之四，所存雖未必出往訓外，而删複有待舊草，聊仍直諒多聞緘焉，起焉，發焉，儻歸有用，拳拳服之矣。

籑喜廬史微敘

《漢·藝文志》以秦漢史附《春秋》末，非惟其時史尚無多，殆亦以《春秋》爲史宗歟？春秋家有左氏微、鐸氏微、張氏微、虞氏微傳，師古曰：『微，謂釋其微指。』雲龍讀史雜志，未敢云於古微有見，而非求微言未繇通大義也，書名《史微》以此。而陋腹空談，妄争予奪，雖不敏，亦云戒矣。

簑喜廬子衡敘

子之近古可以證經，若兵若地理可以證史，雖不免於偏駮，而自成一子心得，絶少剿襲。雲龍讀子雜志題曰《子衡》，或問用衡字本義歟？曰：衡之本義，《説文》訓牛觸横大木也，於閑厥太過之意未嘗無合，而雲龍意不在彼書。《舜典》鄭注『衡，斤兩也』，《君奭》鄭注『衡，平也』，《荀子·正名》云『衡不正則重縣於仰而人以爲輕』，《淮南·時則》云『衡者，所以平萬物也』，《管子·七法》注云『衡者，所以平輕重』，《子衡》之目以此。

簑喜廬别録敘

不好古非學也，然姝姝焉狃所習，毁所不見，其於孔子所謂時，合耶？否耶？自逐時者爲之，又違經畔道，僻於權利。智術可暫不可久，可變不可常，亦識時者所隱慮也。守萬古不渝之道以爲之本，而復要終以原始，舍短以取長，其庶乎！雲龍既欲述格致諸學釋例，而一物一事就目證耳，原其權輿於古哲，致其通變於無外，筆焉以識，目曰《别録》，取劉向意也，而於孔子所謂時，合耶？否耶？亦期當其可而已。

北上里志敘

《北上里志》，雲龍述於同治八年，時吾母年五十四歲，命雲龍就京曹便應試也。春三月朔别母行，仲弟鼎送之，假寤舟中。明日，季弟雲昭偕五六戚友話别河干，遂行。舟行九百五十五里至納谿，又肩輿行二百四十里至敘永，又舟行二千八百二十里至宜昌，又肩輿行五百五十里至襄陽，又車行二千三百三十五里至京，其水陸程凡六千九百里，起三月二日，訖五月十八日，凡七十有六日。以六月十五日籤分兵部武選司，尋兼車駕司，爲郎之十有九年光緒十三年，應游歷試，將有十三萬里之行，檢點舊作，得此不能無言，時吾母去世已十二年，仲弟季弟亦賫志已矣，而别母與弟情景在目在心，一若同治八年三月初也。或謂此志亦范成大《驂鸞》《吴船録》、陸游《入蜀記》之亞，而豈自爲補敘意歟！　光緒十三年。

補晉書藝文志敘

經史子集四部至唐修《隋志》而次序始定，後之史家踵志藝文，一依厥例。或者曰晉自有秘書監，荀勖因魏鄭默《中經》以著新簿，分爲甲、乙、丙、丁四部，所當依也。雖然，以乙部志子而以丙部志史，未免倒置，其丁部詩賦圖讚附汲冢書，貽著録家譏久矣，况其書非晉著爲令者比，晉時書目亦非一格，不然，晉著作郎李充校改舊簿，但以甲乙爲次，何歟？《集略》之名見劉向《七略》，是在晉前，近人侯康補《後漢書》藝文志、補《三國志》藝文志，皆不以史居子後。雲龍補《晉書》藝文志，與其泥荀而大體多乖，孰若擇善而折衷一是？今分甲、乙、丙、丁四部，猶是荀勗例也，而經史子集則未敢有違於四庫，準今酌古，亦以就正通人云爾。

水經注碑目敘

雲龍簒《全漢文》，中有全漢碑文一類，曾就《水經注》碑目之在正始前者，先以洪氏《隸釋》校目，《穀水注》太學碑在陽嘉元年，而洪誤元爲九，又洪所未録者則有若《濟水注》之石的銘，《汳水注》之漢鴻臚橋仁祠題字，《泗水注》之龔勝墓碣，《沔水注》之項伯冢磚刻、魏襄陽太守胡烈碑，《比水注》之胡瑒母墓石祠梁銘，《淮水注》之魏程曉碑，類此豈皆碑文非隸耶？聊從酈《注》撮録碑目，爲異日訪校存佚之助。

隸續目敘

《隸續》無總目，雲龍甄録，便瀏覽也。列卷一者八，列卷二者十，列卷三者七，列卷四者五，列卷五者三十九卷六未列，卷七則碑式也，卷八則碑圖也，九、十兩卷并闕，列卷十一者九，列卷十二者六，而誤《范式陰》爲《魯峻碑陰》，又《司空殘碑陰》有目無録，列卷十三者七，其中二種有目無録，列卷十四者十八，其十五卷闕十之五，列卷十六者六，而《唐扶碑陰》一種有目無題名，列卷十七者二，而魯峻之峻與《水經注》作恭異，卷十八僅《荆州刺史李剛石室殘畫象》一種，即《水經注》所謂《李剛墓壁刻文》也。列卷十九者十，其《丹楊太守郭旻碑》半録，三卷中又《封丘令王元賓碑》，其陰在十六卷中，卷二十闕十三之二，卷二十一有題名三葉半，無跋。據此蓋未成書也。

北堂書鈔引書目敘

北堂爲省之後堂，唐虞世南鈔書處也。按《唐·經籍志》丙部子録，稱《書鈔》一百三十卷，《崇文目》所載卷數同，又《晁氏志》『《北堂書鈔》一百七十三卷』。世南仕隋爲秘書郎時，鈔經史百家之事以備用，分八十部，八百一類，而今傳本一百六十卷，卷少於前，即引書亦少於前矣。《中興書目》載是書一百六十卷，適與今符，今之卷數雖非原書篇類，其亦趙宋以來之舊乎？王應麟曰：『二館舊闕《書鈔》，唯趙安仁家有本，真宗命内侍取之，手詔褒美』。其時往籍未佚，是書之見珍已如此，矧至今，而所引書多佚，僅賴引而得不盡佚耶？嚴、孫、洪諸君所校本在閩，而湖州陸存齋藏周蓮伯所校勞季言手校宋不全本，又有明鈔本，非陳禹謨割裂本久失真面，比雲龍傳鈔而未得也，聊就見本以四部撮引書目亦俟校補云爾。

水經注雋句敘

雲龍嘗欲述《水經注疏》并釋例矣，既恧膚末，且俟提鈎，兹非體要，奚足云述。雖然，桑、酈斷句自成甘美，漁之獵之，儻亦含咀不時之需歟？曰雋何也？《説文》『雋，肥肉也，從弓，所以射』，佳是會意字，『佳，鳥之短尾總名也』。《漢・蒯通傳》通論戰國時説士權變，亦自序其説，凡八十一首，號曰《雋永》，彼固自飫厥論也，此非其例。曰句何也？《玉篇》訓句爲言語章句，《詩・關雎》疏句古謂之言，秦漢以來衆儒各爲訓詁，乃有句稱，句者局也，聯字分疆，以局言也，而雋句云者，是酈道元《河水注》中語，取目所撮，其亦宜乎！

憩雲小艇詩存敘

仲弟鵬秋不欲以詩名而未嘗無詩。夫居今言詩難矣！言學詆漢，言詩又厭唐，或且遺宋之蘇黄而師楊陸楊廷秀、陸務觀，幾何不以俚爲豪放、以縟爲縝密歟？乾隆、嘉慶間姓靈［性靈］之説倡，其和者樂於束書不觀，而有一二被迂誚者，非胎漢即軌唐也。嗟乎，無學之詩弊至此哉！鵬秋上而風騷，下而元明，詩罔弗籀讀，其志首宗杜，其雋味出入温李，勸懲大恉悠然言外，惜乎賫志一去，未克竟其所學而用之也。《詩存》一卷，經其手訂凡若干首，《詩續》一卷，拾自雲龍，附之以詞，猶冀所得或不止此。嗟嗟，風雨論詩，情景在目，而越艇自東，薊雲薄北，欲復擇地而憩，與剖詩學源流，其可得哉？其可得哉？

簣喜廬文初集卷十二

毛詩正義書後

《正義》合毛傳鄭箋而作也。《漢・藝文志》《毛詩故訓傳》三十卷，《鄭氏詩譜》魯人大毛公爲訓詁，陸璣《毛詩草木蟲魚疏》魯國毛亨作《訓詁傳》，以授趙國毛萇，時人謂亨爲大毛公，萇爲小毛公。此傳爲亨譔之確據。《釋文序録》卷數與《隋志》同，《崇文總目》著録，是《故訓傳》宋初未佚也。《隋志》《毛詩箋》二十卷，《釋文》鄭《箋》申明毛義，朱氏《經義考》謂『如彼泉流』、『延于條枚』、『厲假不瑕』、『古之人無擇』、『嗣先公爾酉矣』、『近在夏后之世』，可補王伯厚《詩考》之闕，信然。《正義》四十卷，《唐・藝文志》云孔穎達、王德韶、齊威等譔，與孔穎達序合。今讀《正義》者惟稱孔矣，然自《崇文總目》始。

周禮書後

《周禮鄭注》十二卷，見《隋志》。鄭自述曰：『大中大夫鄭少贛及子大司農仲師、議郎衛次仲、侍中賈君景伯、南郡太守馬季良皆作《周禮解詁》，二鄭者，同宗之大儒，今讚而辨之，庶成此家世之所訓。』《後漢書》玄從東郡張恭祖受《周官》、《禮記》。謹按《欽定天禄琳琅書目後編》：宋版《周禮鄭注》十二卷附陸德明《音義》一卷，岳珂所謂《音釋》自爲一書，真宋監本之舊也。

書中太宰三曰邦訛郊，訛脱皆監本省注甸之賦，膳夫羞用百，有脱有二十品，卿大夫各憲之于其所治衍之以下句，國字屬此句，肆長掌其戒禁訛令，遂人以疆訛彊予任甿，大樂正乃分樂而序訛祀之磬師，凡訛及祭祀夏官序官小子史一訛二人，司弓矢庳訛庳矢，授兵甲訛至之儀，大馭掌馭玉訛王輅，職方氏其浸盧訛廬維，庭氏夜脱夜射之，大行人則詔脱詔相諸侯之禮，小行人凡此五物者脱者，掌客致饗訛饔太牢，秋官末都則闕、都士闕、家士闕，脱此三官。《考工記》輪人則是搏訛榑以衍石也，是則明傳刻之誤，宋監本不誤也。

《朝野雜記》云監本書籍紹興末年所刊。

儀禮書後

《晉書》：元帝踐阼，《周官》、《禮記》鄭氏置博士，荀崧上疏曰：『《儀禮》一經所謂曲禮，鄭玄於禮特明，皆有證據，宜置鄭儀禮博士一人。』《隋·經籍志》古經十七篇，惟鄭注立於國學，餘多散亡，又無師説。謹按《欽定天禄琳瑯書目後編》：宋版《儀禮》鄭注十七卷，紹興年刻。

細校此本：《士冠禮》啐醴建訛捷才，訛脱皆監本省注，《士昏禮》菹訛葅醢四豆，御受訛授，始扱壹訛一祭，命之衍辭曰壻授綏姆辭曰未教不足與爲禮也脱此節，弟脱則稱其兄，《士相見禮》摯訛贄，《鄉飲酒禮》遂訛送授瑟，尊者降席席脱一席東南面，改取訛作一个，挾之以耦二字脱告于大夫曰，相揖退脱退反位，適左个中皆訛亦，賓與大夫坐脱坐，反奠于其所，楅髤横而拳訛奉之，祖薰訛纁襦，士鹿中翿旌以獲脱此節，《燕禮》升實訛賓之，大夫皆升脱升就席，太師告于脱于樂正曰，主人拜送[授]脱授觶，以賜鐘訛鍾人，其牲狗也脱此節，《大射儀無儀》大史訛夫在干侯之東北，賓揖衍乃升，交于訛與階前，上射降三訛二，一射于訛與左，司馬師坐乘之卒脱卒，比訛北耦，相揖退衍還釋弓矢于次，司射作射訛揖如初，北面告脱告于公，實訛賓觶以授賓，司馬師脱師受虚爵，公今拜賓脱賓反位，《聘禮》米未[禾]皆二訛一十車，賓訛客辟坐，啐禮[醴]訛酒，對曰非禮也最[敢]辭脱辭，復見之訛諸以其摯，醴尊于東箱訛廂，君祝寡君延及二三老拜又拜送兩節倒，《公食大夫禮》贊者衍二人負東房，卿擯訛賓由下，《覲禮》侯氏裨訛禅冕，坐奠圭訛主，《喪服》持訛特重於大宗者，皆脱皆爲無服之殤，五月者脱者，《士喪禮》受用篋訛筐，東訛如面不踊，櫛於訛用皆，來日某脱某卜葬其父某甫，《既夕禮脱禮》夷訛侇牀饌于階間，擯者出脱出請，外内訛内，原文如此皆埽，皆坐持體此下衍男女改脹一節，親膚，不説訛設□原文殘，似是経字帶，升降脱降自西階，亦張可也訛可張，《士虞禮》簟巾訛布在其東，祝佐食降復脱復位，尸受訛投振祭，哭止告事畢賓出脱此節，《特牲饋食禮》賓答再訛再答拜，立于門外東方訛房，出立于户脱户西，洗獻衆脱衆兄弟，舉奠答拜尸脱尸祭酒，賓卒立譌于觶，自脱自左受旅如初，舉觶者祭卒觶拜長皆答拜脱此節，主人出立於户外譌内西面，西墉譌墉下南上，《少牢饋食禮》如筮日之禮譌儀，用薦歲譌爲，事皆設扃鼏譌冪，以授尸坐取簟興脱此節，尸受同祭譌受于豆祭，賓尸譌户西北面拜送爵，主人降譌祭立于阼階東，主人答壹譌一拜，有司衍徹匕，皆加于鼎東枋譌祊，亦司士載亦譌載體，賓亦覆于以受譌授，主人洗衍爵于房中，立于主人席北西面譌面西，主人其譌共祭糗脩，主人降洗觶譌爵，宰父執薦譌爵，以從其脱其先王之胥，受爵酌獻侑侑拜受三獻北面答拜重衍此十四［字］，受三獻爵脱爵，酌授譌受，尸賓户脱尸西北面答拜，賓兄弟交錯譌醋其酬。

是宋本原不譌脱，明傳刻宋監本轉益謬誤，《儀禮》辨證蓋寡，書以備尠。

禮記書後

鄭《注》二十卷，《隋志》著録，《玉藻》失次，止於注發明字誤，止云某當爲某，此尊經重師法也。朱子曰：『鄭康成考禮名數，大有功。』謹按《欽定天禄琳琅書目後編》：宋版《禮記》鄭注附《音義》二十卷，余氏萬卷堂刊本下云：『《禮記》今行陳澔《集説》，塗改經文甚多，其注疏監本校之。』

此本不同者：《曲禮》酒漿處右譌内。監本皆省注，然後辯譌辨殽。《檀弓》夫由譌猶賜也見我，舉者出户譌尸出户袒，歲壹譌一漆之，斂首譌手足形，如不出諸脱諸其口。《王制》亦譌示弗故生也，用地小大訛夫小。《月令》黑黃倉訛蒼亦［赤］，乃脱乃命虞人入山行木，壞墻垣訛垣墻，董小大訛大小。《曾子問》女氏許諾而弗訛不敢嫁，曾子問脱問曰父母之喪弗除可乎，祭殤不舉衍肺。《禮運》故事有訛可守也，而固人之脱之肌膚之會。《郊特牲》丘乘共訛快粢盛。《玉藻》入太廟説笏非古訛禮也。《喪服小記》麻同皆兼服之訛此句。《少儀》頬訛穎杖以授使者，于阼階之南南脱一南面再拜稽首送。《學記》是以雖離師輔而不反也脱也。《樂記》非聽其鏗鎗訛鏘而已也。《雜記》介于其訛門左，視君之母與衍君之妻，宦訛官與大夫者之爲之服也，宗人視訛祝之。《喪大記》男人出寢門衍外，子大夫公子衍衆士食粥攢于西序。《祭法》禘郊宗祖訛祖宗。《祭禮》嘉訛喜而詔忘。《哀公問》如此衍則國家順矣，孔子問居斯可諸，參衍於字天地矣，嵩高惟訛維嶽。《坊記》民猶有脱有薄於孝而厚於慈，示民脱民不淫也。《中庸》可壹訛一言而盡也，惟訛維天之命，待其人然訛而後行，君子衍之所不可及者。《表記》道有至坊本衍有義有考，詩云訛曰温温恭人彼記作其之子。《緇衣》有國衍家者章義訛善癉惡，往省括于厥脱厥度，昔在訛在昔上帝。《問喪》以鬼饗訛享之，《昏義》和於射鄉訛鄉射後聽内職訛治，皆足證監本之誤。

又宋中字本校余本同，又宋大本經凡九萬八千一百七十一言，注十萬九千三百七十八言校余本同，惟『斂首足形』『首』作『手』，爲小異。或問《禮記》目始鄭，信乎？雲龍曰：『《漢志》雖無《禮記》名，而《説文解字》自序壁中書有《禮記》，河間獻王所得書又有《禮記》。』

蔡氏月令書後

道光四年，蔡氏雲弟子王雨樓刊《蔡氏月令》上下卷，雲龍簑喜廬無刊本，輒傳鈔於同里蔡君干禾而書後曰：

《隋·經籍志》：《月令章句》十二卷，後鮮著録，而《禮》疏、《續漢志》注、《三國志》注、《水經注》、《文選》注、《蓺文類聚》、《太平御覽》、《通典》諸書所引，或稱《明堂論》，或論而稱章句，或問答而稱論，易目通稱，三而一矣。或稱《明堂月令》。《經義考》稱《月令章句》，孰若從陸機稱《蔡邕月令》之爲愈？　然引原書，以《蔡邕月令》爲總名，而言雲輯本則又以《蔡氏月令》爲本名。所輯分目曰《明堂月令論》、曰《月令章句》、曰《月令問答》坿《月令集證》，前有顧氏千里、江氏沅敘，顧敘謂中郎學今文家，鄭學古文，並行不悖，非深於漢經師家法者不能道也。

雲字立青，號鐵耕，亦號鐵翁，惟靖其初名，邕裔也，陳留人。此外著有《癖談》六卷、《借秋亭古文賦鈔》諸書。

春秋左傳書後

《春秋左傳》初自爲書，劉歆治《左》，取傳解經，杜預注傳，以傳傅經，自是經傳爲一。傳人與孔子所謂左邱明恥之者，難可定爲一人。然據趙襄子之謚輒謂距獲麟八十年則謚，安知非後人追修？不然，《左傳》諸侯列會舉謚，何歟？複姓偏舉古亦有之，必謂左氏非姓左邱氏，亦難可信。或以爲魏人，或以爲秦人程子虞不臘並庶長秦官秦語，或以爲楚史倚相謂記楚事詳，或以爲六國時人。雲龍以爲不如從衆，且不如從近古者，且不如從治左氏學、或非專家而學博者。司馬遷、嚴彭祖嚴曰孔子將修《春秋》，與左邱明乘如周，觀書於周史，歸修《春秋》之經，邱明爲傳、劉向、劉歆、班固、盧植、杜預、荀松、陸德明、劉知幾、朱子《論語》注：『左邱明，魯太史。』皆云左邱明矣啖助、趙匡、程子、王安石、葉夢得、葉適、吕大圭、程端學、尤侗，皆謂非邱明。《漢・藝文志》《左氏傳》三十卷鄭耕老曰：『《春秋左氏傳》一十九萬六千八百四十五字。』，監本滋譌，𣂪不勝𣂪。

謹按《欽定天禄琳瑯書目》宋版二十卷無注本：隱四年，公及宋公譌人。譌脱皆監本省注遇於清。六年，芟夷藴譌蘊崇之。九年，天王譌子使南季來聘。桓二年，以臨照譌照臨百官。六年，齊侯脱侯使乞師於鄭。十有一年，公會宋公於夫鐘譌鍾。僖元年，齊師、宋師、曹師譌伯次於聶北，三年未之絶譌絶之也。五年，一之謂譌爲甚。七年，君若譌若君去之以爲。成九年，晉侯佹譌詭諸卒。十有八年，而後譌從師於訾婁。二十有三年僖負羈譌羈之妻曰。二十有四年處于氾譌汜。二十有五年，晉於是始啟譌起南陽。二十有八年，謂楚人衍四命晉侯宥譌值及而譌其元孫開君譌公至。三十年焉用亡鄭以陪譌倍鄰。文六年，辟獄刑譌刑獄。十有一年，叔譌仲彭生會晉郤缺於承匡譌彡筐而班譌斑。十有四年，盧戢梨譌黎。十有五年秋脱秋齊人侵我西鄙。十有六年乃訛大人助之施。宣二年，厚斂以彫訛雕墻以示訛視於朝。十有一年，平板榦訛幹反之可乎？對曰可哉脱對可哉三字。十有二年，楚君訛軍伐鄭屈蕩户訛尸之。成二年，士燮伍訛將上軍，余姑剪滅此而衍後朝食，旦訛且辟左右，遂自徐訛齊闕入。十有三年，而我衍之昏姻也。十有七年，楚公子橐訛櫜師。襄二年，鄭師訛伯侵宋。八年，不皇訛遑啟處。十年，楚子囊鄭子耳侵訛伐我西鄙。十六年圍成訛郕。十有八年，還於衍東門中。二十有三年，郲卑訛畀。後有考證云：《公羊》作鼻我、《穀梁》作畀我，測《左氏》爲卑我審矣我來奔，板隊訛墜而殺人，非鼠如何訛何如。二十有四年，欒旨訛只君子。二十有五年，子疆訛彊。二十有六年，君與大夫訛夫人。二十有七年乙亥訛朱朔日，棠无訛無咎。三十年二訛三月癸未。昭元年，楚脱楚公子比出奔晉，趙孟曰大訛天乎。三年，少齊訛姜有寵而死。四年，吾所脱所未見者有六焉。五年，設机訛機而不椅。七年，孟縶之足不良能訛弱行。九年而暴蔑訛淫宗周。十年蘊訛蘊利生孽。十一年羈訛羈不在内。十有三年，欒旨訛只君子。二十年蔡侯廬訛盧，照訛昭臨敝邑，郥甲訛中，古若訛者無死。二十有五年，吾聞文成訛武之世，椆訛裯父喪勞旦訛且召六卿。二十有六年，使女寬守闕訛關塞晉師，使脱使成公般。定五年，報觀虎之敗訛役也。哀元年，親巡衍其孤寡。四年，爲一昔訛備之期。十有六年，日日訛月以幾。十有七年，公閉訛闔門而請。二十有六年，已爲鳥訛烏而集於其上，四方其順訛訓之。足正監本之訛。

春秋左傳杜預集解書後

三十卷，凡三十四萬五千八百四十四字。棄經之弊雖不能盡爲杜解，而於左實爲功臣。昭二十年傳注『皆未死而賜謚』一語，王伯厚、顧甯人輒據爲生謚佐證，而未知傳刻之訛也。謹按《欽定天禄琳瑯書目後編》：宋本《集解》凡七，而以真宋監本爲無訛，書末有乾隆丙午無名氏跋，云何義門得宋槧無『未』字，虞山席王照家得汲古閣所藏宋本《左傳》全帙及殘本五册，皆作死而賜謚跋云：昭二十年，衛侯賜北宮喜謚曰貞子，賜析朱鉏謚曰成子，杜注云皆未死而賜謚及墓田，『傳終而言之』，王伯厚《困學紀聞》引爲是人臣生而賜謚也，後之考訂如升庵、甯人輩皆據以爲古人有生而賜謚者。昔何義門得宋槧不全《左傳》註中云皆死而賜謚及墓田，『傳終言之』，無『未』字、『而』字，以示閻伯詩，相爲擊節。且若有『未』字，則與『傳終言之』句不相屬。余見宋槧《左傳》多矣，即如南宋相臺岳氏、世綵堂廖氏所刻九經稱最善本，廖本未見，岳本及諸本檢之皆有『未』字。癸巳歲，余至虞山席王照家，得汲古閣所藏宋本《左傳》全帙及殘本五册，檢之皆作『死而賜謚』，故毛氏並殘本而藏之也，蓋『未』字之增已久，伯厚不加細審，爲所誤耳。余因取翻岳本校之，無甚大謬，然此一字之增何啻霄壤間！正數十字皆岳本不及，此本真可寶也！因誌之以破千古之誤。乾隆丙午秋仲，彭城仲子識。又云漁陽《池北偶談》十四卷《談藪》亦引其説，亥豕之誤人如此，學者能不考之！雲龍因以爲，杜注『未』字與鄭康成書『爲父母群弟所容』，今《後漢書》本容上增『不』字，同爲一字之增，不翅霄壤矣。錢潛研言讀誤書妄生駮難，鮮不見笑大方，今爲轉語曰：『讀誤書亦不可妄爲引證，不然，斠勘之學毋乃好事歟？』而廑以斠勘名家，又非雲龍所敢知矣。

春秋左氏古義書後

臧壽恭，字伯辰，一字眉卿，長興人，多績學，臧有聲。輯賈服義，先爲《左氏春秋經古義》，後爲《左氏傳古義》，殁佚傳藁，惟存經而闕昭二十三年下，其弟子楊君峴補完之，卷凡四。楊亦績學。李氏薌園刊于仁和，潘文勤刊入《滂喜齋叢書》，然如洪北江《春秋左傳詁》、嚴豹人《春秋内傳古注輯存》、李次白《春秋左傳賈服注輯述》，後出彌邃矣。

春秋公羊傳注疏書後

《漢志》《公羊》十一卷。公羊子，齊人，顔師古注名高，徐彦疏引戴宏序：子夏傳公羊高，高傳子平，平傳子地，地傳子敢，敢傳子壽，至漢景時，壽與齊人胡母子都著于竹帛。何休説同。然則壽爲高玄孫。《通考》云三十卷，而漢何休《解詁》唐徐彦疏附唐陸德明《音義》凡二十八卷，即十三經注疏之一。蓺芸書舍有宋十行本，《天禄琳瑯書目》有二十八卷宋監本景德二年刊，又有《公羊經傳何休解詁》宋刊十二卷本稱何休學。

春秋穀梁傳注疏書後

《漢志》《穀梁傳》十一卷。穀梁子，魯人，應劭曰名赤，子夏弟子。麋信曰秦孝公時人。阮孝緒曰名俶或作淑，字元始，顔師古曰名喜。穀梁學顯於漢宣帝時，桓無王、定無正之類，殆鄭康成所謂穀梁善於經歟？少單行本，况宋本耶？謹按《欽定天禄琳瑯書目後編》：宋監本《春秋穀梁傳》范甯集解楊士勛疏二十卷附音：隱八年，惡入脱入。訛脱皆明監本省注者也，而祭泰山之邑也脱也。桓二年，臣既死君不忍稱其名脱此句。九年則是放訛故命也。十有七年，公脱公及邾儀盟于趡。莊二年，爲之主脱主者卒之也。十有九年，其遠之脱之。二十有五年，鼓用牲于社脱此句。僖十年，吾脱吾若此而入自明入。十有六年，六鶂訛鷁。二十有二年，旝亂脱亂於上。二十有三年，兹父之脱此三字不葬。宣九年，楚子訛人。十年反訛友之。成十有六年，猶存訛在公也。襄二年庚辰訛寅，鄭伯睔卒。昭四年，爲齊討訛封也。哀公元年，故卜免牛訛卜也。六年，可訛何以言弗受也。録此備斠明監本之訛。

春秋名字解詁補誼跋

高郵王伯申《春秋名字解詁》二卷，會通訓詁，誼有闕疑，陶氏方琦補之，頗詳所略。名曰《補誼》，其例不外相因相反，而雲龍則謂於例合，於誼有未盡合。即如『齊梁邱據字子猶』一條，王以車之輕速詁『據』，詁猶非本誼矣，陶解近是，而説亦有疵。雲龍按：據，豦聲，《説文》引司馬相如説『豦，封豕之屬』，又《爾雅·釋獸》『猶如麂，善登木』，《説文》『猶，玃類』，《楚辭·離騷》『心猶豫而狐疑兮』，《顔氏家訓·書證篇》『猶豫，獸名，或曰猶、豫二獸名，皆多疑』，由是言之，豦之奮迅有遽誼，猶之善疑有不遽誼，所謂相反爲誼，非歟？陶謂豦、猶相似，是泥相因誼矣。《爾雅·釋獸》：『豦，迅頭。』，郭注：『好奮迅，其頭能舉石擿人，玃類也。』印鼻長尾，《爾雅》以之釋『蜼』，而陶誤以爲釋『豦』，尤非。『衛公孫彌牟字子之』一條，《御覽》七百四十五引許叔重注：『牟，進也。』『牟』有進誼，『之』亦有進誼，正是相因，而陶又謂『之』乃『止』之譌，進、止相反，亦非也。『鄭公孫黑肱字子張』一條，陶誼較勝。雲龍更進一解曰：《説文》『張，施弓弦也』，『弦，弓聲也』，『肱』、『弦』爲同聲假借字，證以左昭三十一年傳『鄭黑肱』，《公羊》作『黑弓』，益信。『鄭良霄字伯有』一條，陶謂『霄』即『肖』字，然則肖，似也，謂相若也。《仲尼弟子傳》有若字子有，『魯公夏首字乘』一條，雲龍按：《爾雅》『首，始也』，《廣雅》『乘，弌也』，『弌』亦有始誼。若此之類，自課云爾，恐難諍陶，遑言功王耶？

既跋，迺見俞曲園先生《補義心得》，勝矣！雲龍愚無一得，不其恧而！

論語魯讀考書後

徐養原《論語魯讀考》附石經殘碑爲書一卷，異同詳核。雲龍按《漢志》：《魯論》二十篇，蓋少《齊論》之《問王》、《知道》二篇《漢志》：《齊論》二十二篇，多《問王》、《知道》，而《古論語》多《從政》一篇，即分自《堯曰篇》者也《漢志》：《論語》古二十一篇出孔子壁中，兩《子張》。如淳曰：分《堯曰篇》後『子張問何如可以從政』已下爲篇，名曰《從政》，《衛靈公篇》『魯多父在』一章、《堯曰篇》『魯少不知命』一章。《漢志》魯夏侯説二十一篇夏侯勝，魯安昌侯説二十一篇張禹、魯王駿説二十篇王吉子，其書皆佚。常山都尉龔奮、長信少府夏侯勝、丞相韋賢及子玄成、魯扶卿、太子少傅夏侯建、前將軍蕭望之、安昌侯張禹，皆名家，此傳《魯論語》者也，不盡班固語分見《釋文》。《經義考》稍溷，輒就徐《考》附綴之。

養原字新田，一字貽庵，德清人，著書二十餘種，是書與《周官故事考》四卷同刊。

孟子注疏書後

《孟子》篇數，劉歆、班固、應劭曰十一篇，司馬遷、趙岐、朱子、王應麟曰七篇，賈同曰十四篇。馬端臨曰：《藝文志》《孟子》入儒家類，《直齋陳氏書録解題》始以《語》、《孟》同入經類。《隋志》趙岐《孟子》注十四卷，岐謂自序曰『題辭』，稱《孟子》七篇，二百六十一章，三萬四千六百八十五字，爲之章句凡十四卷，陳士元曰今實有三萬五千四百一十字較趙説多七百二十五字。謹按《欽定天禄琳瑯書目後編》：宋版《孟子》趙岐注附音義十四卷、岳珂荆溪家塾刻與監本異者：

《梁惠王上》可以無飢譌饑矣。《梁惠王下》猶譌由古之樂也，古公亶甫譌父，强譌彊爲善而已矣。《公孫丑上》不膚橈譌撓。《滕文公上》井田不鈞譌均，强譌彊曾子。《離婁上》政不足衍與間也。《離婁下》原譌源泉混混，王使人瞷譌瞰夫子。《告子上》必志譌至下句同於彀。《告子下》孝弟譌悌而已矣。《盡心上》强譌彊恕而行，見且由譌猶不得亟，足譌可以無飢譌饑矣。《盡心下》亦不殞譌隕厥問，知譌智之於賢者也，夫予譌子之設科也，來者不距譌拒，人能充無穿踰譌窬之心，吾黨之士譌小子，萬子譌章曰。細核宋刻諸本，皆與此合，録之以備參斠。

岐題辭曰：『孟子字則未聞也。』王肅曰：『按子思書及《孔叢子》，軻字子居。』顔師古《漢書》注『字子車』，《玉海》引《傅子》云『子輿』。

群經平義書後

曲園先生，今許鄭也，心嚮久而問字道阻。光緒十二年，先生挈孫應禮部試，枉駕豊本園，言雲龍務力根本之學，不徒以枝葉之辭勝，所謂善誘，非歟？尋南旋，而請益之心舍所著書其奚以？先是散見《俞樓襍著》，説經心得往往而闕，嗣獲《易貫》、《玩易篇》、《論語小言》諸書，其闡古微動關大義，眎考訂一字一句間者何如耶！後獲《群經平義》三十五卷，是爲亟書弟一，亦爲説經弟一，其入《皇清經解續編》，誰曰不宜！方歎觀止，《茶香室經説》又發《平義》所未發而未嘗無勝之者。經生同飫，矧在同里，而德清爲先生之召陵、高密，亦幸！

説文古語考補正跋

諍程且難，敢云功許？然願學焉，不以是書之淺薄自畫。非詡井觀，難忘蠡測，以志功候即以求啟發，覆按一過，憤悱彌兹。書目偏舉説文不及解字，雖乃程舊，竊所未安，以考名書，説當有據。許采其説其例也，説偶闇符，宜讓出之。王氏《釋例》曰：『或忘段説而與之複，通人不免。』矧在末學，亦有難可媿屬某説者。如『自』、『鼻』古今字，王氏一再及之，大徐已先言之。『自』，古『鼻』字，説在臭下，而雲龍則據許書今俗誼及《集韵》，以『自』爲『鼻』之古文言也。其加『金』猶之『兹』加『金』，亦《釋例》印林曰『鎡，從金，猶錤從金意』，若此之類，先檢偶疏，後出則煩，意各有在，即謂本厥恉可也。椎，齊謂之終葵，唐本『椎』作『榫』，謂下無之，葵下有也。『襤』下程引《爾雅》『布褐而紩之謂襤』，是《小爾雅》『文鞮』一科，當在『鬲』部前。自糾未能，奚云諍程，知不足然後能自反，有此一刊，不足乃益見也。

説文解字段注附古今音均表書後

許學至國朝而顯，國朝許學以段注爲最，卷凡三十，以大徐本爲主，以小徐及諸經籍參訂之，其增減原注、移易字次，師其師戴東原訂《水經注》意也。勇于自信，破字創義，改古書之病不必曲爲之解，而於誤字誤注十正八九，通古今之訓，故斷聲讀之是非，洨長功臣，它手不逮也。表亦均學梯桄，然許時尚無韵書。

説文解字義證書後

治許學者輒稱段、桂，就通敚正譌言，桂勿逮段，而以經籍敷佐洨長説解，不下己意，俾小學家展轉孳乳，自得其義，而無破字創義、擅易古書、勇于自信之弊，則段未能無讓也。其審訂不若鈕樹玉而發揮過之，其正鉉不若嚴可均而證許過之，其蒐遺百二十二字，不若苗夔、鄭珍而文富過之，雖儷詞未汰藻繪而非初恉，此桂所以有感於司馬温公，牴牾不敢自保之言也。或以類書目之，不亦誣乎！義證云者，取梁孔子祛《五經講疏》及《孔子正言》義證意也。

段氏説文注訂書後

段《注》勇于祛譌，無佗，期復許書之舊而已。其功許十得八九，而豈無因改文字轉失許書之舊，如匪石所謂六不合者歟？雲龍欲集許學群言以爲故簑，庶由故簑進以述《説文解字正名》一書，亦期復許書之舊而已。鈕匪石氏《新附考》、《考異》兩書，段《注》采録而注訂四卷，成于道光三年，段未見之也。嚴可均有《段氏訂訂》一卷，徐承慶有《段注匡謬》八卷，馮桂芬有《段注考正》十六卷。

説文校議書後

鐵橋手編而姚文禧説亦在其中，初爲《説文長編》，亦謂之《類考》，分類七：天文筭術類二卷，地理類六卷，草木鳥獸蟲魚類十卷，聲類二卷，《説文》引群書類六卷，群書引《説文》類二十九卷，鐘鼎古籀文秦篆類十五卷，卷凡七十，而《校議》嚴敘廑言《長編》六類四十五册。據知七類之編訂在《校議》成後，其第七類豈即輯鐘鼎拓本爲《説文翼》十五篇耶？抑撮鐘鼎文益以古籀秦篆爲弟七類耶？《長編》之作，欲譔疏議也，起嘉慶四年，訖十年，草創未半，孫氏星衍趣先提綱，輒爲《校議》，正鉉本之失，半年而竣。王氏筠《説文句讀》於《校議》甄録殆盡，誠信之也，而疏議未成，惜哉！

説文解字舊音書後

舊有經訓堂本而佚，借鈔既畢，輒書於後曰：唐以前傳注家多稱《説文解字音》。《隋·經籍志》有《説文音隱》而書佚，引見六朝，唐人書往往而有，而近世行《説文》大徐本用孫愐《唐韵》，小徐本之音爲朱翺所加，均非舊音。畢沅《舊音》一卷所輯較《唐韵》爲近古。雲龍則以爲諧聲即字本音，許書讀若之類又漢時音也，舊音非歟？學者繇畢書而參姚文僖《説文聲系》、苗夔《説文聲讀表》、《聲讀考聲訂》，張惠言《説文諧聲譜》，嚴可均《説文聲類》，胡重《説文字原韵表》，戚學標《漢學諧聲古音論》，朱駿聲《說文通訓》、《定聲柬韵》，許桂林《許氏說音》，以求合乎音學之本，其庶乎！

漢學諧聲書後

形聲爲六書之一，而製字時之本聲至漢已不能無變。凡許書讀若類有云讀若某者，有云讀若某某者，有云讀若某書曰某者，有云讀若某又讀若某者，有云讀與某同者，有云讀若而字不異者，即後人讀如字例所繇起也，有云讀若而不著字者，俗評無正字，但取聲也，此皆漢時讀字之聲，而許書曰某聲，曰某亦聲，曰某省聲，皆文本聲也，不惟古無四聲韵，即漢亦無四聲韵也。自徐氏附孫韵音切於《說文解字》，而許書漢讀之聲晦，而許書古字之聲愈晦。戚鶴泉氏既芟音切，循聲爲次，以許爲字學形義之宗，即以許爲文字聲學之祖，卷凡二十四，其第二十三卷爲雜言，爲補遺，其第二十四卷爲總論，爲補考，成於嘉慶八年，明年刊於涉縣，時鶴泉知涉縣事兼理林縣也。或云《說文補考》一卷，是因刊本署『說文補考附』而誤張氏惠言有《說文諧聲譜》。

說文引經考書後

豈有馮肊改變之許汶長哉！古籀既異於篆，隸楷遞變其形，或奪或竄，或疑似而改易、以譌傳譌職此，而有不能以譌例者。古經師非一家矣，許書引經互異之文，殆爲兼存之例歟？

或形異而聲同，或聲異而義同，或形義兩異而聲近義通，非互參以辨其譌，慎改以存其舊，尠不蹈墨守與武斷之誚矣。以許考經者多，雲龍所見莫先于吴玉搢《説文引經考》上下卷，蓋成於乾隆元年也。越八十五年道光元，儀徵程贊詠補奪二十有四而未之考。它如歙程炎《説文引經考》、烏程嚴可均《説文長編》之《説文引群書類》七類第五、福陳壽祺《説文經字考》、嘉定陳瑑《説文引經考證》、《引經互異説》、長興臧壽恭《説文引經考》、陽湖臧禮堂《説文引經考》、武進臧庸《説文引經考》、武威張澍《説文引經考證》，難更僕數。雲龍欲省同益異，成爲一書，名曰《説文解字引經通考》吴著有《别雅金石存》。

説文引經考證並引經互異説書後

曰八卷非也，似應題『《説文引經考證》七卷、《引經互異説》一卷』。自敘兩存，非一書明矣，其考證，凡與今本同者不贅，其互異説證之本書、博引諸書之説與聞之父兄者，具箸於篇，與吴玉搢異同悉録之例異，而義有依據，則同其論斷有過之無不及也。

説文疑疑書後

『疑疑』孰謂？謂疑可疑者三：一傳寫，二鼎臣兄弟新附，三大醇小疵。分韵凡十，其前有敘、有論、有凡例，其後附昭孔三十四則。書譔始乾隆五十二年，訖五十五年，其謂六書次弟班首象形，爲是與王氏筠説同，然王依《通志》獨體爲文、合體爲字，謂文統象形、指事二體，字即會意、形聲二體，是書則謂事、意、聲之字生於象形之文也，而皆本楊慎四象爲經、注借爲緯之説則同，疑疑誠非無見，而雲龍竊疑許時尚無韵也。是書譔人孔廣居，字千秋，號瑶山子，江陰人，昭孔其子光緒十五年春，雲龍得於京海王邨。

説文舉例書後

是書舉例凡二十二：一曰有舉一反三例，二曰有連上篆文爲句例，三曰有讀若之字即取本字例，四曰有解字中存古文不列重文例，五曰有以形爲聲例，六曰有讀若字或取轉聲例，七曰偁經有不顯著書名例，八曰偁經有以經文證字而所偁經並無其字例，九曰偁經有取經師説例，十曰偁經有與今本不同例，十一曰有異文皆經典正文例，十二曰分部有兼形聲、會意例，十三曰分部有非某之屬，雖從某而分歸諸部例，十四曰分部有不以省文例，十五曰兩部並收文異義同例，十六曰有用緯書説例，十七曰本有字而俗借爲他用，十八曰本有字與今俗字俗音義不異者，十九曰所有字不見於正文者，二十曰有誤偁經文者，二十一曰分部有有母無子例，二十二曰有字各有義例。而前二例本錢少詹事説，其弟二例可以斠證王氏筠《句讀》也。

説文釋例書後

此取左氏釋《春秋》例意也，而即許敘例意，蓋『説解文字』綱領已提挈於《説文解字》之敘六書，菉友雖以班首象形爲是，而亦未嘗以其弟範開卷即列一、上兩部之説爲非。其卷一十，其目曰六書總説，曰指事，曰象形，曰形聲，曰亦聲，曰省聲，曰一全一省，曰兩借，曰以雙聲字爲聲，曰一字數音，曰形聲之失，曰會意，曰轉注，曰假借，曰彣飾，曰籀文好重疊，曰或體，曰俗體，曰同部重文，曰異部重文，曰分別文，曰累增字，曰疊文同異，曰體同音義異，曰互從，曰展轉相從，曰母從子，曰《説文》與經典互易字，曰列文次弟，曰列文變例，曰説解正例，曰説解變例，曰一日，曰非字者不出於説解，曰同意，曰闕，曰讀若直指，曰讀若本義，曰讀同，曰讀若引經，曰讀若引諺，曰聲讀同字，曰雙聲疊韵，曰挩文，曰衍文，曰誤字，曰補篆，曰删篆，曰迻篆，曰改篆，曰觀文，曰糾徐，曰鈔存，曰存疑，凡五十有四。成於道光十七年，其後譔《補正》二十卷，其大恉不外乎勿由字以生事造物，勿假它事它物以爲此事之意、此物之形，縷析貫通，眎江氏沅《説文釋例》二卷爲該備矣。同治四年，其子彥侗依公乘沖故事，齎《釋例》、《句讀》，由禮部進呈乙覽。

説文句讀並補正書後

王氏筠取段氏玉裁、嚴氏可均、桂氏馥書，亦益亦省，便於僮籀，名曰《句讀》，初志也。繼萃鈕、王諸書而名從朔，自謂與段不盡同者，一曰删篆，二曰一貫，三曰反經，四曰正雅，五曰特識。道光三年成書三十卷其弟三十卷，即附録也，補正三十卷，凡數百事，竣於咸豐四年，其刊本同校録。

説文繫傳校録書後

杭州朱氏文藻《繫傳考異》二十八卷附録一卷，成於乾隆三十五年。王氏筠謂其列文列部篆文諸説滋誤，廼參以《説文韵譜》、《五音韵譜》、《玉篇》、《廣韵》、《汗簡》諸書訂正所疑，以毛氏本爲主，而校孫氏平津館本、鮑氏藤花榭本、馬氏龍威秘書本、汪氏刊小徐本、朱竹君本、祁刻顧千里本，爲《説文繫傳校録》三十卷，自道光十二年至十四年而成，後附復馬卧廬書，可入《許學文徵》。

説文訂訂書後

此以訂段氏《汲古閣説文訂》也，或題《段氏訂訂》。然嚴自敘題云：《説文訂訂》成於嘉慶五年。嚴籍烏程而寄宛平，或曰大興，盍觀敘末自署『宛平嚴可均』乎？

説文説書後

孫氏濟世説，凡六：一《易釋文》引《説文》五十餘條，二《説文解字》叚借考，三己巳本同字同音説，四上己爲十二支之巳説，五辯顔氏虙羲、虙子賤俗誤爲宓之説，六諸經裒字説附録一策爲許氏溎祥父作，許即《許學叢刻》者也。其假借考例有言故爲、故目爲、或目爲者，凡目明夫此可借爲彼也。有言書目爲、古文目爲、籀文目爲者，凡目明夫借此爲彼之自古也。有言史篇目爲、杜林目爲、楊雄目爲、賈侍中目爲者，凡目明夫借此爲彼之傳授有人也，有言亦如是亦如此者，凡目明夫彼之義不同此，而亦借此目爲之也。有言或説一説、或曰一曰者，凡目明夫借此爲彼之自成一義也，有别引經傳而特申其説爲某者，凡目明夫某之見某，乃其借義而無容與本義混也，此皆明言假借也。有不明言而目上下文互推、或目前後文互勘、或目本文旁證而可得者，此得之所引經傳也。引經傳外，其借義多坿它字，訓釋亦目互證而得。要而論之，無其字而借同聲爲正，有其字而借非同聲爲變，其説大恉如是。

濟世或云經世，字惠安，福建人，優貢生。

説文五翼書後

五翼孰謂？一曰證音，去四聲也，二曰詁義，取詮解也，三曰拾遺，懼溷淆也，四曰去復，免眩霿也，五曰檢字，標偏旁也。大恉在箴陽冰之膏肓，起大徐之痼疾。成於嘉慶十三年，凡八卷，而音義四卷有單行本，蓋先付剞劂也。光緒八年觀海樓重刊足本。煦字空桐，上虞人。

説文新附考書後

鈕氏樹玉按四百二文爲《新附考》六卷《續考》一卷，而未考新附之果屬大徐與否？按嚴氏《説文校議》云《字林新附》出陸善經《説文新附》，近人概屬大徐，徒據後序有『承詔皆附益之』一語耳。其實《新修字義》附入各部，自是『詔志件借魋綦剔鬎醆趄顛璵奪椒緻笑迓睆峰』十九字於卷末明明標出，而於新附輒多排擊，則非出大徐明甚。唐以前本已有新坿，孫愐修《唐韵》取坿各韵後，故示部『禰』下曰『一本云古文𥜥也』，水部『瀰』下云『諸家不收，今附之《字韵》末』。一本者，大徐言別本《説文》也，諸家者，《唐韵》言衆家韵書也，之字韵者，《唐韵》七之部也，而新附字間亦爲許君原本所有，轉寫漏落，而今皆在新坿。如謂諸書原引新附，則新附在唐以前，由嚴説以質鈕考，豈諸書引《説文》，今在新附者未必盡爲許無歟？《老子》《釋文》引『朘』，鈕據以爲《説文》本有『朘』。鈕又云『劇』即『勮』之俗體。李注《文選》婁引

《說文》『劇』，甚疑《說文》『甚』下當有『劇也』一訓，李引誤到雲龍案『到』、『倒』通，若如鈕說，何以《北征賦》注、王粲《詠史詩》注、陸機《苦寒行》注並引《說文》『劇，甚也』。《釋艸》『粔』下云『《說文》作䈥』或作『粔』，按『粔』即《說文》『䈥』，或作『柜』之謁，王筠、鄭珍父子說亦略同。《後漢·黄霸傳》注『歋，音踰』，或亦《說文》舊音歟？《御覽》八百二引『琛，寶也』，雲龍初檢此科，注犍爲舍人曰『美寶爲琛』，不能無疑，繼見顧千里辨疑未成本，已辨所引爲《爾雅》矣，然則嚴議亦難盡信。惟如《左傳》僖二十八年疏引『旅』，《文選·魏都賦》注引『濤，大波也』，《一切經音義》六引『打，以杖擊之也』、二十二引『闤闠，市門也』，《御覽》百八十八引『礩，柱下石也，古以木，今以石』、八百二十八引『儈，駔馬也』，若此類許耶？否耶？既見新坿而陸考未及，何歟？

說文管見書後

朱子言小學，《爾雅》、《說文》相表裏，《說文》字數，《說文》引各家說，《說文》引經，《說文》佚文，《說文》佚句，《說文》分部有以聲爲經者，《說文》一字兩見，取《字林》補《說文》，重文見說解中，《說文》用賈逵說，篆隸之變，遊、游同字，孑、孓，頁字即𦣻，拱，聿即筆，晥，希，霖，㮣，𩵣，烓，改、攺，𦎫，蠡，鞠，偏旁相近易淆，尻、屍，脾，臀，眉，頌古容字，倜，篇韵僕字兩收，降，衍，叚借，省文叚借，字變，釋名辨釋名，六書正譌，《說文解字敘》與《漢志》異同，《說文繫傳》，《説文》新坿及新修十九文。此胡氏秉虔《説文管見》上、中、下卷目凡四十有四，本無目，而雲龍補録便檢也。『《説文》字數』一條云《汗簡》刀部劘，注『則，《説文》續添』，是《説文》重文，非也。嚴氏可均以『續添』爲書名，亦非。『續添』云者，徐本有𠟭、𠟭兩古文，郭已録𠟭爲則，其後續添𠟭爲則於部末，鄭氏珍《箋》可證。凡書難以彼例此，多此類也。

秉虔字春喬，績谿人，又箸《古韵論》三卷，其中有《以説文考古音》、《説文解》、《一句數義》、《説文分部》諸篇。

説文古籀疏證書後

莊氏述祖《説文古籀疏證》初名《古文甲乙篇》，録彝器文、《説文》古籀、魏三字石經、石鼓、汗簡、古文四聲韵爲正字，其例一。古籀足正秦篆，尚矣，而鐘鼎不能無贋，橅文不能無失，有疑則爲闕文，其例二。羼自小篆爲演篆，其例三。不沿小篆之譌爲辨誤，其例四。正斯、高之坿會爲復古，其例五。就許書偏旁證以古籀，次第以幹［干］支自甲至亥分二十二部，有目有自敘。屬艸未畢，子稚莫續之，亦未竟，潘文勤屬管氏禮耕重爲編目，存原目十之四，訂爲六卷。

述祖字葆琛，一字珍埶，武進人。

説文辨疑書後

顧千里疑舊説而辨之，功許悉有依據。《許學叢刻》本有目，禧、王、坙、琛、璭、葽、蔵附葠、菩、嗷、咼附雖、吚、喁、迷逃、趼、訾、説、讀、譖、鬻、夬、睍、睽、翡附鸞、鴿、鶩、鵖、鶩、争、豊、劚、臚、簜、豐、虍、缶、keyword、而睍以下無辨。崇文書局本無目，而篆文較許本爲一律許或篆或否，睍雖無辨，有『睍，出目也。從目，見聲』八字爲許本所無，且多條記坿十五事：神、王、球、靬、翡、瓶、栝、褐、㐬九事有辨，後、燮、昏、衮、㞑、彨、繼六事無辨。兩本皆未成稾也，聊俟互斠。

説文逸字並坿録書後

劉書同敘是書授鄭子尹，言《説文》失舊者三：曰逸，曰譌，曰誤。雲龍以爲有羼即有逸。許洨長敘文並重，凡萬五百有奇，而鉉本文溢於九千三百五十三者七十有八，重文溢於一千一百六十三者百一十六，所謂羼非歟？羼即僞也，非汰其僞不克補其逸，貴州許學，子尹其棉蕞乎？其師程春海侍郎欲譔《説文逸收》未果，子尹則成《逸字》二卷，凡百六十有五文，本于段補居多，而副、㢧、㒸、牪之類，以無碻據不輕甄録，不可謂非慎矣。其斷爲非逸者六：寫誤一也，錯衍二也，鉉竄三也，引冒四也，譌改五也，羼新坿並俗書六也。命子知同編爲坿録一卷，避扃識也。

仿唐寫本説文解字木部箋異書後

往見戴侗《六書》故引唐本《説文》，實則本之《五經文字》、《九經字樣》、《玉篇》諸書，豈無精核？　然如黛、亮、笑、餤、夊，斷非許有，而莫氏友芝獲《説文解字》木部於知黟縣山陽張氏仁法，爲李唐寫本，可以正二許之奪譌失次，可以信段注之補正闇符莫氏《箋異》，抉摘疏通，然非曾文正命刊於安慶行營，幾何不以兵燹餘編晦也！　經濟不從經學出則經濟不實，經學不從小學入則經學不通。　正字正事，皆正名古微也，文正洵儒將也哉！　賈復、杜預，方斯蔑矣。

雲龍又按：《齊民要術》引『枱，耒端木也』，較二徐多一『木』字。《左》成二年《正義》引『桴，擊鼓柄也』，『柄』不作『杖』。《御覽》五百五十一引『櫬，坿身棺也』，類此皆唐本之證，宜補『箋異』。

許印林遺箸書後

前題某先生校桂注《説文》，條辨所謂注者，即《義證》也，或以引諸書語誤爲桂語而駁之，是以許氏瀚有條辨之作凡二十事，作於道光二十三年。　瀚字印林。

説文古本考書後

沈氏濤《説文古本考》十四卷，以古本訂今譌而僅以舊説見。古本求如莫氏友芝《唐寫本説文解字木部》，蓋可多得哉！雲龍輒以唐本斠其同，二徐無論已，論其異者：

「柵，編樹木也」，「樹」，沈謂古本作「堅」堅，疑沈作豎，傳刻譌，而唐本作「豎」，豎爲豎隸省字，與《一切經音義》十四、十八、《玉篇》、《字林》「豎」合，段注改豎是也。「也」下「从木从册，册亦聲」，唐本云「从木删，省聲」。

又「欜，夜行所擊者」，沈據《御覽》三百三十八謂行夜所擊木也，是古本而唐本云「夜行所擊木也」。

又「楃，木帳也，从木，屋聲」，沈謂古本作「大帳」，而唐本作「木」，不作「大」，云「从木屋，屋亦聲」。

又「枕，卧所薦首者」，沈據《御覽》七百七引「卧爲薦首者也」，謂是古本，而唐本云「卧頭薦也」，與《玉篇》合。

又「槈，薅器也」，沈據《一切經音義》八，又廿一引「除田器也」，蓋古本，而唐本作「薅」。

又「枱，耒耑也」，沈據《齊民要術》引謂古本多一「木」，此與唐本「枱，耒端木也」合。

又「櫑，龜目酒樽，刻木作雲雷象，象施不窮也，从木畾聲」，沈據《御覽》七百六十一引謂古不重象字，今斠唐本，不惟不重象字與沈説合，『作』作『爲』，亦與《御覽》所引《説文》合，特無『其』字，亦無『也』字耳。

又『杼，機之持緯者，从木，予聲』，沈據《一切經音義》十五、十七引謂古本無『之』字，今斠唐本亦無『之』字，而『者』下有『也』字，『予聲』下有『一曰杼削木』五字可補。

又『棧，棚也，竹木之車』，沈據《玉篇》謂棚也，下有『一曰』二字，淺人妄删。今斠唐本亦無『一曰』二字。

又『椯，一曰椯度也』，唐本云『一曰椯度高下』。

又『椎』，唐本作『棰』。

又『棁，木杖也』，沈據《後漢・禰衡傳》注引謂『大杖也，古本如是』，今斠唐本『木』作『大』，與沈説合，惟《一切經音義》十六、《韵會》引並作『大』，沈考扇矣。

又『臬，射準的也，从木从自』，沈據《文選・東京賦》注引『臬，射埻的也』，謂古本如是，復謂古本作自聲，今斠唐本作『準』不作『埻』，而从『自』則云自聲，與沈説半合。

又『樂，五聲八音總名，象鼓鞞木虡也』，沈據《爾雅・釋樂》釋文引『總五聲八音之名，象鼓鞞之形，木其虡也。』古木[本]如是，今斠唐本有『之形其』三字，與沈説合唐本總作揔，虡譌虛。

又『枹擊鼓杖也』，沈亦知《文選・王元長曲水詩序》注、《一切經音義》三、四、十八、《左》成二年正義引『杖』並作『柄』，謂有誤，而唐本作『柄』不作『杖』。

又『柹，削木札樸也』，沈據《一切經音義》十三、十六、十八引謂『樸，古木[本]作朴』，唐本作『朴』，與沈説合。

又『柮，斷也，从木，出聲，讀若《爾雅》「貀無前足」之「貀」』，沈據《玉篇》引『斷也，一曰給也』，謂古本尚有四字，今斠唐本『柮』下有『一曰絡』三字，莫氏云當據補系部『絡，絮也，一曰麻未漚也』，『給』形近誤。

又『析，破木也，一曰折也，从木从斤』，沈據《一切經音義》十五引謂『折，古本當作析』，而唐本云『破木也，从木斤，一曰折』，然則折爲析之別一義可無疑，折爲析誤矣莫箋未審。

又『休，息止也』，唐本云『止息也』。

又『桎，足械也，梏，手械也』，沈據《周禮掌囚釋文》、《御覽》六百四十四引謂古本有『所以告天，所以質地』八字，今斠唐本『桎，足械也，所以質地，梏，手械也，所以告天』，與沈説合。

又『柙，檻也，以藏虎兕』，沈據《一切經音義》六引『柙，檻也，《論語》「虎兕出於柙」是也』，無『以藏虎兕』四字，古本如是，今斠唐本云『檻也，可以盛藏虎兕』。

又『棺，關也，所以掩尸』，唐本『尸』作『屍』。又『櫬，棺也，從木，親身』，《春秋傳》曰『士輿櫬』，沈據《御覽》五百五十一引『櫬，附身棺也』，謂古本有『坿身』二字，唐本亦無『坿身』二字，則挩久矣。『輿』，唐本作『舁』。

又『楬，楬桀也，从木，曷聲，《春秋傳》曰「楬而書之」』，沈據《一切經音義》十四引『楬，櫫杙也』，謂古本如是，今斠唐本『桀』作『橥』，與《韵會·六月》引《説文》同段曰趙鈔本及近刻《五音韵譜》作『揭橥』。《春秋傳》唐本云《周禮》與《一切經音義》十四引《説文》同，而段氏玉裁、嚴氏可均説與唐本闇合，所謂精核，非歟？而沈説與唐本闇合者亦十之三，其無關指要者别籤於其書。

沈字匏廬，一字西雍，嘉興人。

説文聲讀表書後

苗氏夔欲駕姚文禧《説文聲系》、嚴氏可均《説文聲類》而上之，爰作《説文聲讀表》，見陳氏《韶舞樂罍銘攷》，釋迥泰昀即調七韵，謂周人七韵即唐虞三代聲教之遺，於是韵定七部，而字以聲從韵，以部分準，以三百篇範以九千字，爲卷七。成於道光廿二年，既付剞劂，王氏《天壤閣叢書》重刊，蓋重之也。

夔字仙簏，肅甯人，别有《説文聲讀考》。

説文轉注古義攷書後

六書惟轉注至難言矣。裴務齊以俗説爲轉注，曰左回右轉，張有以轉聲爲轉注，曰無少長，毛晃、趙古則、陸深、王應電、張位、吴元滿、焦竑、甘雨、方以智、顧炎武、潘耒之倫沿之，鄭樵以形聲爲轉注，曰母義子聲，戴侗以變體爲轉注，曰側山爲𠂤、反人爲匕、反欠爲旡、反子爲𠫓，周伯琦意與侗同，楊恒以會意爲轉注，曰二文三文四文轉相注釋，劉泰意與恒同。它如楊慎之叶韵、朱謀㙔之諧音、趙宧光之主諧聲中之同聲，若此之類紛如聚訟，必求合於許書轉注之本恉。楚固失矣，齊亦未爲得也。戴氏立互訓説，段注師之，而江氏永則謂本義引伸，或變音、或不變音爲轉注矣。曹氏仁虎《轉注古意考》一卷，以建類一首同義相受，立説誠非無據，然《後魏·江式傳》轉注下無轉注者十五字，《漢·藝文志》師古亦未注出許説，或曰羼入，亦未易碻證其非羼也。而雲龍又懼阻初學者之求轉注也，輒淺言之曰：『義異聲近曰叚借，而字異義通曰轉注。』非斯二者，奚以濟指事、象形、形聲、會意之窮歟！

説文答問疏證書後

薛氏傳均就錢氏大昕《説文答問》而爲《疏證》六卷。《答問》本以明叚借誼也，薛則辨有無，審正俗，察疑似，《易》、《書》、《詩》、《春秋》三傳、《禮記》、《周禮》、《儀禮》、《論語》、《孟子》、《爾雅》，群經凡三百二十有三事，成於道光元年。傳均字子韵，甘泉人，箸有《閩游艸》一卷、《十三經校語》二十卷，《文選古字通疏義》未成。

説文外編書後

雷氏浚《説文外編》十六卷，先考字於四書、《易》、《書》、《詩》、《春秋》、《禮記》、《周禮》、《儀禮》、三傳、《孝經》、《爾雅》，卷一至十一曰經字，旁及《玉篇》、《廣韵》，卷十二至十五曰俗字卷，十六曰補遺，許書所無而鈕氏《新坿》、《續攷》已及者皆不復舉。然於經籍求其通字，必於許書求其正字，惜未如曲園先生言以《易》先，以《論》、《孟》後，以《大學》、《中庸》入《禮記》，補遺後成，俞敘言十五卷以此。浚字深之。

景鈔宋本汗簡並輯後録跋

《爾雅・釋器》『簡謂之畢』，疏『簡，竹簡也』。古未有紙，載文於簡，劉向校書，上《戰國策》、《晏子春秋》、《列子》目録，云『殺青書』，劉向《别録》云：『殺青者，以火炙簡令汗取其青，易書不蠹，謂之煞青，亦謂之汗簡。』然則汗簡名書，文取諸古也，雖漁獵七十一家中，如《碧落文》之類不無詭奇，而分部一如《説文》是其所長。珌之屬可以補脱，叓今《説文》作事之屬可以正譌，𢇍與𢇇異，冃與冒異，亦繇郭見本不同，小學家所當存參者也。《宋史・藝文志》汗簡與佩觿並列，晁、陳諸目及《崇文書目》有佩觿而遺此。宋大中祥符年間李建中修祕閣新本，初闕撰人名氏，因徐鉉言證以書中注有『臣忠恕』字，定爲郭忠恕譔，天禧二年李直方模寫本，此《四庫書目》録兩淮馬裕家藏本、黄丕烈士禮居咸孱守居士明鈔本、汪立名刊秀水潛采堂朱氏舊鈔本。光緒六年，雲龍於海王邨獲景宋舊鈔殘本，假歸景鈔，以汪本足之。景鈔既畢，輒據《四庫書總目簡明目録》、郭若虚《圖畫見聞志》、《蘇軾集》、《談苑》、周越《法書後苑》、宋陶岳《五代史補釋》、文瑩《玉壺清話》、王得臣《麈史》、江休復《嘉祐雜志》亦曰《江鄰幾雜志》諸書爲汗簡後録一卷而未備也。

汗簡箋正書後

自鄭子尹珍《汗簡箋正》出廣雅書局刊行，黎氏又石印於日本，而郭忠恕之奇僻歧異見，李建中標七十一家之漏複亦見，豈惟諍郭，抑亦功李矣。釐訂畫一，則子尹、子知同之功居多。然許書今本所佚，未嘗不借《汗簡》以存其舛，或繇傳鈔，未可盡咎郭也。『[illegible]』與『[illegible]』異，亦猶『[illegible]』之異『[illegible]』、『[illegible]』之異『[illegible]』，見本不同，難可訾爲增改。行部[illegible]即率部[illegible]，謂之重出是也，謂以『[illegible]』爲『率』，則郭作『[illegible]』不作『[illegible]』，類此宜再商訂。它若汪本爾作尔、禮作礼、册作册、卉作卉，皆不戾於古，儻亦郭忠恕力尚古文之所取歟？微獨宋本當依已也，而改何也？

《四庫總目》《汗簡》三卷，《目録敘略》一卷，蓋指上、中、下言，汪本六卷，《敘目》一卷亦不失，上、中、下各分爲二，原卷之數箋正亦於目録，尾題卷第七，而前署八卷，抑又何也？

干禄字書跋

書首元孫結銜稱滁沂濠三州刺史，案《唐書·地理志》，濠州鍾離郡，初作『豪』，元和三年改從『濠』。《廣韵》豪州名屬九江郡，《廣韵》在天寶十載，可徵其時州名之作豪，洪慶善考韓退之作《徐泗濠三州節度掌書記廳石記》在貞元十五年，因據《唐志》以證俗本作『濠』之誤，而吴曾《能改齋漫録》駁之，引杜佑《通典》稱『濠州』以議《唐志》之失，宜《潛研堂金石文跋尾》不以吴爲然也。《金石文字記》云序稱『侄男真卿書』，書侄而又加男，唐人俗稱，古者兄弟之子皆曰子。武億《金石跋》云『徐氏謂元孫作《干禄字書》，其從孫真卿書之於石』，從孫殆從子之訛。《集古録》收顔書與楊漢公摹二本，真蹟杳矣，即云見楊本如《東觀餘論》者亦不多得，至宇文摹刻於潼，乃一石而兩面書之，句詠跋泐其半。《金石萃編補》與楊漢公所摹二本特爲精詳，於是俾以楊、蜀二本參校，若顔書之刓缺者以二本補焉，不可推究者闕之，令通顔書之士摹勒刻石於頖，使學者矜式，且欲所傳之廣。壬戌八月既望。

《成都句詠記》七十五字核與碑存殘字小有異同。考句氏系出句芒，王應麟《姓氏急就篇》蜀有句氏，唐法雨殘石鐫人句海朝，《錦里耆舊傳》譔人句延慶，又宋句濤字景山，新繁人，高宗歎其忠。其蜀望族歟？《中興藝文志》有宋婁機《廣干禄字書》五卷，明楊士奇等所編，《文淵閣書目》猶存其名。同治甲戌孟秋。

俗書證誤跋

《俗書證誤》，隋顔愍楚譔，坊本沿明刻，元陶九成《説郛》本作宋顔湣楚，誤。考宋無同姓名其人，且《隋、唐兩志》經解小學類載愍楚《證俗音略》一卷，即其通小學之一證。《家廟碑》愍楚之推子直隋内史省，《唐書·朱粲傳》『隋著作郎陸從典、通事舍人顔愍楚謫南陽，粲初引爲賓客，後盡食兩家』，事在粲降唐以前，是愍楚爲隋人無疑。同治甲戌七月辛丑朔三日。

隸辨書後

顧藹吉，字南原。是書卷凡八，先四聲，次疑字，次依《説文》饔偏旁五百四十部，次碑考，次隸八分考，次筆法。大恉爲解經之助，而采自漢碑。準以《説文》，益以《漢隸字原》，訂正以《隸釋》、《隸續》，它如《漢隸分韵》，所弗取也。玉淵堂本是其初刊，乾隆間黄晟重鋟。

漢書書後

經學爲史學之本，小學又經學之源也。班固續楊雄《訓饔》，不可謂非小學家矣，史學之通以此。師古注有聲而惜不精小學也，豈第如《十七史商榷》所云已哉。鄭樵譏《説文》止得象形、諧聲二書，而謂《漢書》一經顔氏，後人不能易其説，何歟？王應麟《藝文志考證》雖未克於説經家法標準闒塗，而博疋已勝。近如王元啟、汪邁孫、全祖望、錢坫、吴卓信、洪頤煊、徐松、李光廷、王鳴盛之倫以視其説，易耶？否耶？或執《儒林傳》以下注音以目誚之，則王鳴盛已言師古陋不至此矣。

東漢會要書後

徐天麟《東漢會要》四十卷，以范書爲本，而復博采袁《紀》、《通典》、《通鑑》、《文選》諸書，間坿按語，不似《西漢會要》之墨守班《書》矣。以三百八十四子目列之十五門，曰帝系、曰禮、曰樂、曰輿服、曰文學、曰曆數、曰封建、曰職官、曰選舉、曰民政、曰食貨、曰兵、曰刑法、曰方域、曰蕃夷，凡四十卷：目録一卷，第三十七、三十八並闕，三十六、三十九亦闕其半。初僅傳鈔宋本，乾隆間印聚珍本，道光二年胡氏刊江鄭堂氏校本，光緒元年雲龍得遂雅堂所藏聚珍本於海王邨，輒借斠胡本。

卷一『袁安在桓虞上』二葉『鹿』作『寵』凡曰『在』、曰『作』、曰『云』、曰『奪』，指胡本言、『劉愷楊震』在『司馬苞』上三葉、『劉崎』在『朱倀』上、『胡廣』在『黄尚』上四葉、『頍』作『頮』五葉、『劉寵』在『楊賜』下六葉、『廢懿陵爲貴人冢』，胡本注有『按后諱女瑩』五字』十葉、『大效』云『大赦』十葉、『東而』云『東面』，『疆』作『制』，『穰』下『侯重』十四葉，雲龍按：胡本『重侯』誤。

卷二胡本無『和帝元興元年宗室以罪絶者悉複屬籍』十六字八葉、『順常』云『章』章是。十一葉。

卷三『屯出』云『屯田』田是、『太出泰出之『出』並作『山』山是。十三葉、『常天』云『當』十五葉。

卷四『月津』云『月律』律是。四葉。

卷五『冬重』云『冬至』十葉、『有日』之『日』胡本譌『曰』十三葉、又奪『西織』至『漢火』十四十五二葉，而以『有東』接『引火』行火。十六葉。

卷六又奪『蔡質』至『後拔』六、五二葉、而以『省之』接『邯鄲』邯鄲。六葉、又奪『上壽』二字九葉、『南而』云『南面』面是。十一葉、『通興』云『通典』、典是。十三葉、『上事言聖』之『上』胡本譌『土』十八葉。

卷九『昇』作『屏』三葉、『棨』作『啟』十三葉。

卷十胡本奪『也其』至『以章』七葉，而以『勇雉』接『德服』德服。八葉、又奪『王以』至『十首』而以『諸侯』接『公主』公主。十葉。

卷十一『降意』云『祭意』三葉。

卷十二『粮』作『糧』七葉、『之從』當作『又之』八葉、『意者』云『議者人』九葉。

卷十三『慱』作『博』六葉。

卷十五『懼』作『懼』十二葉。

卷十九『滈』作『高』十二葉、『黄門侍郎』上奪『給事』二字十九葉、『犯注』云『犯法』法是。六葉。

卷二十一胡本奪『甚帝』至『從法』十一葉，而以『下幸』接『禁不』禁不。十二葉。

卷二十二『潁用』云『潁川』川是。八葉。

卷二十五胡本奪『去矣』至『伏牀而泣』百十四字六葉、『萬全』云『萬金』七葉。

卷二十七『慱』作『博』八葉、『諭』當作『論』九葉。胡本亦譌。

卷三十『見』作『兄』、『土』作『上』七葉、『獨怪江校有聲而』奪譌。

若此其甚也。是書文學門圖書云整齊，脱誤是正文字有旨哉。

經義考書後

朱氏彝尊《經義考》三百卷，説經書目也，初名《經義存亡考》，其《補遺》二卷未成。乾隆四十二年四庫全書館鈔進，得御題弁首，論者榮之。是書御注勅譔一卷，《易》、《書》、《詩》、《周禮》、《儀禮》、《禮記》、《通禮》、《樂》、《春秋》、《論語》、《孝經》、《孟子》、《爾雅》、群經、四書，共二百五十八卷，逸經三卷，毖緯五卷，擬經十三卷，承師五卷，宣講、立學共一卷，刊石五卷，書壁、鏤板、著録各一卷，通説四卷，家學、自敘各一卷，卷凡三百，而宣講立學、家學、自敘三卷原闕，先刊百六十七卷，揚州馬氏補刊百三十卷，是實存二百九十七卷也。其總目盧氏見曾編，翁氏方綱就丁炁、王聘珍説補正千八十八科爲十二卷，往雲龍又得若干科，欲爲《補正補》一書，而記輒佚。今斠《魯論語》並《禹貢錐指》，非奪即衍，遂書於後。《魯論語》『傳』，按内讀『傳』爲『專』，下當補『可使治其賦也』，『賦』作『傳』《釋文》鄭云軍賦，梁武云《魯論》作『傳』，徐養源《論語魯讀考》曰梁武説必有據，鄭注不言，殆改魯從齊乎？『傳』疑當作『傳』，讀爲『傳』別之『傳』，傳與賦聲相近。『下如授』讀『下』爲『趨』。『鄉人儺』，『儺』讀爲『獻』。『詠而饋』，讀『饋』爲『歸』。『子曰「父在觀其志，父没觀其行」』，古皆無此章徐養原曰『古』上疑脱『齊』字。『謂之躁』，讀『躁』爲『傲』朱無『謂之躁』句。『饋孔子豚』，『饋』讀爲『歸』。『惡果敢而窒者』讀『窒』爲『室』朱無『果敢』句。『已而已而，今之從政者殆而』讀『期斯已矣，今之從政者殆』。作《禹貢錐指》者胡氏渭也，而以爲『渭生』且無攷。若此類翁未之及，而最宜補者《爾雅》類，無《説文》諸書也。雲龍擬爲《許學藝文志》，而輯皆見文爲《許學文徵》，殆亦朱氏意歟？

補後漢書藝文志跋

鄭康成《魯禮禘祫志》，范《書》傳志作『義』，唐人引作『志』不作『義』。厥書雖佚，然見之《詩禮疏》、《通典》諸書，可輯也。《毛詩正義》云：『《詩箋》及《禮注》所言禘祫，數經無正文，鄭以《春秋》上下攷校，知其必然，箋注皆爲定解，仍恐後學致惑，故又作《魯禮禘祫志》以明之。』侯氏康《補志》，僅於《禮記注》及『禮議目』下言之而不列目，何也？《陳子》見《魏志》二十二注：『《魏書》紀箸書數十篇，世謂陳子。』仲長統《昌言》亦見《魏志》二十一，注引繆襲撰《統〈昌言〉表》云一十四篇，微獨與《崇文總目》十五篇分爲二卷、《玉海》引《中興書目》存十六篇異，且與十卷卷數異也。類此難可從略。

補三國藝文志書後

此四卷，例一如《補後漢書藝文志》，亦稱該洽而有漏。《魏略》《魏志》十三注『遇善《左氏傳》，更爲作朱墨別異，有從學者，遇不肯教，由是諸生少從遇學，無傳其朱墨者』，此當補於董遇《春秋左氏傳章句》者也。《劉劭傳》『劭與議郎庾嶷、荀詵等定科令，作新律十八篇、著《律略論》』，此又當補於劉劭《律略論》者也。《魏志》廿一注《嵇康譜》『喜字公穆，爲康傳，曰康撰録上古以來聖賢隱逸、遁心遺名者，集爲傳贊』，此又當補於嵇《聖賢高士傳贊》者也。鄭默《中經簿》而侯奪『簿』字，亦宜補。武進湯洽《補梁書藝文志》、《補陳書藝文志》各一卷，雲龍輒補《晉藝文志》而意未已。

欽定天禄琳瑯書目並後編書後

問學以晚出加詳，而考訂以近古彌信。《天禄琳瑯書》宋本足證群經，今本略，於《書目》謹窺一班[斑]。而《左》昭二十年注死而賜謚，勘『未』字之謬增，即以杜卮言之，後起豈弟争異同於字句哉！謹按，乾隆九年勅編《天禄琳瑯書目》十卷，凡宋、金、元、明四百部，即入《欽定四庫全書》者也，既詳年代刊印，復綴論跋，章記嘉慶二年。後編二十卷，凡宋、遼、金、元、明六百六十三部，例亦如初。光緒初雲龍傳鈔，藏之簑喜廬，未知與經訓堂鈔本何如也《經訓堂鈔》見《鈕非石日記》。

浙江採進遺書總録書後

乾隆三十七年詔徵遺書，越三年，《浙江採進遺書總録》付梓，綜十二次，起甲訖癸，一次一集，以最後二次爲閏集。先是浙江藏書家甯波范氏天一閣、嘉興項氏天籟閣、紹興鈕氏世學樓、祁氏澹生堂，皆儲自前代者也，繼則國朝曾氏倦圃、朱氏曝書亭、趙氏小山堂，獨天一閣爲魯靈光矣。時則有杭州鮑氏士恭知不足齋、吴氏玉墀瓶花齋、汪氏啟淑飛鴻堂、汪氏汝瑮振綺堂、孫氏仰曾壽松堂、慈谿鄭氏大節二老閣，儷范而六，它雖弗如，而古刻舊鈔，往往貢目綜帙撮指，爲書四千五百二十三種五萬六千九百五十五卷，不分卷者二千九十二册，而習見不與焉。雲龍獲自京肆，朱墨燦然，别去取也，其甲集《讀易考原》一册，原書有譔人，無時代，以墨增『元』字於豫章蕭漢中上，殆亦修《四庫書》時備檢本歟？

天一閣書目書後

浙江藏書家莫不於范氏天一閣首屈一指，始於明兵部右侍郎、甯波范堯卿名欽，嘉靖十一年進士。閣在月湖西，歷三百餘年矣，皆天啟前書：經二百六十六種四千一百七十一卷，史千二百七十六種萬九千五百六十二卷，子千十一種三千二百四十八卷，集八百八十種萬一千五百四十五卷，凡四千九十四種五萬三千七百九十九卷。乾隆間進呈書六百九十六種五千二百五十有八卷，內有備取五十種，又坿二老閣四十四種，御賜《圖書集成》萬卷、圖二種二十八幅，聞者榮之。嘉慶間阮文達屬陳氏廷杰以《四部編目》十卷而爲之敘。

全燬抽燬書目書後

乾隆四十七年全燬書百四十四部，抽燬書百八十一部，總纂爲紀昀等。然全燬中仍有存目於四庫書目者，《沈氏學弢》、《宋史筆斷》之類是也，抽燬中，《鍾臺集》之『鍾』，《四庫總目》作『鐘』，又《采芝堂集》明陳益祥譔，《四庫書目》『陳』作『周』，而銷燬書目不第唯是。

愛日精廬藏書志書後

張金吾初成《愛日精廬藏書志》四卷，活字印行在嘉慶二十五年，越六年重編三十六卷，後又成《續志》四卷。凡刊本舉宋與元，凡舊鈔汰習見者，其書善本兩存依《遂初堂書目》例，其載敘跋依馬氏《經籍考》例敘跋止元，見專集。《經義考》、《小學考》、《全唐文》不録，其小學類有《説文解字補義》十二卷，元刊本，而包希魯自敘前闕矣。是書金吾敘以裨學治爲斷，非拘拘矜宋刻、標精鈔比。雲龍求刊本不得，輒傳鈔之，寫官又輟，輒自足之，凡行書，手鈔也。時光緒十年。金吾字昭文。

讀書敏求記書後

錢遵王，虞山人。其《述古堂書目》三千種有奇，《讀書敏求記》四卷，不及五之一。何義門謂專記宋刻元鈔及書之次第完闕、古今不同者也。

續彙刻書目後

蘽凡三易，本乃惋定，聊作記事珠，非敢爲問津筏也。雲龍曾於海王邨借書讐目，適坊友饒氏言已重刊顧氏《初編》矣，且有《續編》將付手民。喜其先得我心，索覽之，視雲龍輯塵十之一，體例無論已，其與《初編》複又自複者過半，亦有數種在輯外者，惜非缺即譌，彼良受善而予何隱也？饒始爽然，繼乃殷然願受雲龍書任剞劂焉。謝之，請益，固爰擇厥三種詳攷入録，跋以貽之書已重訂，聊存原跋。雲龍復欲精審甄録爲叢刻《藝文志》，而以瑣雜爲外編。

結一廬書目書後

《結一廬書目》四卷，署唐棲朱氏藏，似編自朱子青者也，借本傳鈔。其目皆宋元明刊及傳鈔本，其宋刊著者：《周禮注疏》五十卷半葉八行，《春秋經傳集解》三十卷十行，《春秋經傳句解》七十卷十行，《通鑑紀事本末》四十二卷大字，《國朝諸臣奏議》百五十卷十一行，《通鑑總類》二十卷十一行，《夢溪筆談》二十六卷十二行，《郤埽編》三卷九行，《皇朝仕學規範》四十卷十二行，《杜荀鶴文集》十二行，《古雲文集》二十五卷坿録一卷十行，《晦庵先生文集》百卷《別集》七卷十行大字，《花間集》十行。其明鈔本有《邵氏聞見録》二十卷《後録》三十卷，可補《津逮秘書》刻本所脱四葉朱云《津逮祕書》脱四葉，遂并兩條首尾爲一。

皇朝經籍志書後

黄本驥字仲良，甯鄉人，湖南黔陽縣教諭。是書六卷，一爲内廷書目，二至五經、史、子、集，六爲著書人物考，而以《四庫書存目》爲斷。後有作者，均未箸録，殆後續志歟？

歷代帝王年表坿帝王廟謚年號譜書後

是書三王五帝三代表一，秦六國年表二，秦年表三，漢年表四，後漢年表五，蜀漢魏吴年表六，晉、東晉十六國年表七，南北朝南宋齊梁、隋、北魏、齊、周年表八，隋年表九，唐年表十，後五代十國、契丹年表十一，宋、南宋遼、金、蒙古年表十二，元年表十三，天台齊召南編明年表十四，儀徵阮福續編至明洪武止。自三皇始，周上繫世，秦後繫年。召南自敘欲仿司馬温公《通鑑目録》意，總二十一史提其綱，未能也，乃作總表。道光四年阮氏小琅嬛僊館刊本坿桐鄉陸費墀《帝王廟謚年諱譜表》，既别統閏矣，而譜惜不及閏。

紀元編書後

《紀元編》三卷，李兆洛譔。紀元以王深甯《列代年號考》爲古，以是編爲後，晚出較勝，非江慎修永《紀元部表》、錢既勤東垣《建元類聚表》諸書比。粵雅堂本訖明，崇文局增至同治十年矣。然有不能無疑者，如宋紹聖元年即遼太安十年，遼以是年十二月乙酉改明年爲壽昌，證之《東都事略》、《文獻通考》同，雲龍修《順天府志》時，考《香河縣志》載張衍墓志云『衍，遼壽昌元年登進士第』，證之京都陶然亭遼碑以壽昌紀年，又同。錢辛楣曰遼人謹以避諱：『光禄』之改『崇禄』，避太宗諱也，改『女真』爲『女直』，避興宗諱也，追稱『重熙』爲『重和』，避天祚嫌名也，聖宗名隆，道宗爲聖宗孫，而以壽隆改元，理之必無者，錢説是也。雖《續通鑑攷》異，《遼史》志表記傳俱云『壽隆』，亦難可從。唐《高麗大安寺廣慈禪師碑》云光德二年庚戌鐫字，按廣慈禪師胤多，咸通五年生，俗歲八十二，是爲五代時晉出帝開運二年乙巳，即南唐李璟保大三年，越五年庚戌爲保大八年，即漢隱帝乾祐三年、漢乾和八年、蜀廣政十三年、遼天禄四年，而光德爲高麗王光宗年號。然考《東國史略》，其光宗元年注『後周太祖廣順元年』，是又在庚戌明年矣，與碑云二年庚戌不甚符合。《紀元編》卷二云『光德，後周廣德元年』，非也。廣德爲後周時段思聰僭號，非後周年號。

史姓韵編書後

汪輝祖《史姓韵編》，凡同姓名書官籍别之，其例然也。唐有兩徐浩，一字季海，明皇時累遷都官郎中，肅宗時進祭酒，一爲四明山人，《藝文志》載《廣孝經》十卷，乾元二年上，授校書郎，按乾元即肅宗年號，是以《潛研堂文集》斷爲别是一人，而《史姓韵編》祇載季海，不言四明山人官籍，非漏即誤矣。代隋竇抗爲幽州總管李子雄見《隋書》附《楊威傳》及《新舊唐書》附《竇威傳》，與《北史》李子雄裔子非一人，《史姓韵編》誤以爲一。《北史》七十四李雄即代竇抗之李子雄，《史姓韵編》又誤爲二。張騫載《漢書》三十一而誤三爲六。《後漢書·王商附堂傳》云劉璋以爲蜀郡太守，而誤『璋』爲『焉』。《三國志·吕雅附乂傳》爲乂子辰之弟而誤云乂孫。《三國志》閻宇在卷四十三《蜀書》，而誤四爲二，誤蜀爲魏。《遼史》韓知古子匡嗣，匡嗣五子德源、德讓、德威、德崇、德凝，而誤云『知古子』。《明史》張憲終禮部尚書而誤禮爲工。它若《三國志》种輯、龔都、龔禄、冬逢、宗緯、雍闓、龐羲、龐宏、龐林、韋康、車冑、徐元賢、吴壹、吴蘭、吴班、朱褒、狐忠、胡濟、諸葛緒、苻健、崔州平、雷緒、雷同、陳式、陳曶、陳褘、申耽、文仲寶、殷觀、殷純、樊子昭、韓玄、韓遂、韓馥、田楷、邊章、姚伷、焦璜、高幹、曹豹、何宗、狼岑、狼路、狼離、羊衜、楊奉、楊懷、楊秋、楊恭、楊敏、張世平、張肅、張任、張爽、張南、張通、張咨、張邈、張翔、張子雲、張休、張護雄、張菓、王芬、王子服、王忠、王謀、王雙、王經、王普、王山、王沖、王謀、王含、黄元、黄襲、成宜、丁君幹、鄒靖、劉元起、劉敬、劉德然、劉平、劉辟、劉琮、劉度、劉磧、劉豹、劉阿、劉冑、劉瑶、劉磬、劉邕、金旋、岑述、嚴顔、董承、董恢、董宏、孔伷、李平、李異、李韶、李堪、李權、李鴻、李伯仁、李永南、李盛、李齊、李簡、吕常、吕辰、許瑒、許貢、許叔龍、古朴、輔匡、尹賞、趙範、趙顒、趙莋、傅士仁、傅群、傅僉、廖淳、夏孫纂、蔣舒、冷苞、宋忠、魏狼、費伯仁、費承、費恭、費觀、向舉、向條、向充、鄭綽、陸議、卓膺、霍篤、郭修、郭攸之、郭授、郤儉、郤揖、徐庶母、關侯女，《晉書》樊坦，《新舊唐書》薛楚玉、郭山惲、郭虔瓘、郭知運、郭英傑、郭英，又《宋史》趙晙，《遼史》胡瓊、齊行本、蕭纅古、耶律昌珠、耶律果實、耶律瑞努、耶律納延、耶律坦、耶律特默、耶律果桑、耶律隆運，此無可疑，而皆闕如，類此難更僕數。聊述所見以備異日補正。

鄭學録書後

遵義鄭珍譔《康成傳注》、《年譜》、《書目》、《弟子目》，既卒，貴筑黄彭年題曰《鄭學録》。

自王肅之徒謬生黨伐，馬融欲殺之言，孔融讖妄之書，半出僞托。跡其避地之識、不仕之貞，非通經大儒，疇克學行相符若此，我聖祖所繇詔復從祀聖廟歟！是書功鄭亦翼經，惜其譌漏未盡補正。以書戒子益恩曰：『吾家舊貧，爲父母群弟所容。』史承節所譔碑文足正范《書》列傳之失。黄氏補引阮氏元説，已見『惟爲所容，始得去吏游學』是也。雲龍按：范《書》今本『不爲父母群弟所容』乃傳刻之譌。葉氏澧《橋西雜記》、元刻《後漢書》傳無『不』字，與鄭公碑合。然則史無可疑，范亦不必咎。《太平御覽》六百八引孔融與諸卿書『臆説』之『臆』是書譌異。又三百八十七引《三齊記》『山下草如薤葉』，《太平廣記》『下』作『中』，無『葉』字，此《傳注》當正者也。《御覽》引趙子聲諂康成學在卷六百七，非六百九也。『山川上』無『於』字。又五百四十一引《別傳》『妻以弟女』而誤云『女弟』，此《弟子目》當正者也。引書亦自有例，省言『別傳』可也，改名而字可不必也。《御覽》或卷或部，類此又當畫一，後或補正，此其綿蕞。

金石萃編書後

雲龍非能者金石，者金石文之足證小學、經學、史學而已。光緒初簒《全漢文》，其中金石以文爲主，非金石家例，然斠異補闕則同新出土者，時溢於翁氏《兩漢金石記》、申氏《涵真閣漢碑文字跋》、王氏《漢碑拾遺》諸書，而不限時代。甄録全文者，洪文惠《隸釋》、《隸續》尚矣，與歐、趙例異。宗其例者，顧氏《金石文字記》、林氏《來齋金石考》、李氏《觀妙齋金石文考略》、陳氏《金石遺文録》、葉氏《金石文隨録》、孫氏《平津館金石萃編》、吴氏《金石存》、來氏《金石補考》、梁氏《金石記》、汪氏《古石琅玕》、周氏《雲煙過眼録》、黄氏《小蓬萊閣金石文字》、江氏《金石今有録》、洪氏《平津讀碑記》、宗氏《留雲盦金石審》、劉喜海《金石苑》限一時、一地、一人、一物、一體者亦多，而集其成莫王氏《金石萃編》。若難斠以拓本，奪譌不免，而大體該博，前此未有也。

其卷百六十，其金石文拓本一千餘種，至遼、金止，自三代始。繼起有吴氏《筠清館金石記》、瞿氏《古泉山館金石文編》，一以富稱吴二千六百餘，一以精著跋詳，而未行世，行世有陸氏《金石續篇》。

金石續編書後

《續編》者，武進陸氏燿遹校訂，而就目補闕，而未盡補者太倉陸氏增祥，雖富不逮吴氏《筠清館金石記》，精亦未逮瞿氏《古泉山館金石文編》，而較之葉氏《續金石録》、劉氏《金石續録》、錢氏《金石後録》、葉氏《金石録補》、潘氏《金石文字記補遺》，有過之無不及也：

卷一　漢、吴、晉、前秦、宋、齊、後魏，十六種，闕一。

卷二　東魏、西魏、北齊、北周，十九種，闕三。

卷三　隋九種。

卷四至卷十一　　唐一百三十七種，闕五而奪目一《薛贇墓誌》。
卷十二　　唐、後梁、後唐、後漢、後周、吴、南漢、吴越、北漢，二十三種，闕二。
卷十三至卷十九　　宋百七十四種，闕三十九。
卷二十　　遼、西夏、金四十一種，闕二十。
卷二十一　　高麗九種。
凡四百一十九種，闕七十一種，實編三百四十八種。
《萃編》再續，豈無來者！燿適字紹聞，增祥字心農。是書石印就，初刻本與《萃編》同行。

兩漢金石記書後

申氏《涵真閣漢碑文字跋》、王氏《漢隸拾遺》，或無金，或遺篆，孰若翁氏《兩漢金石記》之爲愈也。其卷二十二，其記二百八十有六，其年月表百有十四，其表扁而補遺者三：一爲建平五年石刻廿九字，一爲永元六年刻石十六字，並《古刻叢鈔》，一爲永初官塹文，而哥漢金石居十之一，可傲歐陽子矣！

然如《少室東闕題名》，『紓』反書『孫』字而闕釋，《開母廟石闕銘》『杞繒』之『繒』誤『繪』，《三公山碑》『民流』上一字拓本作『𠀤』不作『我』，『𠀤』爲『并』，若此類似宜補正，復以翁所未見與夫後出土者述《兩漢金石續記》，亦雲龍志也。

雲龍饔喜廬藏本購自光緒元年。

常山貞石志書後

志一郡金石，嚴氏《江甯金石記》、李氏《括蒼金石志》而外，尚有《武林金石録》、《濟南金石志》。又有載志中者《順天金石志》、《湖州金石志》、《吴郡金石志》，而沈氏濤《常山貞石志》二十四卷，精審未遑多讓，上自周始，下以元斷，凡刻石二百五十種有奇，而克以小學、經學、史學爲本。然偶斠拓本，亦未能無奪：《三公山神碑》十五行『囗』下一字是『汝』，十六行『奉』上弟四字是『曰』，若此類難可盡諉，蓋闕例也。而題『常山』，孰若正定之爲愈耶？

是書成於道光二十二年，雲龍所購有『靈石楊氏墨林』印。

粤東金石略書後

録唐宋以來金石五百六十二種，無漢刻，地爲之也。録自《隸釋》獨《周憬銘》。

觀妙齋藏金石文攷略書後

觀妙齋爲李光瑛藏金石處。金石録目不録文，凡六百有奇。拓本睎曹氏《古林金石表》無不及也。采諸家論，間附己説，助之者其姊夫王子典，獨惜著説多在筆畫間耳。

光瑛嘉興人，字子中，考略在雍正間。

金石癖書後

李雨邨序謂在京琉璃廠書肆得抄本，不録書名，亦失目録序例，每卷有『鈍根老人編』數字，因釋其音義，以金石癖名。雲龍按：是書跋語即吴玉搢字山夫《金石存》也，李自謂癖金石文而未目吴書，何歟？偶斟拓本，豕魚輒貢，李之斟刊又可知已。吴書凡十六卷，此止十五，殆吴初藁。

金石苑書後

劉喜海《金石苑》一册爲自刻本，雲龍得自京師海王邨，皆蒼玉洞題名石刻也，凡三十有三種，起宋慶曆訖寶慶，二百餘年間物。而劉跋不無舛錯，如崇甯癸未二年也，誤二爲三，紹興辛巳三十一年也，誤一爲三，淳熙辛丑八年也，誤八爲三，寶慶丁亥三年也，誤三爲二。

湖州府志書後

同治六年，陸存齋觀察建重修湖州府志議，周縵雲侍御力贊之，起九年，訖十三年書成。

凡圖一，表十七，略四十五，録二，傳二十八，附以緣起，雜綴辨證，都爲九十有六卷，其人物傳注出處，增舊志無慮數百矣。然如明高安，湖州人，知瀞縣，遷知宛平，張兆元，字蓮汀，烏程人，賓坻知縣，並祀名宦。國朝沈鋭，歸安人，知良鄉縣，遷知薊州，纂《薊州志》，事蹟均見雲龍所纂《光緒順天府志·官師傳》。類此補志，且俟續者。

水利營田圖説書後

雍正三年，命怡賢親王總理水利，朱軾佐之，興京東、京西、京南、天津局凡四，訖七年，成田六千頃有奇，可不謂效歟！越二年，大學士朱軾、河道總督劉于義奏議設觀察使、副使各二，有《水利營田説》一卷，著録於《畿輔通志》，以局繫邑，注某水營田若干頃，載筆者陳學士儀也，嘗爲營田道，故言之詳而無圖，吴氏邦慶補圖三十六，題曰《水利營田圖説》，爲《畿輔河道水利叢書》弟四。

銅官感舊圖跋

章子价人《銅官感舊圖》，非感命蹇之謂，謂銅官山渚猶是，而非復曾文正戰靖港時矣。靖港爲資水入湘口，去省城六十里。有銅官山，以六朝置銅官名，即《水經注》所謂雲母山也。其下有渚，名亦如山，即劉夢得詩所謂雲母溪也。

先是雲龍訪湘軍水陸戰事：文正被命練鄉勇，以咸豐二年十二月壬辰治軍始，明年五月髮寇圍南昌，湘軍赴援始此。既援湖北，四年正月文正改水陸營制，而寇圍武昌，略通城、崇陽，襲湘陰，逼甯鄉。二月甯鄉復，三月寇犯岳州，尋踞靖港，再寇甯鄉，陷湘潭，以塔齊布勝而長沙危。四月己巳朔，文正謀攻守，或曰牽湘潭莫先靖港若，或曰進湘潭便即北可保衡州也。水十營所鄉視彭剛直公一言決時剛直保知縣，決鄉湘潭，以五營先。文正將繼，而長沙團乞師攻靖港，許之。方夜半，懼不利，艸遺疏，价人知必死，乞從，不可，輒伏舟尾。庚午，文正將礮船進洪家洲，距靖港五里。寇礮猛而纜上，寇斫纜者，鄉團潰，競橋，橋以門榻爲之，易傾，落水百餘人。文正仗劍督旗，奔不克止。文正投水，三卒躍援，文正叱之，而价人掖之上漁舟。文正曰何來，价人曰：『報湘潭捷來也』。而實未聞捷。旋舟南湖港，而湘潭水陸軍捷聞適如价人言。壬申，水師盡焚寇舟，寇走靖港趣岳州，而湘潭復，不十年而東南底定。价人之援文正，私耶？公耶？文正亦言：『吾豈忘之耶！』江甯既復，附驥輒顯，而价人浮沈牧守，即薛公敘文正幕府賓僚亦遺其名，何也？

雲龍聞軼事而感，而黄子麓泉以价人所爲圖記屬題，而感彌滋矣。『爲學著書，或名或不名，皆有命焉』，此文正語也，著書且然，况生死動關天下窮達、不計一身者哉！惟价人初無責報於文正之心，而文正死而不死，其功命也。惟文正初無不報价人之心，而价人不窮而窮、其不自功而功皆其功，亦命也。有功於公而若無功於私，亦莫非命也。《論語》始不愠終知命，而一歸之君子，若价人者君子非歟！後之人艤舟銅官山渚，知與不知，莫不動今昔感，而如見价人掖文正於港風怒鳴時也。

山高水長，价人與俱矣。价人名壽麟，長沙人。

南江札記書後

此亦儒家考訂書也。《札記》第一卷《左傳》、《穀梁傳》，弟二《儀禮》、《禮記》三禮，弟三卷《孟子》，弟四卷《史記》、《漢書》、《三國志》、《五代史》、《宋史》。

雲龍偶借刊本，妻李端臨輒爲傳鈔於紅餘籀室，備參斠也。譔人邵晉涵，字二雲，餘姚人。

何博士備論書後

宋何去非論歷代用兵旨，起六國訖五代爲一卷，凡二十有八篇，佚其二久矣，非佚自蒲城祝氏刊本。

臨陣管見書後

布國斯拉司弗司譔、金楷理譯亦布人，新陽趙元益筆述，凡九卷，譔人爲布弟五十九鎮内隊官。先是法君拿破侖立法三：一無人不兵，二游兵，三行伍攻，効法蠭起。洎布勝奥而兵法一變，於是同治八年千八百六十九斯拉司弗司譔《臨陣管見》，論咸豐九年、十年戰事千八百五十九年及明年，而同治九年、十年千八百七十年及明年之役未詳。越二年印行，又二年補《論德法交戰》，卷四至九是也。書文既異，口筆難同，而意則可綜。

卷一　布奧交戰論。雲龍按：此同治五年役也千八百六十六，論步兵、馬兵、礮兵，而㠯步兵爲主。大要六：前鋒用重攻法，一也。多用步兵，二也。不待接應而已包敵陣端，三也。連發後門鎗，陣線單而不單，四也。後軍如伏而應，五也。兵少而借地易，六也。而奧又昧礮先亂陣之法，布勝㠯此。

卷二　歐洲各國修改軍法。雲龍按：其要三：一、兩軍俱用後門鎗，必重用游兵也。法用煞氏頗鎗，差數已小於布之鍼鎗，而布游兵後門鎗擊法勝前裝藥鎗。其意游兵宜增不宜減，而難於散練，整行伍宜小不宜大，而易以小而捷。二、比較攻守法也。移兵宜攻，列陣亦宜寓攻於守。借地避彈，守法也，鎗彼陣線即爲攻法，否則伏地而鎗，一言括之曰擊。三、攻守何法善也。其攻法非兵多則軍面不可平，宜速行，宜鎗敵要害，其守法，宜前陳改游兵，而鎗宜斜，級陣護陣端，宜後陣近前陣，宜近敵始以擊，改攻宜張陣速鎗，而不泥行列同鎗。其攻守通法，鎗勿遠攻，守勿殫於改，而㠯勿重視守法爲善，且借地勢也。守借地，攻亦借地，地不能盡我擊力，則暫借之㠯衞，而更借一地濠則宜於攻城，而陸戰則恃轉怠軍心矣。

卷三　法人修改軍法。雲龍按：此改自同治五年後千八百六十六年後。一、列陣線形。二、步兵作叢法。三、攻守，守當堡用之物或須攻守處。四、操練並教習事。五、護衛章程。

卷四　德、法兩軍源流。

卷五　論分軍之法，並德法交戰移兵大略，又招兵之法。

卷六　論領兵事，並列陣交鋒大略。意謂德兵有五：一攻法，㠯陣端爲主，二先礮敵陣線，三多用游兵，四少用馬兵，五守擇地，其礮多而專。而法亦多游兵，惟不免守滯、衝弱、礮散、鎗遠。

卷七　各種兵列陣法。一步兵，二馬兵，三礮兵，四三兵合用，五論傷亡數。

卷八　圍巴黎斯與密次兩城戰事。

卷九　領兵列陣之理。比較今昔戰事並練步兵戰法，其意謂礮兵法可仍舊，馬兵宜配步兵，而步兵宜練游兵，而游兵宜分大小叢，宜習凹凸地，宜變行動形，宜諳整散令。

陸操新義書後

康貝，德國予告提督也，其譔《陸操新義》在同治五年戰事後，稾易輒排印，而五易稾在光緒七年，即九年李鳳苞所譯者也。卷凡四：一論一隊走動操法，二論一隊交鋒操法，三論一營操法，四論合軍操法。有圖十九。

其大恉㠯小隊自戰、合營共戰、不耗子藥爲要。誠哉其言！而又言按令同鎗，則非新義矣。

攻守礮法書後

此布國軍政局書也。美利加金楷理口譯，崇明李鳳苞筆述。一曰擇操地，二曰設礮位，三曰平時位置，四曰預備彈藥，五曰臨時審察，六曰納彈藥，七曰審定彈準，八曰六磅彈礮用法，九曰十二磅彈礮用法，十曰二十四磅彈礮用法，十一曰每礮備物。

雲龍按：礮法至今又異矣，重彈有至七百餘磅者。

克虜伯礮五説書後

是書譯述並與《攻守礮法》同，凡五卷。

克虜伯腰箍礮説弟一。曰礮體，首論礮質造法，次外形，次内景。曰門劈，首論其體，次圓片，次螺鍵，次螺桿，次螺柄，次鋼底、鋼圈，次裝箭，及彈箍鈎，次門眼。曰表尺，首審游動物，次定向，次望準，次兩望準、兩表尺，次望準忌太高且遠，表尺每度析十六分，横尺每度析三十二分。曰查收。曰彈藥。曰能力，力有透有炸。曰用礮，有表有圖。

克虜伯礮架説弟二，指十五桑的船礮言。曰上架，曰擠扳，曰下基，曰零件，曰安置收拾法。亦有圖。

克虜伯船礮操法弟三，指二十一桑的、二十四桑的兩種礮言。曰分掌，曰原位，曰解礮，曰推礮，曰啟礮門，曰裝礮，曰閉礮門，曰門藥，曰定向，曰備放，曰令放，曰洗礮，曰門缺，曰磨盤礮，曰右開門礮，曰放後擦鋼底。

克虜伯礮架説弟四，指十五桑的堡礮言。曰上架，曰鞲鞴，曰下基，曰架墊，曰零件，曰安置收拾法。亦有圖。

克虜伯螺繩礮架弟五，曰礮架説。曰阻輪内夾，曰阻輪外夾，曰螺輪，曰雜件，曰螺繩礮架操法。有圖。

雲龍書後代目，便檢也。

增删算法統宗書後

明程大位字汝思《算法統宗》萬曆刊，國朝梅瑴成字循齋增删，凡十一卷，繇乘除諸法，而方田，而粟布，而差分，而少廣，而商功，而均輸，而盈朒，而方程，而勾股，而難題。程目古今算學書目附尾而梅移首國朝算書增自梅，而掛扇多，如《漢志》許商《筭術》二十六卷、杜忠《筭術》十六卷，均未載。載五十一書，厥目間異，厥書半佚，輒書焉目訪。

宋元豐七年刊十書入秘書省，又刻於汀州學校：

《黄帝九章》

《周髀算經》

《五經算法》雲龍按：北周甄鸞《五經算術》五卷，唐李淳風注。

《海島算經》雲龍按：魏劉徽譔，一卷，并注。

《孫子算法》雲龍按：《孫子算經》三卷，甄鸞注，李淳風釋。

《張丘建算法》雲龍按：《張丘建算經》三卷，注釋同上，劉孝孫細草。

《五曹算法》雲龍按：《五曹算經》五卷，甄鸞注。

《緝古算法》雲龍按：唐王孝通緝《古算經》一卷并注。

《夏侯算法》雲龍按：《夏侯陽算經》三卷，六朝人。

《算術拾遺》雲龍按：此疑即《數術記遺》舊題，漢徐岳僞書也，甄鸞注。

元豐、紹興、淳熙以來刊：

《議古根原》、《益古算法》、《證古算法》、《明古算法》、《辨古算法》、《明源算法》、《金科算法》、《指南算法》、《應用算法》、《曹唐算法》、《賈憲九章》、《通微集》、《通機集》、《盤珠集》、《走盤集》、《三元化零歌》、《鈐經》、《鈐釋》。

嘉定、咸淳、德祐等年又刊書：

《詳解黄帝九章》、《詳解日用算法》、《乘除通變本末》、《續古摘奇算法》已上出楊輝《摘奇》

内。雲龍按：《詳解黄帝九章》即《詳解九章算法》，《詳解日用算法》即《算法取用本末》一卷，《乘除通變本末》疑即《算法通變本末》一卷、《乘除通變》一卷，而程誤合言也，《續古摘奇算法》一卷名同，又有《田畝乘除捷法》二卷，是爲楊輝算法六種，而程闕一，《詳明算法》元何平子，《乘除》，《九章通明算法》永樂劉仕隆，《九章》，《指明算法》正統夏源澤，《九章》，《九章比類算法》景泰吴信民，《九章》，《算學通衍》成化劉洪，《九章詳注算法》成化許榮，《九章詳通算法》成化余進，《啟蒙發明算法》嘉靖鄭高昇，《馬傑改正算法》嘉靖，《勾股算術》嘉靖箬溪顧應祥。雲龍按：《湖州府志》《勾股算術》一卷，《千頃堂書目》《測復算術》四卷，《正明算法》嘉靖張爵，《算理明解》嘉靖陳必智，《訂正算法》嘉靖林高，《測圓海鏡》嘉靖李冶，雲龍按：《測圓海境細艸》十二卷，元李冶譔，梅已辨程誤，《弧矢弦術》顧箬溪。雲龍按：《弧矢算術》一卷，《算林拔萃》隆慶楊溥，《一鴻算法》萬曆徐楷，《重明算法》，《庸章算法》萬曆朱元濬。

代微積拾級書後

此海甯李善蘭筆述之書。譔者羅密士，美利加人，口譯者偉烈亞力，英吉利人。善蘭，算學名家，西人所自歎弗如者也。其筆述在咸豐八年，刊《幾何原本》之明年，繇代數而微分，而積分，漸升若階級，遂名《代微積拾級》。

其卷凡十有八：一、以代數推幾何。二、作方程圖法。三、論點論線及易縱横軸法。四、論圜。五、論拋物線。六、論橢圜。七、論雙曲線。八、諸曲線依代數式分類。九、論越曲線、擺線、對數曲線、螺線、亞奇默德螺線、雙曲線螺線、對數螺線。目上九卷論代數幾何也。十、例及論函數微分。十一、論疊微分及馬氏捷術、戴氏新術，又論諸自變數之函數。十二、弟一次微係數解論、函數極大極小，又論求函數極大極小捷法。十三、論越函數、指函數、微分對函數、微分圜函數、微分。十四、曲線義，用微分推曲線之四線法，論極曲線之次切線，切線論，曲線及曲線之面積，曲面體積諸微分論，極曲線及面積之微分論，曲線之漸進線。十五、曲率半經、漸伸線及漸伸諸例、擺線理。十六、論一切曲線中理。目上七卷言微分也。十七、積分總論，論各微分之積分，用級數求積分法，論弧線微分之積分，論合名微分之積分。十八、用積分術令曲線改直線之理，求曲線面積，求曲面積求曲線體積。目上二卷言積分也。

其代數孰謂？　謂法郎西人代加德也。立縱橫二軸線，推曲線内諸點距軸遠近自代加德始，然即中法之四元也問諸元諸乘方諸互乘積。代數之目記號與四元之目位次，法不同，理亦異乎？　曰無目異也。其曲線無不可推，而一目直線爲限。函數云者，數元函元之加減乘約開方自乘諸數也，長數云者，幾何漸增漸減之微數也，變數云者，數漸變大或漸變小也；常數云者，不變之數也。微分、積分二術創自西人奈端二家，在康熙時，而實與代數同理，特法有不同耳。凡線、面、體，皆繇小而大，繇積分而分無數微分，是之謂微分，合無數微分，是之謂積分。代數目甲乙丙丁諸元代已知數，目天地人物諸元代未知數，而微分積分則目甲乙丙丁諸元代常數，目天地人物諸元代變數，目天代横線、地代縱線，目伕彵代横縱線之微分，以微係數係于伏𢈔之左，爲一切線面體之微分。善蘭敘謂一切線面體之微分與縱横線之微分皆有比例，而疊求微係數可得線面體之級數、曲線之諸異點，是謂微分術。既有線面體之微分可求積分，而最神妙者，同類題有一公式，每題又各一本式，公式中恒有天地，或兼伏𢈔，但求得本式中天與伏、地與𢈔之同數，㠯代之求其積分，即得本題全積，是爲積分術。繇是一切曲線、曲線所函面、曲面，曲面所函體，今皆有法；一切八線求弧背、弧背求八線、真數求對數、對數求真數，今皆至易。

雲龍復綜而論之曰：數學有數求數，而代數無數求數，而微分推有數無數之變數，積分者，無數微分之積也。

同度記書後

度至今中外不同甚矣，獨古今云爾哉！孔繼涵《同度記》一卷，以古今尺斛秤輕重大小不侔，乃以經準漢法，以漢法準今法。《細草》著自齊復斌《微波榭遺書》之四前三種：一《紅欄書屋詩集》四卷、二《斲冰詞》三卷、三《雜體文》七卷。

化學指南書後

《化學指南》十卷，同文館化學教習、法郎西畢利幹述《凡例》，云是書由洋文譯出，漢文皆爲有本之談。其命名造字，金類金旁，非金則多從石旁；取義於形性，與江南製造局譯化學書輒依西音以造字異矣。依音爲同聲之叚精，取義又未嘗非通誼之叚精，惜乎不曉六書，未克就本有字之音近義通者用之，例以《爾雅》其謂之何，其字難可爲訓，其學所宜旁通。《化學指南》非分質之堂奥，殆合質之椎輪歟？着數目字於旁以識率數，化學通例也，其以 O 識養氣於字上，此書創例也。

化學闡原書後

畢利幹譯，副教習承霖、王鐘祥述。

按：《指南》言合，《闡原》言分，所闡維何？礦類也。有金類，有非金類，何爲原質，何謂雜質，何爲有用、無用質，一分原，二藥品，三成定質法，四求反酸、强酸重數，五分强酸類，六分生物質。其章六，其卷十五。所謂一喀㗇者，一立方寸水積之重法國尺，爲中國三分三釐有奇，所謂一黎特者，度量表千度也。

化學鑑原續編書後

英蒲陸山《化學鑑原續編》譯自傅蘭雅，筆自無錫徐壽。前無總目，其卷含哀之質一、蒸煤所得之質二、草木所含各質三、苦杏仁油相類之質並變成之質及偏腮里類四、曬里西尼並所成各質及哥路哥司得之類五、易散油即阿來里之類六、小粉七、饅頭八、糖類九、棉花火藥十、造釀十一、醇十二、卡若待里類金屬合生物質十三、動植鹼類並淡輕類十四、金類變成之質各里哥里即多質點之醇質十五、醋酸油酸類十六、流質定質油十七、植物酸質十八、植物鹼類十九、植物顔料印染之工二十、動物變化二十一、植物生長二十二、長養動物二十三、動物死後變化二十四。其論以生物化學爲主，即動植質也，與《鑑原》論化成物異矣，然譯音近似，不存西文，難於求實。

金石識别書後

《金石識别》十卷，美利加代那譔，瑪高温口譯，金匱華蘅芳筆述，時同治八年。《金石名表》一卷，瑪高温成於光緒九年。

西人謂礦學爲金石學，實與化學相表裏也。厥類八：曰氣，曰水，曰炭，曰硫磺，曰鏽金，曰土金，曰礦金，曰石。此書爲礦學最精進之書，然土金如哀盧彌那，其用甚廣而未能詳述其性情，則以其成書時尚未考出也。西人謂上古爲銅世界，今日爲鐵世界，竊謂自土金類出，則此後又將爲鋁、鎂、鈣世界也。惜新金石學書尚無譯本，晚出彌精，視此書爲何如耶！

格致啟蒙書後

《格致啟蒙》四卷。卷一化學，英吉利羅斯古纂，卷二格物學，英吉利司都霍纂，卷三天文，英吉利駱克優纂，卷四地理，英吉利祁覯纂。此四卷皆美利加林樂知、海鹽鄭昌棪譯。按：此即赫德所刊艾約瑟譯書十六種之四，曰《化學啟蒙》，曰《格致質學啟蒙》，曰《天文啟蒙》，曰《地理質學啟蒙》，譯語較詳而筆簡遜此。詳略既殊，命名亦異。即如化學首言四物，艾約瑟譯言火風水地，此譯曰火，曰空氣，曰水，曰土。實義如此，虚擬可知，參觀互糾，原書語意庶易尋乎？此著譔人於例亦勝。

赫德所刊十六書書後

赫德所刊十六書，《西學略述》十卷，英吉利艾約瑟述《自敘》博考簡收，《格致總學啟蒙》三卷，《地志啟蒙》四卷，《地理質學啟蒙》七卷，《地學啟蒙》八卷，《植物學啟蒙》一卷，《身理啟蒙》一卷，《動物學啟蒙》八卷，《化學啟蒙》一卷，《格致質學啟蒙》一卷，《天文學啟蒙》七卷，《富國養民策》一卷，《辨學啟蒙》一卷，《希臘志略》七卷，《羅馬志略》十三卷，《歐洲史略》十三卷。

艾約瑟譯而不著譔人，其中《地理質學》、《化學》、《格致質學》、《天文》四種譔人見《格致啟蒙》江南刊本。

太平御覽書後

《太平御覽》千卷，李昉等奉勅譔於太平興國二年，成於八年，分五十五門，引書千六百九十種有奇，今佚十之七，然則存一書不啻千餘書矣。其卷首引用書目有複，曰《春秋後語》，曰《竺法真登羅山疏》，曰《外國圖》，曰《神仙服食經》，曰《太平經》，曰《皇甫士安高士傳》。按《晉書》：皇甫謐，字士安，幼名静安，而復録《皇甫謐高士傳》是亦一書而重出也。又有奪，曰《韋昭辨釋名》二百廿八，曰桓〔祖〕冲之《述異矣〔記〕》四百七十九，曰黄義仲《交廣記》三百九十一，曰《漢武帝集》二百廿五，曰《班固集》□□□□，曰《張敞集》四百七十八，曰《胡廣集》二百廿二。又有譌，如劉敬叔《異苑》四百三十八及四百三十九，引『敬』作『平』，劉義慶《幽冥録》『冥』又引作『明』。聊識所見，以俟補正。

此鮑崇城本也。聞日本楓山官庫有宋本，每頁二十三行，行二十二字至二十三四字，玄、徵、匡、恒、敬、慎、殷，皆闕筆，士、禮、居、臧殘。宋本三百六十卷，《天一閣書目》有《太平御覽經史圖籍綱目》四册。

郭鯤溟詩集書後

《郭鯤溟詩集》四卷，凡詩六百七十一，附奏疏二，《陳孝子傳》一，編自鯤溟子元望者也。鯤溟爲諫臣別號，字子忠，長洲人，嘉靖壬戌進士，官鄖陽巡撫，未任卒。詩閒雅甚。而跡其發奸慝、論得失，抑何既潔且剛、冰如鐵如歟！事蹟見《四庫書目》及王錫爵、顧天埈所爲傳。所著尚有《舉諸集》，見《陳孝子記》後其八世孫瑞光跋。

楊鐵崖古樂府跋

鵬秋弟鼎行篋有《鐵崖古樂府》，石君弟雲夔重刊之四川，郵寄京都索跋，因爲跋曰：鐵崖以泰定四年進士官至江西儒學提舉，掛冠歸，明初召修禮樂書，辭以疾，所著《古樂府》，説者謂其追風人之恉焉。樂府之名始漢，《文心雕龍》因《禮樂志》稱武帝立樂府采詩，遂謂始於武帝，非也。惠帝二年夏侯寬已爲樂府令，樂府爲官署名，《日知録》據斷詩名之誤，然《後漢·馬廖傳》哀帝去樂府注云『罷鄭衛之音』，是未始不以所肄詩名樂府也。歌永言，尚矣，至元而競趨柔媚，鐵崖獨振之以奇闢才，青蓮、昌谷餘韵猶有存焉者，朱國禎《湧幢小品》載王彝嘗詆爲文妖，何與？《明史》載《古樂府》十六卷，《明史稾》卷同，《四庫總目》著録十卷、《樂府補》六卷，《藝芸書舍目》列元本十卷，乾隆間卜氏瀍刊有注本十六卷，今所刊四卷本蓋依王氏榮紘原刊也，當覓元本一校。鐵崖所著《四書一貫録》、《五經鈐鍵》、《春秋透天關》、《禮經君子議》、《歷代史鉞補正》、《三史綱目》、《富春人物志》、《麗則遺音》、《上皇帝書》、《勸忠辭》及《平明》、《瓊臺》、《洞庭》、《雲間》、《祈上》諸集，已述之貝氏瓊所爲傳，外此尚有《春秋合題著説》三卷、《東維子集》三十卷附録一卷、文集六卷、《復古詩集》六卷，又《文瑞樓書目》載鐵崖賦一卷，孴經室所録則云賦稿二卷，又《説郛》有《除紅譜》，惜無爲之編次合刊者。

簑喜盧詩初集跋

此雲龍少作也。詩無足存，少作尤不必存，雖然，以詩而編年而紀事，又奚必不存？《詩傭》、《詩存》，其原目也，今易名曰《簑喜盧詩初集》。

鴻軒詩存書後

此友子鈞詩也，上卷乙卯訖壬戌，下卷癸亥訖壬申。詩學杜，自敘專主沈著，雲龍讀之曰然。子鈞名慎儒，姓李氏，庚午舉人，官刑部主事，與雲龍仲弟鼎同官有年，世誼又文字交也。仲弟已矣，子鈞再至京，每譚仲弟詩文，輒扼腕不置云。

小山嗣音書後

李氏兆洛《小山嗣音》四卷，詩五十四家：

明羅昭景南，洪武癸酉舉人，襄府左長史、湯鼐用之，成化十一年進士，御史，有《侍御遺稿》、張軏行之，正德間諸生，官虎賁，著《西淝遺稿》，佚、魏圻九江府推官、吴道東嘉靖乙酉舉人，知縣、張溪嘉靖乙丑進士，知縣、梁子琦汝珍，嘉靖乙丑進士，通政司左參議、張沛夢蟾父、張夢蟾萬曆甲戌進士，工部郎中、夏之鳳子鳴，萬曆戊子舉人，户部郎中、胡藩楚呰窳人，萬曆間、侯汝白知分水縣、張瑋九江府訓導、張吉水亭，昌化教諭、方震孺孩未，中萬曆癸丑進士，巡撫廣西，爲馬、阮抑，兆洛輯奏疏、筆記，詩存《偶然剩稿》、《幾灰草》，又絶命詞十五篇、《武陵歎》十二篇、劉繼吴徵夢，萬曆己未進士，禮部郎中，祀鄉賢、張曉水西，下蔡人，衛經歷，不就、劉復生長卿，天啟甲子武解元，官都督，甲申後爲劉良佐害，詩存《塞上吟》一卷、趙炯然亘中，明季諸生，七歲能詩，邃術數兵法，爲《問初辭》十二章，崇禎甲申三月北望哭，嘔血死，詩集曰《筍支》、曰《息壤》、曰《極思》，惟《息壤集》傳、張蕙、謝一鳴、劉之治均諸生，之治長卿子、方育穎子悟，崇禎諸生。

國朝鄧旭元昭，順治丁亥進士，副使，著《林屋集》九卷，林屋洞即洞庭、劉謙六吉，順治丁亥進士，廣東市舶提舉，在沈邱有《牧樵吟》，巡按有《二東紀事詩》，提舉有《嶺南吟》、夏人佺敬孚，順治己丑進士、謝開寵晉侯，順治己亥進士，知宜賓，著《慎墨堂詩》、陳赤貞士、號醉竹子，《江南通志·藝文志》載陳赤《周易解》佚，有《醉竹吟》四百餘首、周文郁星哉，順治庚戌進士、俞化鵬青岳，正陽人，康熙辛未進士，順天府尹，著《天爵堂詩稿》一卷、田雅推官，祁頵、方都漢節、劉琮亭行可，雍正時宛平縣丞，遺稿《雜記日事》、方汝梅齊悦，孩未玄孫，乾隆辛酉拔貢，孝廉方正、謝均育化純，乾隆教諭、夏俱慶櫟亭，有《醉狂吟稿》、鄧宗源星槎，翰林院待詔，有《宛陵詩草》、陳翰泉庵，江甯訓導，有《泉庵詩稿》、方時寶璞園，吏目，上書經略張廣泗陳十策，有《自信篇》及『除十二惡』、『修十善』、『持十二度』等説、《効顰詩集》、方仙根實園，明經、李墅東郊，下蔡人、王岵松濤，乾隆癸酉拔貢、劉恬桂麓，著《曉月吟稿》、方承永祚遠、孫蟠石舟，號小巫山樵，有《浪游淒響》、《南游小草》各一卷，《百廿壽印譜》二卷、《心相三十六則》一卷、《讀書十八則》一卷、《樂志堂印存》二卷、《旅窗清課》一卷、方詔英園，璞園子、方繹牧亭，英園弟、趙住寯晴軒，貢生、方淮均一、劉錫祉介蕃，有《寤亭詩存》一卷、方軒介堂、蕭珠赤水，有《閒中吟》一卷、張佩半舫。

舊言集書後

李氏兆洛道光元年編詩四十家：

李英字御左，晚號蠡塘，乾隆乙丑進士，檢討，纂修《三禮通考》等書，著《晴雲古文稿》四卷、《蠡塘詩鈔吟餘吟賸》八卷、李萼字秋岑，蠡塘季弟，歲貢生，山陽訓導，著《容焉室古文稿》四卷、《棣原詩稿》八卷、李慶來字鹿軒，棣原子，後蠡塘著《肯堂室古文稿》、《北山詩鈔》、《籟涵齋隨筆》、吕嶽字雲莊，訓導、謝榕字蔭堂，乾隆乙酉舉人，著《春草山房詩稿》四卷、吴鴻璧字瑶田，江陰學生，詩三百餘首、吴一諤自定《晚學軒詩稿》、邵棠字玉度、陳度、橋東布衣，著《芳原詩草》二卷、莊述字明軒，子曾儀藏遺詩數十首，《寄愁草》，附明軒妻夏孫字紉佩、號楚畹著《紉佩集》詩詞六十首、莊會儀字傳雲，初名曾詔，武進人，［有］《養直居詩》四卷、莊廉甲字總群，珍藝子，著《補拙齋詩文稿》四卷、莊濤字觀喻，爲詩《知足齋稿》、徐宗鄭字叔瞻，原名振聲、趙學彭字子述、汪岑孫字蘅叔，著《山可軒遺稿》二卷、楊廷鑑字冰如，一字静山，武進人，輯古嘉言懿行曰《静山日鈔》授梓，又《東皋草堂詩集》二十卷、楊简字在之，著《何莫集》、劉岱松字五峰、劉焕章字旭岑，號霽軒，乾隆庚辰進士，詩有《霽軒稾》一卷、劉可培字元贊，號阮山，有《瑤桂山房詩稿》廿卷、《石帆詞》四卷、劉可大字會理，號鹿柴，著《之滇日記》四卷，已刻《鹿柴賸稿》十卷、《鴻影詞》二卷、劉敦士字序林、張景起字念耆，武進人，乾隆辛酉舉人，鹽大使，著《千丈松舍詩鈔》、吴賓旭字江帆、毛燧傳字洋溟，有《味蓼文稾》，亦詩、畢訓咸字莘農，詠史詩千餘首，著《湘南游草》三卷、《篋中賸吟》五卷、《游囊廢草》四卷、周景益字星頡，一字宿航，乾隆辛卯進士，同知，詩曰《寄干閣吟稿》，曰《雪帆吟草》，曰《江行集》，曰《晚香草》、錢伯坰字魯思，自號僕射山樵，［有］《僕射山房詩存》四册、錢履坦字像啟，著《清娱書屋删存》三卷、錢夢雲字霞，小名雙慶，號雙山，初名邁，八歲能詩，有《感舊集》二卷、錢季重字黄山、錢致純字傑士，乾隆乙未進士，知縣，著《粹齋詩草》二卷、錢相初字申甫，陽湖人，嘉慶舉人，遺騈體文一卷、詩詞各一卷、吴濟字幼滋，一字默池，教授，詩曰《娱花集》，曰《半帙草》，曰《即心庵草》，有《竹所剩言》數十則、路撰字思元、李荃字佩玉，一字竹軒，乾隆間授内閣中書，分校四庫書，著《竹軒文鈔》、《詩鈔》、《詞鈔》、《儷體》及《臆説静剩語》、蕭趙炎字撰三，宜興人，工詩，沈歸愚採入《别裁》，著古文二卷、詩十一卷，曰《爨桐集》、蕭伋字二有，一字及人，撰三弟，左目重瞳，讀書五行俱下，存《紫桂山人遺稾》、蕭源發字桃嚴，號静涵，撰三子，嗣及人，嘗作《太極圖賦》，著《静涵詩存》、《還淳草》、蕭韶字仲偉，初名樹績，桃嚴子，有《半枝窩詩》數卷、史兆麟字毓人，著《玉岑詩鈔》、湯治字誼卿，別號春帆，武進人，學於張惠言，著《穀梁春秋例》一卷、《句股疏指》一卷、《太初術長編》二卷、《漢書分野里度斠誤》一卷、《補梁藝文志》一卷，又補《陳書藝文志》一卷、《山海經道里考》一卷、《北魏張淵觀象賦補注》一卷、《賦稾》一卷、雜文稾一卷、□□六卷、《天官家説》若干帙，與莊玉繁分撰《五經疏術補及疏證》。

絳雪詩鈔書後

絳雪非它，永康烈婦吴宗愛字也，早寡而志冰如霜如。耿逆僞總兵徐尚朝之寇浙也，或謀以絳雪餌寇，欲紓難也，絳雪慷慨行，紿寇出境，既出，投崖死。寇復而救兵至，永康賴以獲保。雲龍曰：保民仁也，轉危知也，就義烈也，奚借詩重哉！而詩百餘首有奇氣，近體又工，《燃脂集》所采佳句僅半存集中，其佚不知凡幾矣。初名《六宜樓稿》、《綠華軒草》各一卷，長安散人重刊本題《絳雪詩鈔》，雲龍妻李端臨見之，列入《女藝文志》。

位西先生遺稾書後

位西先生名懿辰，姓邵氏，仁和人，以中書直軍機處，歷刑部員外郎，官河工鐫職。咸豐十年二月寇入杭州，五日而復，先生徙紹興，母在則然也，母既死，明年十一月杭州再陷，先生麾家人走避上海，而以十二月朔罵賊死。其臧獲言：鶴唳草兵，腹枵手龜，時猶著《禮經通論》。

其成書有《尚書通義》、《孝經通義》、詩文若干卷，曾文正僅得《禮經》一卷、文三十餘首，刻之淮安，而潘文勤刊詩二十二於《滂喜齋叢書》，題曰《位西先生遺稿》，是道光五年手書貽方公勉甫恭釗者也。

文選補遺書後

此宋陳仁子所輯，首詔誥，次璽書，次賜書，次策書，次勅書，次告諭，次奏疏，次封事，次上書，次議，次對，次策，次論，次書，次表，次文，次檄，次問難，次史敘論，次序，次説，次離騷，次賦，次樂歌，次謠，次歌，次操，次詩，次銘，次箴，次頌，次贊，次誄，次哀策文，次哀辭，次祭文，次碑，凡三十七類。意謂存《封禪書》何如存《天人三策》？存《劇秦美新》何如存更生封事？存《魏公九錫》何如存蕃固諸賢？論列《出師表》不當删後表，《九歌》、《九章》不當止存《少司命》諸篇，漢詔令不載高文，史論贊不取馬遷，遂作補遺，起秦訖梁，先奏疏後詩賦，都爲四十卷，并所訂《文選》六十卷刊行。仁子字同俌，茶陵人，廬陵趙文序稱選續以廣《文粹》、《文鑑》之未備。圖書曰儀可，曰青山，其趙氏字與？附明成化十四年七月初三日何方伯喬新訪求遺書牌。又國朝陳文煜重刊凡例，稱明何喬新，廣昌人，景泰甲戌進士，仕至刑部尚書。文煜，同俌十五世孫。錢塘倪國璉序稱明神宗時，吴郡張鳳翼《文選纂注》後附《文選續補》，載陳仁輯本。又稽郡志：先生號古迂，張君之刻失其真，名亦脱誤。明淩以棟曾輯録陳説，（於）〔于〕史漢中結一廬藏明刊本，此則陳氏餘慶本。

御定歷代賦彙書後

奉勅編者陳元龍也，成於康熙四十五年，正集百四十卷。首天象，次歲時，次地理，次都邑，次治道，次典禮，次禎祥，次臨幸，次蒐狩，次文學，次武功，次性道，次農桑，次宮殿，次室宇，次器用，次舟車，次音樂，次玉帛，次服飾，次飲食，次書畫，次巧藝，次仙釋，次覽古，次寓言，次草木，次花果，次鳥獸，次鱗蟲，部凡三十。外集二十卷：言志、懷思、行旅、曠達、美麗、諷喻、情感、人事八部，合之逸句二卷、補遺二十二卷，凡百八十四。其賦四千一百六十有一，題同則編連名，繫以時。

玉臺新詠書後

雲龍獲《玉臺新詠》，爲鄧氏其鑣斠宋本，惜斠未畢。輒書所斠：

宋本半葉十五行，行三十字或三十一二字有差，趙均序失一葉，上無『已』字。《玉臺新詠序》徐陵《序》第一行，《序》上有『集并』二字、『孝穆譔』上有字、『其人』下無『也』字一葉，『抽』作『搯』、『脂』作『支』、『仙』作『僊』、『丸』作『凡』、『嫦』作『常』、『驚』作『驚』、『燕』作『鷰』、『朗』作『朗』、『館』作『觀』、『遊』作『游』、『搗』作『擣』、『驍騮』下有『兹』字、

『暝』作『瞑』二葉，『擅』作『檀』、『竟』作『竟』、『仙』並作『僊』三葉。

目録『枚』作『枝』、『婕』作『婕』、『董』作『董』、『嬈』作『饒』。

徐幹《室思》六首云『徐幹詩二首、室思一首』、『甄』上有『又』字、『元』作『玄』一葉，『返』作『反』、『克』作『充』，無『陸機擬古二首』六字、『牛』下有『七夕』二字、『照』作『昭』二葉，無『鮑照樂府二首王融雜詩三首謝朓雜詩五首陸厥邯鄲行一首虞羲自君之出矣一首』三十三字，無『古體』二字，『郎』作『朗』，『遜』下有『一』字，無『范雲四首江淹四首沈約三首』十二字，『孺』下有『一』字，『悱』下有『詩』字，『彔』作『衵』，下有『一』字，『翻』作『飜』，無『教』字三葉，『澂』作『澄』，無『吴均四首』至『楊皦詠舞一首』四十一字，『武帝』下有『一』字，無『昭明』至『姬人一首』二十一字，《樂府》云雜詩，『倩』作『蒨』下同 四葉，無『蕭子雲』至『庾信雜詩六首』百三十八字，無『并序』字五葉，『嘉』下有『四言』二字，『元』作『玄』，『八詠』下『二』作『四』，無『白紵曲二首』五字，『十二首』云『一十六首』，『繹』下有『七言』二字，『教』作『令』，『倩』作『蒨』，『答』作『荅』，無『張衡』至『徐陵雜曲二首』百有一字，無『東陽』二字，『西曲歌』云『雜歌』六七葉『覽』作『覽』，『雜』作『新』，『環』作『環』，『初』上有『八絶』二字，『瑶』作『摇』，『驎』作『驎』，『殘』作『殘』，無『劉義恭』至『陌上桑四首』八十三字八、九葉。

卷一『孝穆編』上有『字字凜』，『凜』並作『癛』一葉，『暉』作『煇』，『長』作『常』，『昞』作『眪』，『婚』作『昬』二葉，『輝』作『煇』，『慓』作『懔』，『别』作『別』下同，『懷』作『懷』下同，『爾』

作『尔』三葉，『雕』作『彫』，『還』作『還』四葉，『行者』云『觀者』五葉，『絡』作『駱』六葉，『誠』作『復』，『絡』作『駱』八葉，『種』作『穜』，『凰』作『皇』九葉，『竟』作『竟』，『勅』作『勑』，『靡』作『粗』，『慎』作『慎』，『在』作『在』，『縣』作『縣』，『賴』作『頼』，『覽』作『覽』七葉，『皎』作『皎』，『絶』作『決』，『溝』作『溝』下同，『啼』作『嗁』，『竿』譌『竿』，『用』作『用』十一葉，『列』作『刿』，『疲』作『疲』，『病』作『病』，『頹』作『穨』，『淚』作『淚』，『横』作『黄』，『垂』作『垂』，『歲』作『歲』，『枚』作『枝』十二葉，『發』作『發』，『變』作『變』，『滌』作『滌』，『燕』作『鷰』十三葉，『遠』作『遠』，『飧』作『飧』，『芙蓉』云『芙容』，『盈』作『盈』，『窗』作『窻』十四葉，『愛』作『愛』，『欵』作『款』，『隔』作『隔』，『華』作『蕐』，『幃』作『帷』，『寐』作『寐』，『行客』云『客行』，『徨』作『皇』十五葉，『善』作『善』，『絶世』云『絶出』，無『留別妻』三字，云『蘇武詩一首』與《文選》合，『晨』作『辰』，『行役在』云『征役在』十六葉，『死』作『死』，『奴』作『姝』，『勢』作『勢』，『壚』作『鑪』，『鬟』作『鬟』，『宛』作『宛』十七葉，『娉婷』云『娉婷』，『蓋』作『葢』，『鏡』作『鏡』，『養于』云『養於』十八葉，『紈』作『紈』，『嬈』作『饒』，『竟』作『竟』，『腸』作『膓』十九葉，『眉』作『眉』，『承』作『承』，『得充君』云『遇得充』，『瞟』作『瞟』，『探』作『探』，『匡』作『匡』廿葉，『掃』作『埽』，『衆』作『衆』，『教』作『教』，『焉』作『焉』，『寢』作『寢』，『爾』作『尔』，『蹇』作『蹇』，『歡』作『懽』廿一葉，『展』作『展』，『尋』作『尋』，『罹』作『罹』，『煢』作『煢』，『既』作『既』，『歡』作『懽』，『邱』作『丘』，『深』作『突』，『恩』作『思』，『屬』作『屬』，『僕』作『僕』，

『雞』作『鶏』、『耀』作『燿』、『鏡』作『鏥』廿二葉，『答瑤瓊』云『荅瑤瓊』、『用』作『角』、『嬰』作『嬰』、『歷』作『歴』、『徊』作『回』、『夢』作『寥』、『輝』作『煇』廿三葉，『邊』作『邉』、『媚』作『媚』、『書中竟』云『書上竟』、『飧』作『飡』廿四葉，『慎』作『慎』、『留』作『畱』、『原』作『原』、『程』作『程』、『鬬』作『鬭』、『鬱』作『欝』、『健』作『徤』、『撐』作『撑』廿五葉，『相別』云『生別』、『饑』作『飢』、『吾辭』云『我辭』、『返』作『反』廿六葉，『盡』作『盡』、『益』作『謚』、『靚』作『靚』、『搔』作『搔』、『舊恩』云『舊思』、『殿』作『殿』、『殊』作『殊』、『鑪』作『爐』廿七葉，『宿』作『宿』廿八葉。斠止此。

雲龍按：『僊』、『枝』、『董』、『反』、『蒨』、『苔』、『罠』、『戔』、『窠』、『別』、『皇』、『在』、『皎』、『角』、『變』、『歲』、『丸』、『昜』、『倉』、『突』、『教』、『爾』等字，全書可類推也。雖雜宋俗，時合漢隸，宋諱皆缺筆，而目録卷四鮑照之『照』，唐避則天諱改『昭』，宋本漏，未復照，不然卷九目録『照』不作『昭』，何耶？古詩『願得常巧笑』，『常』與《文選》同二葉，徐幹《室思其三》廿六葉，『我』字、『反』字與《蓺文類聚》同三十二引。

列朝詩選書後

不著編選名氏，皆明詩也。目二李爲抑揚其指，揚東陽而抑夢陽，凡合西涯者進，附北地者退，褒貶非直筆矣。雖然，明詩賴目存者不少。

問山遺藁書後

於戲！此雲龍仲弟鼎同年生郫王氏光裕問山遺稾也。《問山詩鈔》二卷，凡古今體詩百二十六，《問山儷體文》一卷，凡文十一，《問山賦鈔》一卷，凡賦十四。同治初，雲龍譜霓僊館起，㠯文會友，問山雖困場屋，而抑塞磊落時露奇氣。丁卯舉於鄉，論者方謂文章不負，而未幾死。文憎命達，非歟？每讀遺詩，《詠懷》云『回頭骨肉生存少，到手功名放去多』，《有感》云『半生已過千磨折，一事無成百不堪』，輒於邑久，而仲弟鼎又安在哉！

宋四家詞選書後

周氏濟選詞五十有一家，而㠯宋周邦彥、辛棄疾、王沂孫、吴文英四家冠之，毋亦董晉卿輩懲纖復古意歟？又有《論調》一書，分婉、澀、高、平四品。濟字子庵。